L'ARBRE À PAIN

DU MÊME AUTEUR

Le Chemin des larmes, De Borée 2004 (prix Mémoire d'Oc 2004) ; Presses de la Cité 2018

L'Appel des drailles

1. *L'Appel des drailles,* De Borée 2004 ; Omnibus 2017 ; Presses de la Cité 2023
2. *Les Drailles oubliées,* De Borée 2005 ; Omnibus 2017 ; Presses de la Cité 2024

Le Secret des Terres blanches, De Borée 2006

L'Arbre d'or, De Borée 2007 ; Omnibus 2017

Le Saut du Loup, De Borée 2008 ; Presses de la Cité 2021

Les Sarments de la colère, De Borée 2009 (prix Lucien-Gachon 2011) ; Presses de la Cité 2019

L'Arbre à palabres, Éditions Mélis 2009 (prix Découverte 2001) ; De Borée 2018

Les Bonheurs de Céline, De Borée 2010 ; Presses de la Cité 2020

Le Brouillard de l'aube, De Borée 2011

Les Hauts de Bellecoste, De Borée 2011

Terres noires, De Borée 2012

Les Rives Blanches, Presses de la Cité 2013 (prix de l'Académie cévenole Le Cabri d'or 2013) ; Pocket 2020

La Saga des Rochefort

1. *Les Rochefort,* Presses de la Cité 2014 ; Éditions Openroad New York 2015 ; Pocket 2015
2. *L'Enfant rebelle,* Presses de la Cité 2015 ; Pocket 2017
3. *Le Goût du soleil,* Presses de la Cité 2016 ; Pocket 2018
4. *La Promesse à Élise,* Presses de la Cité 2017 ; Pocket 2019
5. *L'Héritier du secret,* Presses de la Cité 2018 ; Pocket 2020

Dans les yeux d'Ana, Presses de la Cité 2019 ; Pocket 2021

Les Enfants de Val Fleuri, Presses de la Cité 2020 ; Pocket 2021

Les Fiancés de l'été

1. *Les Fiancés de l'été,* Presses de la Cité 2021 ; Pocket 2022
2. *Le Retour d'Ariane,* Presses de la Cité 2022 ; Pocket 2023

Les Naufragés du déluge, Presses de la Cité 2022 ; Pocket 2023

À l'ombre des souvenirs interdits, Presses de la Cité 2023 ; Pocket 2024

Les Couleurs de l'oubli, Presses de la Cité 2024

Christian Laborie

L'ARBRE À PAIN

Roman

TERRES DE FRANCE

Les Presses de la Cité

Une première édition de ce roman a paru aux Éditions De Borée en 2011.

92, avenue de France – 75013 Paris
ISBN 978-2-258-19800-5
Dépôt légal : février 2025

Avertissement

J'ai écrit ce livre en souvenir de gens que j'ai croisés dans ma vie, il y a déjà bien longtemps, et qui m'ont fait découvrir un monde que je ne connaissais pas. Ils m'ont permis de mieux connaître cette région des Cévennes qui s'étend des premiers contreforts d'Alès jusqu'aux vallées des Gardons dont l'austère beauté n'a d'égale que la simplicité de leurs noms : Vallée Longue, Vallée Française, Vallée Borgne.

Je n'ai pas voulu raconter leur vie ni dépeindre leurs caractères. Ils m'ont simplement inspiré. Et j'ai tenté, à travers eux, de traduire ce que j'ai ressenti à travers leurs conversations, toujours empreintes de beaucoup de pudeur.

Je garde l'entière responsabilité des mots et des pensées que j'ai prêtés à mes personnages, qui restent de pure fiction.

La Montagne de la Vieille Morte, que je connais bien pour y avoir traîné souvent mon sac de randonnée, a servi de cadre au déroulement de cette histoire toute romancée. J'y ai pris quelques libertés géographiques pour les besoins de mon récit, j'ai changé certains toponymes, mais j'ai tâché de rester fidèle à l'épisode historique auquel mon texte se réfère.

Je voudrais enfin dédier cette histoire à tous ceux qui, des Cévennes ou d'ailleurs, n'oublient pas que c'est dans leur passé et grâce à leurs racines que se forge l'avenir de leurs enfants.

C. Laborie

À Viviane, mon épouse,
qui m'a fait connaître les Cévennes
et sans qui je n'aurais pas pu écrire ce roman

PREMIÈRE PARTIE

Élie

1

La Vieille Morte

De serres en valats, en cette fin septembre, on s'apprêtait à commencer les vendanges. La relative fraîcheur des nuits et la moindre longueur des jours rendaient les hommes plus alertes et, après les touffeurs du mois d'août et les premiers orages, la vie semblait reprendre dans les villages, dans les hameaux, dans les mas isolés.

La Cévenne sortait de sa léthargie, assommée par deux longs mois de canicule, et s'endimanchait de nouveau de ses atours d'automne. La bruyère tapissait de violine les pentes les moins abruptes, les châtaigniers viraient au mordoré, l'herbe reverdissait dans les prés et laissait par endroits percer les premières coulemelles. Les pluies d'équinoxe seraient propices aux champignons, et chacun trépignait déjà d'impatience à l'idée d'aller rendre visite à ses *bolettières**[1]

1. Tous les termes suivis d'un astérisque sont définis dans le glossaire pages 405 à 408.

secrètes, d'où, cachés sous les feuilles, dans les bois ou dans les châtaigneraies, surgiraient quantité de jeunes cèpes qu'on s'empresserait de faire sécher, avant de les consommer avec parcimonie.

Pour un temps encore, la montagne resterait accrochée au bas pays languedocien, au Sud et à sa douceur légendaire, comme si la vie lui venait de ce Midi si proche et pourtant si différent. Tant que la bise glaciale ne s'engouffrerait pas entre les pierres désunies des vieux mas, tant que, de l'Aigoual ou du mont Lozère, la chape de froid paralysante n'étendrait pas ses tentacules jusqu'au plus profond des valats, la Cévenne profiterait de la douce chaleur méditerranéenne.

Octobre s'annonçait propice et, si à son heure le ciel remplissait les rivières et les nappes d'eau, l'hiver pourrait frapper à la porte, nul ne lui tiendrait rigueur de sa virulence. Car, pour tous, il suffisait que chaque saison fût bien marquée pour que l'ordre naturel des choses régnât dans la plus grande harmonie.

Nulle part ailleurs que dans ces entrelacs de serres et de vallées borgnes et profondes, la vie ne m'a paru aussi précieuse. Peut-être parce qu'elle y dépend de la moindre ressource que l'homme s'est toujours efforcé de tirer d'une nature qui n'a jamais été généreuse à son égard.

Pays de misère, la Cévenne ? Peuple de miséreux, ses habitants ? Pays de labeur et de courage, où les hommes, ingénieux entre tous, ont su tirer profit d'une terre de désert, où rien ne pousse sans effort ni sacrifice ! Peuple fier et tenace, fidèle à ses origines comme à sa foi, pour qui un malheur n'est jamais une fatalité, mais une façon de rendre hommage à la vie et à Dieu, en Lui montrant sa détermination à survivre et à vivre !

Parfois l'harmonie est rompue. L'automne n'est pas ce bel été indien qui prolonge les beaux jours. Lorsque de l'ouest ou du sud les vents marins chargés d'humidité lèchent la cime des arbres, lorsque sur les crêtes s'accrochent et s'amoncellent les lourds nuages d'ardoise, hommes et bêtes craignent que le ciel se déverse avec furie sur un sol trop maigre pour éviter l'arrachement, sur des pentes trop abruptes pour arrêter les écoulements. Le moindre ruisseau alors devient torrent ; les murs des *faïsses**, sous la poussée de la terre engorgée, s'éventrent et s'effondrent, obstruant les chemins, encombrant les étroites parcelles, détruisant les maigres récoltes. L'eau s'insinue partout, sous les *lauzes** des toits, entre les pierres descellées, dans les moindres interstices. Les bassins débordent, les sources regorgent, les canalisations se bouchent. Et lorsque, tout à coup, cesse la furie du ciel, et que l'azur éclate avec insolence, rincé par le vent du nord, la désolation laisse les hommes sans réaction. Comme un champ de bataille après l'horreur, contrastant outrageusement avec la beauté primitive et immaculée, comme un coin de paradis saccagé par la pire boucherie, la montagne rappelle à l'homme que rien n'est jamais gagné et que, si tel est son destin, c'est de Sisyphe qu'il tire ses origines.

Dès qu'au sortir des dernières collines calcaires apparaissent les premiers châtaigniers sur le cuivre et l'argent des pentes schisteuses, la montagne devient de plus en plus âpre et rugueuse. La roche métallique réfléchit les rayons du soleil et entretient, l'été, une chaleur cuisante. Ses larges plaques se délitent en lamelles coupantes qui font de la montagne un immense feuilleté aux sommets déchiquetés, pelés et qui déchirent l'azur. Nul autre lieu n'est aussi peu généreux que ce massif aux échines acérées et pentues, qui n'accepte sur ses flancs lisses et luisants qu'une végétation maigre et sèche dont seules les chèvres se délectent.

La Vieille Morte porte bien son nom. Il n'y a rien sur ses versants arides qui retienne la vie. Comme si la stérilité de la vieille femme dont elle tire son histoire légendaire avait toujours été sa condition. Quelques rares mas éparpillés s'y accrochent cependant depuis des siècles, profitant ici d'une résurgence, là d'un replat. Et, si ce n'était la présence du châtaignier, l'arbre à pain de nos ancêtres, nulle autre ressource ne serait à espérer de ce coin déshérité des basses Cévennes.

Les hommes, qui s'acharnèrent à y puiser le sel de leur existence, y travaillèrent comme des bagnards à charrier les pierres de leurs maisons, à élever les murs de leurs *bancels**, à remonter sur leur dos la terre que les fortes pluies emportent en bas des versants, à détourner l'eau d'une maigre source pour l'amener près de leur porte. Les terres cultivées n'ont pas la même régularité, ni la largeur des terrasses édifiées sur les pentes calcaires des collines du piémont. Étroites, exiguës, elles s'accrochent à la moindre aspérité et sont comme des refuges de survie, où les ceps de vigne chétifs se disputent l'espace avec quelques rangées de précieuses pommes de terre, de choux ou de pieds de tomates. Ici la terre donne peu. Et il faut par contre lui sacrifier beaucoup pour qu'elle daigne vous accorder un sourire de vie.

Aussi les habitants de ces mas perdus étaient-ils d'autant plus attachés à leur glèbe qu'ils n'ont jamais mesuré leurs efforts pour en extraire la vie. Secs comme le sol qu'ils grattaient chaque jour avec l'espoir d'en faire surgir autre chose que la sueur et les larmes, droits comme les plus hauts châtaigniers qui les regardaient du fond des âges, à l'instar de ceux-ci ils se sont enracinés trop profondément dans le roc pour songer partir vivre ailleurs. Ils appartenaient corps et âme à ce monde perdu, presque caché et, pour beaucoup, oublié.

2

Les noces

Je suis souvent revenu sur les lieux de mon enfance, par nostalgie sans doute, par amour aussi pour l'endroit qui m'a vu naître et grandir ; mais encore parce que l'Histoire m'a volé une partie de mon existence que je ne retrouverai jamais. Depuis cette époque si lointaine déjà, je n'ai pas vu s'écouler le temps. Et si celui-ci joue souvent comme un filtre sur les souvenirs, un filtre qui ne retient que les images qui réchauffent le cœur et réconfortent, il laisse cependant des cicatrices profondes dans la chair de ceux qui ont souffert.

Je suis issu d'une très ancienne famille, comme la plupart des *raïols** de nos montagnes reculées. Mais il n'y a pas de sang bleu dans mes veines, seulement le sang des martyrs qui, jadis, ont relevé fièrement la tête face aux dragons du Roi-Soleil. Mes parents m'ont appelé Samuel car, chez les huguenots, les prénoms issus du Livre sont fréquemment usités.

J'avais treize ans à peine quand la guerre a commencé. À cet âge-là, l'insouciance et l'inconscience sont les meilleurs remparts contre la peur du lendemain. Je n'avais aucune idée de ce que pouvaient être les affres d'un conflit. Mon père, Étienne Monteil, qui connut les tranchées de Verdun, s'était toujours gardé de s'épancher sur les terribles souffrances qu'il avait endurées. Une vilaine blessure à la jambe lui avait laissé une légère claudication. Mais elle ne l'avait jamais empêché de poursuivre son dur labeur de paysan. Parfois ma mère lui frictionnait la cuisse, qui lui rappelait régulièrement à la mémoire le bonheur de s'en être sorti. Toute la maison sentait alors une forte odeur de camphre. Ni Isaac, mon frère aîné, ni Éliane, la cadette de la famille, n'osaient lui poser de questions. Nous respections sa pudeur, que seule trahissait cette odeur qui finit par nous être habituelle.

Quand il prenait place sous le haut manteau de la cheminée, le soir venu, mon grand-père Élie se permettait parfois d'évoquer ses propres souvenirs de cette époque qui nous paraissait historique car, pour nous, déjà très éloignée. Il avait vécu le conflit de loin. Pourtant il avait connu, lui aussi, les privations, le rationnement et, surtout, l'angoisse de la terrible attente de l'« homme noir », porteur des mauvaises nouvelles. Selon lui, c'était cette perpétuelle angoisse qui avait abrégé la vie de ma grand-mère, décédée avant même que son fils fût revenu du front, un an avant la fin des hostilités. En fait, une mauvaise fièvre à la suite d'un refroidissement avait eu raison de sa fragile santé.

Élie ne s'était jamais remarié. Cependant, l'absence de sa femme fut un terrible handicap. Toute la vie familiale reposait sur le travail de chacun, et la privation de l'un de ses membres remettait en question l'existence des autres. Dans nos familles besogneuses, les femmes occupaient une place très importante. Elles n'étaient pas seulement celles qui tenaient l'intérieur de la maison et préparaient les repas en attendant les maris et les fils partis dans les terres, elles effectuaient des travaux qui ne pouvaient être faits qu'à la ferme : la traite des chèvres, la fabrication des fromages, la préparation des conserves, sans compter l'éducation des enfants, tant qu'ils n'avaient pas l'âge d'aller à l'école ou de travailler avec les hommes. Or mon père, handicapé par sa blessure de guerre, même s'il mettait un point d'honneur à ne pas se plaindre, mit plusieurs années à retrouver la quasi-totalité de ses moyens. Aussi, sa sœur Aline, de deux ans sa cadette, dut redoubler d'activité, remplaçant ma grand-mère pour fabriquer les *pélardons** et s'occuper des chèvres, quand elle était au mas ; ce qu'elle avait appris depuis sa tendre enfance et dont elle s'acquitta parfaitement.

Mais, juste avant la fin de la guerre, au cours du bal du 14 juillet de Saint-Paul-la-Coste, ma tante Aline rencontra un homme de la ville, qu'elle épousa rapidement. Charles Dumont l'emmena dans la région de Bordeaux, où il possédait une petite affaire d'import-export avec les colonies d'Afrique noire. Mon grand-père se retrouva soudain seul, avec son unique fils pour s'occuper des divers travaux des terres et de la maison.

Les deux hommes vécurent alors en solitaires besogneux. Mon grand-père avait beau pousser son fils à sortir le samedi soir pour aller se distraire, celui-ci prétextait que sa jambe ne lui permettait pas de marcher trop longtemps et encore moins de danser, et il refusait obstinément de s'éloigner du mas. Il se refermait sur lui-même et inquiétait son père qui craignait qu'il ne restât à jamais célibataire.

Le Castanet*, le mas où j'ai vécu toute ma jeunesse et qui était la seule richesse que ma famille eût jamais possédée, était très isolé dans la montagne. Pour y accéder à partir de la route la plus proche, nous empruntions un chemin de charrettes long de cinq kilomètres, que mon grand-père et mon père ont toujours entretenu, afin d'y combler les ornières creusées par le ravinement des eaux ou d'y dégager les éboulis tombés de la montagne. Sur ses bas-côtés, seuls poussaient la bruyère et quelques genêts de printemps, jamais de mauvaises herbes ni de ronces, vite arrachées d'un coup de faucille ou grâce au passage des chèvres.

Cet isolement fit de mon père un homme taciturne, qui gardait ses secrets, ne se livrant que lorsqu'un grand moment de bonheur inondait son cœur et lui faisait oublier ce qu'il mit toute une vie à essayer d'effacer de sa mémoire : la sauvagerie et les horreurs de la guerre.

Mon grand-père, qui connaissait parfaitement tous ses voisins, distants parfois de plusieurs kilomètres et tous isolés comme nous l'étions nous-mêmes, se mit en tête de lui trouver une compagne pour lui ouvrir l'esprit sur la vie et le détourner de ses douloureux souvenirs. Un soir de mai 1919, il invita la famille Portal, dont le mas se situait au pied de la montagne de la Vieille Morte, à plus d'une heure de marche, à passer la soirée au Castanet. Les jours traînaient déjà en longueur et il était bien agréable, avant de passer à table, de discuter dehors, sur le pas de la porte, sous l'ombre légère de la treille qui commençait à fleurir.

Edmond et Aimée Portal avaient une fille, Marthe, qui n'avait pas vingt ans. Elle n'était encore promise à personne et mon père ne l'avait jamais rencontrée. Ils se rendirent tous les trois à l'invitation de mon grand-père, sans se douter des intentions de celui-ci. Les deux jeunes gens firent connaissance sous les yeux de leurs parents. Puis ceux-ci les laissèrent seuls, tout en les surveillant d'un œil amusé. Leur complicité s'établit aussitôt. Mon père fit visiter le mas à Marthe et lui montra, sans arrière-pensée, la chambre de jeune fille de sa sœur. Celle-ci était la seule pièce du Castanet qui offrait un peu de gaieté. Ma tante Aline avait toujours manifesté un penchant pour la coquetterie et sa féminité contrastait avec l'âpre labeur auquel, sans rechigner, elle avait été contrainte. À bien y penser, elle était faite pour vivre en ville et c'est sans doute la raison pour laquelle ses yeux s'étaient portés, tout naturellement, sur ce jeune homme, fils d'une bonne famille bordelaise, qui était venu passer quelques jours pour affaires dans nos rudes Cévennes.

Étienne et Marthe se revirent régulièrement. À l'époque, les distances n'effrayaient pas les amoureux. Ils se donnèrent des rendez-vous secrets dans des endroits de la montagne qu'ils croyaient être les seuls à connaître. Quand une fête avait lieu dans un village des alentours, ils se retrouvaient d'un commun accord, et, très vite, les voisins du Castanet prirent l'habitude de les voir ensemble. Les commentaires allaient bon train.

« C'est le fils du Castanet, le jeune Monteil ! Celui qui a été blessé à la guerre. Il fréquente la petite Portal du Masufret. Vous savez bien, cette grande bâtisse au pied de la Vieille Morte, sur le versant de Saint-Martin. »

« *Se parlan !* Ils se parlent ! » disaient les commères à des lieues à la ronde.

Il faut dire que, mis à part les passages obligés de la vie, de la naissance au trépas, bien peu de choses méritaient l'intérêt des conversations. Chez nous, les mots sont comme l'argent, ils sont trop rares pour être gaspillés à des futilités. Et c'est avec le même sens de l'économie qu'on les prodiguait pour évoquer ce qui venait rompre la monotonie de l'existence.

Les fiançailles furent célébrées vers le 15 août. Pour cette occasion, les deux familles se rencontrèrent officiellement au Masufret et Étienne offrit à sa promise un camée monté en broche, que son père tenait de sa défunte épouse. Élie lui recommanda de bien veiller à ce que ce bijou de famille soit mis en lieu sûr, afin, prévint-il, qu'en cas de malheur, il revînt dans l'héritage des Monteil. Ce n'était qu'un bijou sans grande valeur, mais qui, ayant été transmis depuis plusieurs générations, avait acquis à ses yeux un prix inestimable.

Marthe et Étienne se marièrent aux vendanges de la même année. Mon grand-père était fier et soulagé de savoir son fils casé et bien marié. Marthe Portal était la seule héritière du Masufret, une belle et grande ferme où les moutons étaient la grande richesse de sa famille. Le troupeau, fort de plusieurs centaines de bêtes, donnait chaque année sa quantité d'agneaux et de laine et assurait aux Portal des revenus qu'Élie aurait pu leur envier. Mais, dans notre famille, nous n'avons jamais jalousé le bien d'autrui et avons toujours rendu grâce à Dieu de nous avoir donné ce que nous avions.

Les fiancés s'unirent dans la commune de Saint-Martin-de-Boubaux. Après la cérémonie, qui eut lieu au temple de la commune, on se rendit au Masufret dont l'entrée avait été décorée d'un immense arc de triomphe composé d'œillets blancs et roses en papier crépon, accrochés à des branches de châtaignier. Tous les amis et convives accoururent de loin, de Saint-Jean-du-Gard à Saint-Étienne-Vallée-Française, pour féliciter les parents des mariés. Puis les intimes des deux familles furent conviés à un plantureux festin en plein air. Ils furent nombreux, surtout du côté des Portal, tant les liens de cousinage sont toujours restés vivaces dans nos vallées et montagnes cévenoles. Des cousins de troisième, quatrième degré parfois, se déplacèrent pour faire honneur aux jeunes mariés et à leurs parents. Ceux-ci étaient toujours très heureux de rassembler leur famille proche et lointaine, et de pouvoir, à l'occasion, resserrer leurs liens et se transmettre les nouvelles des uns et des autres.

Il y avait là les Delfieux, avec leurs deux fils qui, malgré leur âge, n'avaient toujours pas trouvé à se caser. Déjà les rides creusaient leur visage endurci et leur donnaient l'air de vieux garçons que les filles ne regarderaient bientôt plus.

Venus de Saint-Étienne, les Laporte ne passèrent pas inaperçus avec leur automobile flambant neuve, qui sentait encore un mélange de bois et de métal. Harnachés comme des bourgeois de la ville, ils avaient fière allure dans leurs habits étriqués, qui exhalaient l'odeur de la naphtaline et de l'amidon. Auguste, l'époux, montra à qui voulait la voir sa camionnette qui tenait plus d'une bétaillère que d'une voiture de tourisme. Ernestine, sa femme, faisait mine de ne pas s'intéresser à ces considérations bassement matérielles, mais elle ne pouvait s'empêcher de jeter, de temps en temps, des coups d'œil d'orgueil en direction de son époux et de sa nouvelle acquisition. Les enfants se montrèrent les plus curieux et ne cessèrent de tournoyer autour de la carrosserie tout en rondeur et aux couleurs rutilantes, au grand désespoir de son propriétaire qui craignait qu'ils ne lui fassent quelques égratignures.

Parmi les convives, les lointains cousins venus de Florac étaient les plus discrets. Âgés de plus de cinquante ans, ils étaient déjà tout ratatinés et paraissaient avoir vingt ans de plus. Leurs conditions de vie avaient toujours été très pénibles ; ils s'étaient éreintés à la tâche toute leur existence et n'avaient jamais pu s'offrir le moindre luxe. Métayers sur les hauts plateaux du Causse, ils avaient trimé toute leur vie à élever de maigres moutons et à labourer une terre ingrate, quand d'autres, avec insolence, leur avaient damé le pion en acquérant les meilleurs hectares et en leur faisant payer le prix cher pour qu'ils puissent rester accrochés à leur misérable bergerie. Ils vivaient comme les paysans vivaient au Moyen Âge, sans électricité ni eau courante, ne voyant jamais personne, pas même le docteur quand l'un d'eux tombait malade. Aussi, quand ils reçurent le faire-part de mariage de la fille de leurs cousins de Saint-Martin, hésitèrent-ils à répondre à leur invitation. Le voyage serait long, il leur faudrait demander l'hospitalité pour une nuit, au moins ; et en plus, il faudrait faire un cadeau aux jeunes époux, ce qui, vu leur misérable niveau de vie, ne serait pas sans poser de sérieux problèmes. Ils décidèrent cependant de puiser dans leur maigre réserve d'argent, cachée au fond d'une vieille soupière qui ne servait plus à rien ; et ils firent savoir que, s'il leur était possible de dormir ne serait-ce que dans la grange, ils se feraient un grand plaisir de rendre visite à leur famille qu'ils n'avaient pas vue depuis des lustres. Ils avertirent qu'ils arriveraient par la gare de Saint-Jean et demandèrent si quelqu'un pouvait venir les chercher à la descente du train. Les parents de Marthe ne se firent pas prier, trop contents de recevoir toute leur famille, même au prix de quelques petits dérangements.

Le repas fut lourd et copieux. Les plats de charcuterie, de boudin, les gigots d'agneau furent servis sans restriction. La *piquette** coula à flots sur les pélardons fournis par les deux familles. La comparaison donna lieu à un concours courtois qui s'acheva par une reconnaissance équitable de tous les convives, qui, sous l'effet de la *cartagène**, finirent par pousser les tables et se mettre à danser sous les grands châtaigniers. On festoya jusqu'à la tombée de la nuit, remettant sur les tables les restes de jambon, de pâtés et de *grotillons**. Les *novis**, moins exubérants que les invités, s'éclipsèrent avant que la fête s'achevât. Il était convenu qu'ils passeraient leur nuit de noces au Castanet, où mon père avait obtenu de sa sœur la permission d'emprunter sa chambre pour l'heureuse occasion.

Par la suite, Aline, ne faisant plus à la famille que de rares et courtes visites, autorisa le jeune couple à occuper définitivement cette chambre, qu'on persista à appeler « la chambre d'Aline ».

Au petit matin, selon l'usage, la jeunesse rechercha les amoureux disparus. Mis sur la piste par l'un d'entre eux, qu'on avait fini par informer, ils allèrent faire sous les volets clos du Castanet tout un charivari, afin de rompre la lune de miel des jeunes mariés. Et, selon l'habitude, ceux-ci eurent droit à l'*aïgo boulido*, l'eau bouillie, une soupe claire faite d'une gousse d'ail, de thym, de laurier, d'huile d'olive et de pain trempé. Ainsi, tandis qu'au loin la noce s'achevait dans les premières brumes matinales, les nouveaux époux entraient, sans douceur, dans leurs nouveaux habits d'homme et de femme accomplis.

Étienne et Marthe s'installèrent au Castanet, au grand soulagement d'Élie. La maison retrouva une âme en accueillant la jeune mariée et la vie reprit comme avant, après une parenthèse que les deux hommes finirent par oublier. La solitude du veuvage avait amoindri les forces de mon grand-père, mais la seule présence féminine de sa bru suffit pour lui redonner toute sa vigueur. Élie, sans jamais oublier la mémoire de sa défunte épouse, reprit goût à la vie et redoubla d'ardeur au travail. Faisant fi de ses rhumatismes, qu'il soignait comme ma grand-mère soulageait la blessure d'Étienne, à grand renfort de pommade camphrée, il était toujours le premier levé à l'aube et le dernier rentré à la tombée de la nuit.

Marthe remplaça ma grand-mère avec discrétion et dans le respect de ce qui était établi avant son arrivée. Elle ne changea rien aux habitudes des hommes, ni quoi que ce soit dans le mas. Personne d'ailleurs n'aurait pu s'apercevoir d'un changement de maîtresse de maison. Habituée à travailler durement au Masufret, elle reprit la même existence, faite des mêmes gestes, des mêmes tâches et des mêmes attentions. Seul son horizon avait changé, car elle avait beaucoup perdu en quittant le mas de ses parents, le Castanet étant réellement moins confortable que le Masufret. Mais son cœur s'était ouvert à l'amour et cela valait bien quelques petits abandons.

Ce fut donc sans regret qu'elle commença sa vie d'épouse dans le cadre rustique et pourtant si idyllique du Castanet.

3

Le Castanet

Notre mas familial n'a jamais eu la grandeur ni la majesté des grosses fermes du bas pays viticole. Accroché à son rocher schisteux comme à un trompeur mât de cocagne, le Castanet n'avait pourtant pas d'égal à des lieues à la ronde. Construit très à l'écart des voies de passage, entre deux sources parcimonieuses, il trouvait ses origines au XVIe siècle, au temps où les huguenots connurent une relative tranquillité grâce à l'édit de Nantes octroyé par Henri IV. Des actes notariés conservés par mon grand-père en attestaient. C'est donc à cette époque que mes ancêtres s'établirent sur cette terre de misère, seul bien que Dieu ait jamais voulu leur concéder.

Le mas d'origine fut sans doute entièrement reconstruit. En tout cas, des ajouts successifs firent de la modeste maison accréditée par les actes ce qu'il est devenu. Adossé à la pente abrupte de la montagne, il présentait plusieurs corps de construction, et j'ai toujours entendu parler du *membre neuf** pour désigner le premier niveau de l'édifice principal, celui qui nous servait d'habitation. Celle-ci surmontait le corps inférieur ; là se trouvaient l'écurie des chèvres et une grande pièce où étaient entreposés les tonneaux et le cuvier sur des poutres de bois. Nous ne faisions pas beaucoup de vin, uniquement pour notre consommation personnelle. Mais mon grand-père et mon père ont toujours vendangé et pressé eux-mêmes leur raisin, un mélange de clinton et d'hybrides américains importés depuis la grande crise du phylloxéra.

Du côté versant, donnant de plain-pied sur une minuscule cour très étroite, l'habitation se composait de plusieurs pièces d'inégales grandeurs, disposées en enfilade : la vaste cuisine, au sol dallé de lauzes noircies par les ans, était l'extension la plus récente du mas ; la salle à manger, de dimension plus modeste, que ma grand-mère avait toujours tenue fermée, était en réalité l'ancienne salle commune ; plein sud et dans son prolongement, la chambre d'Aline et celle de mon grand-père étaient situées juste au-dessus de l'écurie des chèvres et bénéficiaient d'une vue extraordinaire sur le mont Aigoual qui se profilait à l'horizon ; enfin, à l'étage, les deux chambres, que nous occupions ma sœur, mon frère et moi, aménagées plus tard dans l'ancien grenier.

Nous vivions dans la grande cuisine du membre neuf. La cheminée, large et haute, y tenait tout un pan de mur, tandis que le mur exposé au sud-ouest, étrangement aveugle, était excavé d'un petit garde-manger où ma mère, comme le faisait ma grand-mère avant elle, gardait les restes des plats, qu'on ne jetait jamais. J'ai toujours vu un petit bandeau de coton à carreaux blancs et bleus ornementer la poutre qui soutenait la large hotte de l'âtre, ainsi que de menus objets datant d'avant le mariage de mes parents : boîte à priser, petite lampe à huile, encrier d'écolier.

Ces objets de décoration attiraient mon attention à un âge où, enfant, je n'avais d'autres jouets que ceux que mon grand-père me confectionnait avec deux bouts de châtaignier, ou que je fabriquais moi-même maladroitement. Les six ans qui me séparaient de mon frère ne m'ont jamais permis de l'avoir comme compagnon de jeu. Quant à ma sœur Éliane, de quatre ans mon aînée, elle était bien trop préoccupée par ses rêves de jeune fille pour s'occuper du petit sauvageon que j'étais.

Aussi était-ce toujours auprès de mon grand-père que je trouvais refuge.

Celui-ci, quand l'âge lui interdit de courir par monts et par vaux, ne s'éloigna plus du mas. Le jour, il s'occupait à entretenir les terres les plus proches, à couper du bois pour l'hiver, à réparer les outils. Il passait le plus clair de son temps dans le petit appentis qui abritait, en face du portail de l'entrée, un ancien four à pain abandonné depuis longtemps. Il y tenait ses outils personnels et tout un ramassis de vieux objets qu'il gardait précieusement, vieille habitude que ses parents lui avaient transmise et qu'il transmit lui-même à mon père. Lorsqu'on avait besoin de quelque chose pour accrocher un rideau, suspendre un cadre, remplacer une pièce défectueuse, changer un manche d'outil brisé, il avait toujours ce qu'il fallait et débordait d'ingéniosité.

Le soir, avant même que mon père ne fût revenu de quelque faïsse lointaine, il s'asseyait dans le fauteuil qui lui était réservé sous la hotte de la cheminée, même en été quand l'âtre restait éteint. Et c'est là que je le rejoignais pour l'écouter. En face de lui, du côté où se trouvait l'excavation réservée au sel, le fauteuil qu'aurait dû occuper ma grand-mère restait vide. Personne n'allait jamais s'y asseoir, par respect pour la défunte sans doute ; la question, pour moi, ne se posait même pas.

Le bâtiment principal du mas faisait face à trois petites constructions annexes, édifiées de l'autre côté de la cour, sur laquelle elles donnaient par des portes à deux vantaux. Comme lui, elles dataient d'époques différentes et attestaient de l'extension de la famille et de l'accroissement de ses besoins. Dans l'une d'elles, ma mère, suivant la tradition de ma grand-mère, préparait les caillés pour les fromages de chèvre. Il y régnait une forte odeur de lait aigre fermenté par la présure. Nous n'attendions pas que les pélardons fussent complètement affinés. Dès que le lait avait fini de s'égoutter et commençait à se durcir dans les faisselles, ma mère nous offrait les premières tomes fraîches que nous dégustions avec du sucre de canne. C'était pour nous la sublime récompense, quand nous rentrions de l'école, après une heure de marche fastidieuse sur de mauvais chemins, été comme hiver.

Dans le second bâtiment annexe, mon père entreposait le matériel qu'il utilisait pour travailler les terres, préparer les vendanges ou ramasser les châtaignes. Il y avait là quantité de *luchets**, de *bigots**, des faux et des faucilles, des serpettes, des corbeilles en éclisses de châtaignier qui servaient encore à apporter le fumier sur les faïsses les plus éloignées. Mais l'outillage le plus précieux, car hérité de nos aïeux, était celui qui servait aux châtaignes. Celles-ci étaient toujours la première ressource du mas, celle qui lui avait donné son nom. Elles demeuraient pour mes parents l'activité principale, celle qui commençait juste après les vendanges, vers la mi-octobre, et se poursuivait parfois jusqu'en décembre. Toute la famille y participait, même mon grand-père, malgré son âge et ses rhumatismes. Aussi le matériel était-il particulièrement soigné dans un coin réservé du bâtiment. On y trouvait toutes sortes d'instruments pour gratter les feuilles et extraire les châtaignes de leur bogue : des *massettes*, des *rastelets*, des *grattes* ; des *saquettes** et des *bertouls** pour ramasser les fruits. Dans un autre angle trônait un van magnifique, fierté de mon grand-père. Il servait une fois par an, quand, après la récolte, les châtaignes avaient été séchées dans la *clède** et décortiquées ; ce que mes parents faisaient en les enfermant dans un sac en toile de lin qu'ils frappaient ensuite sur un billot de bois. Mon grand-père, lui, avait encore utilisé dans sa jeunesse de grosses chaussures aux semelles munies de pointes crantées, que je m'amusais parfois à chausser et avec lesquelles, en cachette, j'allais marcher dans la châtaigneraie.

Le dernier bâtiment, au fond de la cour, face à l'écurie des chèvres et des moutons, était l'antre des cochons. Je l'ai toujours connu désaffecté. Cependant il y régnait encore une puissante odeur de porcherie, dont les murs et les solives étaient fortement imprégnés.

Quelques ruches disposées sur une faïsse bien ensoleillée complétaient les maigres ressources du Castanet, qui exigeait beaucoup de ses occupants pour leur donner à vivre.

Cette existence lente, immuable, qui s'égrenait au rythme régulier des saisons, rien ne semblait devoir la perturber, tant elle était inscrite dans l'éternité. Les murs qui nous entouraient, ces terres, bâties autant que cultivées, étaient un héritage séculaire que rien, pas même les guerres de Religion, n'avait pu nous enlever. Nous y étions liés comme le galérien à sa rame ; nous les aimions malgré l'inconfort, le froid, le dur labeur auquel nous nous astreignions. Pour rien au monde nous n'aurions abandonné la terre de nos ancêtres, même au prix d'autres sacrifices, d'autres souffrances.

4

Le secret

Autour du Castanet, la grande solitude n'avait d'égale que la pesanteur du silence qui enveloppait les crêtes décharnées des montagnes. Celles-ci, telles les côtes saillantes d'un souffreteux, cascadaient en blocs erratiques dans la profondeur des vallées ténébreuses. Sur leurs flancs, les vieux mas séculaires s'accrochaient comme des verrues enracinées sur une peau flétrie, desséchée, retombant en plis flasques, prête à s'arracher. Et pourtant la vie s'y poursuivait avec ténacité et pugnacité. Ceux qui y étaient attachés ne quittaient jamais sans regret leur terre devenue malade d'avoir été, elle aussi, saignée à blanc.

La Grande Guerre avait privé de nombreux foyers de bras indispensables, afin qu'ils aillent défendre de lointaines frontières, de vagues horizons, d'où beaucoup d'hommes ne revinrent jamais. Avec courage, les femmes avaient redoublé d'ardeur, remplaçant dans les terres ici un mari, là un fils, tombés au champ d'honneur. Mais elles ne purent faire face à toutes les contraintes et, très vite, les faïsses commencèrent à se couvrir de ronces et d'herbes folles, les fougères envahirent les sous-bois, les genêts les maigres pâturages des chèvres ; les murs éventrés finirent par vomir la terre gonflée d'eau comme le ventre d'un animal malade, vite emportée toujours plus bas par les pluies torrentielles, comme pour mieux montrer à ceux qui s'acharnaient sur les flancs des montagnes que le domaine des hommes n'était pas dans les hauteurs célestes réservées à Dieu.

La Cévenne entra dans une lente et longue agonie.

Chez les Monteil, malgré la grande pauvreté, on n'avait pas à se plaindre. Les deux hommes étaient toujours bien vaillants. La grande catastrophe n'avait en rien affecté les activités du mas. Marthe tenait celui-ci d'une main experte et semblait tout à fait capable de remplacer ma grand-mère dans les tâches quotidiennes malgré son jeune âge.

Très vite cependant, elle montra des signes évidents de fatigue. Ses jambes eurent de plus en plus de mal à la porter ; ses reins douloureux la tiraillèrent et la laissèrent pliée en deux chaque fois qu'elle soulevait un poids ; son appétit s'amenuisa et de fréquentes nausées lui ôtèrent toutes ses forces.

En jeune femme de la campagne, forte et peu encline à se plaindre, elle tint ses tourments dans le secret, n'en disant mot ni à son mari, ni à son beau-père, qui, tous deux, s'inquiétèrent davantage de la voir rechigner à se nourrir que de présenter quelques signes ostensibles de faiblesse. Peu psychologue et encore moins perspicace vis-à-vis des femmes, Élie se demanda s'il avait fait le bon choix pour son fils, craignant que sa bru ne fût, finalement, de santé précaire. Le mariage n'était consommé que depuis à peine deux mois, et Marthe semblait déjà ne plus être à la hauteur de la tâche.

Levée dès l'aube avec les deux hommes, elle préparait sans tarder leur premier repas de la journée et celui qu'ils emportaient, car il n'était pas question de rentrer manger au mas quand ils travaillaient dans une terre éloignée. Un gros morceau de pain gris, un oignon doux, une moitié de pélardon et quelques *châtaignons** constituaient l'ordinaire de ces travailleurs de force. La besace devait être prête à l'heure et, après le départ d'Élie et d'Étienne, une dure journée de travail attendait la jeune Marthe ; une journée passée dans le silence, que rompaient seulement les bêlements des agneaux restés à l'étable ou les aboiements de la chienne. Celle-ci, devenue trop âgée pour suivre les moutons et les chèvres sur les pentes abruptes de la montagne, était sa seule compagnie.

Jamais le logis ne fut plus propre. Mon père s'en vantait à qui voulait l'entendre. Il avait, d'après ses dires, déniché la perle rare et ses amis ne se gênaient pas de l'asticoter, quand, le dimanche, ils se retrouvaient tous pour une longue journée de chasse.

« Tu pourrais bien nous la prêter un peu ! Des petits bijoux comme ça, il ne faut pas les garder pour soi. »

« Chez moi, la vieille n'est plus vaillante ; ta jeune pouliche pourrait venir me border le soir ! »

Les plaisanteries allaient bon train, toujours dans la limite de la décence. En bons huguenots qu'ils étaient tous, aucun des amis d'Étienne n'aurait jamais osé pousser trop loin la galéjade. Aussi mon père ne s'offusquait-il pas de l'humour un peu grivois dont il faisait les frais. À vrai dire, il aimait alimenter lui-même les remarques coquines de ses amis et entrait volontiers dans leur jeu.

Marthe passait ses longues journées à épousseter, à nettoyer la cheminée, à remettre de l'ordre dans ce qui lui semblait dérangé ; sans oublier la traite des chèvres, le nettoyage de l'écurie et la préparation des pélardons. Elle ne prenait guère de repos et c'est à peine si elle s'asseyait pour son repas de midi. Les journées d'automne étant encore très douces, elle prenait plaisir à venir manger sur les marches de la clède, bien exposée au soleil. D'un seul regard, elle embrassait alors tout le paysage qui, de l'Aigoual au mont Lozère, n'était que moutonnement de formes arrondies, cascades de sommets couverts de forêts sombres, trouées par endroits de longues estafilades. Enserrées à leur pied, d'étroites vallées encaissées où, par chapelets, s'égrenaient les toitures grises et luisantes des hameaux aux mas entassés les uns sur les autres.

Peu après son installation au Castanet, Marthe avait ressenti de légers tiraillements dans le ventre. Mais cela ne l'avait pas empêchée de faire honneur à la place qui l'attendait. Elle mit ce désagrément sur le compte des ardeurs d'Étienne, trop souvent réitérées et pas toujours très douces. « Ça lui passera bien, il est comme un jeune cabri qui découvre la vie ! » se disait-elle pour se rassurer. Toutefois, quand son corps fut davantage perturbé, elle comprit, bien tardivement, qu'elle était enceinte.

Elle garda son secret le plus longtemps possible. Mais elle sentait de plus en plus fort la vie battre en son sein et, sous la peau tendue de son ventre qu'elle tenait dissimulé sous une robe ample de paysanne, mon frère Isaac commençait à se manifester.

Un soir, la trouvant alitée au retour de son travail, Étienne s'inquiéta vraiment de son état. Mon grand-père, qui n'était pas homme à s'attendrir, n'entra pas voir sa belle-fille dans sa chambre, bougonnant entre ses dents qu'au Castanet il n'y avait pas de place pour une femme paresseuse. Marthe avoua à son mari qu'elle était enceinte de quatre mois, ce qui remontait à deux bons mois avant le mariage.

« Pourquoi as-tu attendu si longtemps avant de parler ? s'enquit Étienne, étonné et fier à la fois d'apprendre tout à coup qu'il allait être père.

— Les gens comprendront vite que j'étais

enceinte le jour de notre mariage ! Je vais être la risée de tout le monde, et j'aurai honte de me présenter devant ton père et devant mes parents qui étaient si contents de marier leur fille en blanc. »

Étienne n'avait pas vu les faits sous cet angle.

« Nous n'avons pas à avouer de telles choses. Personne ne doit savoir que tu portes notre enfant depuis quatre mois.

— À la naissance, on aura vite fait de compter !

— D'ici là... »

Étienne ne termina pas sa phrase. Il savait que les gens de son éducation trouveraient à redire, voire à médire à propos de la faute commise. Avec la Bible, il ne faut pas badiner. Le mariage devant le pasteur est un engagement trop sérieux ; rien ne doit l'entacher.

Il fallut mettre mon grand-père au courant, mais Étienne se garda bien de lui fournir trop de précisions. Élie reçut la nouvelle avec une joie sincère et proposa lui-même d'alléger la charge de sa belle-fille.

« Il faut te reposer. Le petit ne doit pas souffrir avant de naître. Le Seigneur ne nous le pardonnerait pas. À partir d'aujourd'hui, je m'occuperai de la traite des chèvres et des pélardons. Tu n'auras plus qu'à t'occuper de l'intérieur de la maison. »

Élie prit soin de sa belle-fille comme d'un véritable trésor, lui prodiguant tous ses conseils, lui proposant chaque jour des remontants que ma grand-mère Esther, sa défunte femme, lui préparait pour lui donner un coup de fouet. Marthe connaissait toutes ces potions, lait de poule, infusion de thym au miel et autres sirops tonifiés par l'eau-de-vie. Elle ne les appréciait guère, mais acceptait de les ingurgiter pour être agréable à son beau-père. Celui-ci attendait avec impatience la venue de sa descendance et était persuadé qu'un garçon naîtrait bientôt au Castanet.

La vie d'Étienne ne se trouva pas modifiée pour autant, hormis le surcroît de travail, puisque son père ne l'aidait plus dans les terres, et les dimanches qu'il passait au mas avec sa femme, plutôt que d'aller chasser avec ses amis. Ceux-ci s'inquiétèrent très vite de ses absences, d'autant que la chasse aux sangliers allait commencer et que la battue nécessitait la présence de tout le monde.

« Désolé, expliqua Étienne, mais cette année, les sangliers se passeront de moi. Ma femme attend un petit. Je ne peux la laisser seule. »

Les railleries cessèrent aussitôt. Avec ces choses-là, on ne plaisantait pas. La nouvelle se répandit comme un feu de paille, de mas en mas, par-dessus les serres et au fond des valats. Les femmes espéraient secrètement la naissance d'une petite fille Portal, afin, osaient-elles avouer, de tenir compagnie à cette brave Marthe qui ne devait pas s'amuser tous les jours entre son mari et son beau-père. Les hommes, plus pragmatiques, tenaient pour un garçon, afin d'assurer la pérennité du nom et l'aide nécessaire pour les travaux les plus durs. Conscients que la guerre avait amorcé le déclin de nombreux mas, ils se réjouissaient en secret qu'un petit mâle vienne reprendre le flambeau des anciens.

Dans les pays reculés de nos vieilles montagnes, le travail a toujours été la seule préoccupation des hommes. Nés dans la douleur, ils n'ont jamais pensé que la vie pouvait être autre chose qu'une longue suite d'abnégations et de dur labeur. La misère a toujours été leur première et parfois leur seule compagne, celle qui, de la naissance à la mort, ne les quitte jamais, plus fidèle que la plus dévouée des épouses. À se demander si les célibataires, de plus en plus nombreux, ne la préfèrent pas aux tendres caresses d'une femme, dont ils ne sauraient que faire ou qu'ils ne seraient pas certains de pouvoir retenir entre les murs gris de leurs maisons austères ! Au moins, cette compagne ne vous joue pas des tours. Avec elle, pas de surprise ! Tel que l'on naît, tel on est, tel on demeure et tel on meurt ! De la terre, par la terre, à la terre. Le cycle se perpétue inexorablement ; cela évite de penser, de déranger, de se déranger. La résignation a toujours été l'apanage des pauvres. Il n'y a que les nantis, c'est bien connu, qui pensent à se révolter, car ils ont le temps de penser. De penser qu'en dessous d'eux il y a toute la misère du monde, et qu'au-dessus d'eux il y a plus nantis qu'eux. Mais quand on n'a rien d'autre que ses mains pour trimer, que ses ongles pour gratter la terre, que la sueur de son front pour se rafraîchir le visage, que des maisons ténébreuses enchâssées dans la pierre stérile pour unique palais et d'étroites fenêtres, plus étroites que profondes, pour voir la lumière du jour illuminer la montagne, on peut bien s'extasier, avec tous ceux qui, venant de la ville ou d'ailleurs, s'exclament : « Que la montagne est belle ! » Certes, la montagne est belle, mais elle est aussi d'une cruauté sans pareille.

Des siècles d'abrutissement, de renoncement, d'aveuglement, de privation et d'épuisement étaient en train de venir à bout de tout un peuple trop fier pour reconnaître que la nature sauvage reprend toujours le dessus, trop obstiné pour abdiquer sans s'acharner, trop accroché à sa foi pour croire que Dieu pourrait un jour l'abandonner. Pourquoi faut-il donc que Dieu choisisse les plus déshérités pour leur faire endurer les pires souffrances, avec la promesse que Son royaume leur est acquis d'ores et déjà ? Pourquoi les enchaîne-t-Il à cette vie de galérien, alors que le poids de leur existence est déjà à lui seul une vraie galère ? Pourquoi faut-il vivre malheureux sur cette terre ingrate, pour avoir le droit de vivre heureux dans les cieux ?

Ni Élie, ni Étienne, ni leurs ancêtres ne se posaient ces questions. Pour eux, la vérité était écrite dans la Bible, dont ils lisaient chaque soir quelques pages avant de s'endormir ; et cela leur suffisait pour éclairer leur sommeil de la lumière du juste et pour croire que, c'était ça, la vie : le travail, la sueur, la fatigue, la douleur, un éternel combat contre les éléments, des naissances et des morts qu'on irait enterrer dans le cimetière familial, pas trop loin, juste au-dessus de la maison afin de rester en contact avec eux et pour ne jamais oublier que la mort est notre destin commun.

Précisément, la naissance d'un enfant n'était qu'un maillon de la chaîne de l'éternel recommencement. Briser cette chaîne en se révoltant contre son sort, c'était se dresser contre la volonté de Celui qui est le grand ordonnateur de cet éternel recommencement, le grand créateur de l'univers, Celui qui est sans jamais avoir été, et qui a décidé du sort et de la place de chacun. C'est la raison pour laquelle mon grand-père salua l'annonce de la naissance de mon frère Isaac avec toute la dévotion et la soumission qu'il devait devant l'Éternel. Dès lors le Castanet se prépara à l'heureux événement. Et si l'austérité intérieure de la demeure ne devait guère changer, il semblait que le ciel mît tout son talent pour illuminer davantage ce qui allait devenir la nouvelle crèche de la Vieille Morte.

5

Délivrance

Mon grand-père tint parole. Jamais l'existence de Marthe ne fut si agréable. C'est trop de dire qu'elle avait deux hommes à ses pieds. Car elle dut, malgré tout, faire sa part de travail. Mais au fur et à mesure que son ventre prenait de l'ampleur et que les contractions la contraignaient à s'allonger, Élie et Étienne ne cessèrent de multiplier à son égard toutes les meilleures attentions du monde. C'était comme si mon grand-père découvrait pour la première fois les joies de la paternité. À croire qu'il n'avait pas eu d'enfant avec son épouse !

Mon frère Isaac naquit bien avant terme. Ce qui ne fut pas pour déplaire à mon père qui, comptant sur ses dix doigts, en arriva, cependant, à la triste conclusion que huit mois et des poussières faisaient remonter la conception à... Il s'embrouillait dans ses calculs. Mais, de toute manière, c'était certain, tout le monde s'apercevrait de la faute commise.

Ma mère fut donc délivrée peu avant le printemps.

Pour l'occasion, ni Étienne, ni Élie ne s'étaient réellement préparés. Parti selon son habitude garder les chèvres sur les hauteurs, mon père avait laissé Marthe, dont le ventre avait doublé de volume, sous la garde de mon grand-père. Celui-ci, qui avait eu la chance, pour les deux accouchements de sa femme, d'avoir l'aide d'une voisine, ne s'inquiétait pas outre mesure. Escomptant une naissance aux environs de la Pentecôte, soit neuf mois après le mariage, il n'était en rien affolé par l'énormité du ventre de sa belle-fille. Au contraire, c'était signe, pensait-il, qu'il s'agirait d'un garçon. « Ventre rond, garçon ; ventre pointu, enfant fendue ! » aimait-il répéter. La descendance était donc assurée. C'est tout ce qui l'intéressait.

Affairé à réparer de vieux colliers de mouton dont la décoration avait disparu depuis longtemps, il s'apprêtait à tailler quelques morceaux de bois sec quand Marthe arrêta net son pas nonchalant.

« Père, père ! Je crois que c'est pour maintenant. »

Nullement affolé, mon grand-père rebroussa chemin, entra dans la sombre cuisine et s'étonna de voir sa bru debout, tenant son ventre dans ses mains et dégoulinant de l'entrejambe. Ne sachant que penser, il courut d'abord chercher le pot de chambre, puis, d'un air idiot, lâcha :

« Qu'est-ce qu'on fait ?

— Il est trop tard pour aller chercher l'accoucheuse – en fait la voisine la plus proche. Aidez-moi plutôt à m'allonger sur mon lit. »

Tant bien que mal, Élie soutint ma mère jusqu'à sa chambre.

« Je vais chercher Étienne.

— Non, ce n'est plus la peine. Ne me laissez pas seule ! »

L'accouchement n'est pas une affaire d'homme. D'ordinaire, la mère, aidée de l'accoucheuse et entourée de ses amies les plus proches, se débrouille sans les hommes. Ceux-ci attendent patiemment dans la pièce d'à côté et font des plans sur la comète pour déterminer le sexe du petit ange qui va naître. Mais pour son premier accouchement, Marthe fut bien obligée de déroger aux sacro-saintes traditions et, une fois n'étant pas coutume, c'est en présence de son beau-père – le pauvre –, qu'elle s'apprêta à mettre au monde son premier enfant.

Élie était plus habile à taillader des morceaux de bois et à rafistoler n'importe quoi avec des bouts de ficelle, qu'à venir en aide à une femme qui perd les eaux et se trouve sur le point d'accoucher. Devant les rictus de sa belle-fille qui allaient au rythme des contractions de ses entrailles endolories, il restait les bras ballants, à ne savoir que faire. Sa première réaction fut de sortir immédiatement de la chambre. Un tel spectacle n'était pas fait pour un homme ! Le sexe de la femme, même dans les moments de grande intimité, n'était pas chose à toucher du regard ! Il ne devait donc en aucun cas rester auprès de la malheureuse.

Celle-ci, entre deux déchirements qui lui faisaient

sortir de la gorge des cris aigus à en réveiller la Vieille Morte, trouva encore la lucidité de lui dire ce qu'il devait faire.

« Allez faire bouillir de l'eau. Apportez des chiffons bien propres et les ciseaux. Passez la lame à la flamme. Dépêchez-vous ! »

Le pauvre Élie n'aurait jamais cru devoir se transformer un jour en sage-femme !

« Si seulement Étienne était là ! ronchonnait-il. C'est plutôt à lui d'aider sa femme à mettre bas. »

À ce terme, l'image des chèvres donnant le jour à leurs cabris lui traversa l'esprit. Non, décidément, il ne fallait pas compter sur lui pour accoucher sa belle-fille ! Il irait chercher de l'aide ou elle se débrouillerait seule. Se débrouiller seule ! Et si cela se passait mal ? Et si le petit avait besoin d'aide pour sortir de là où il est ? C'est fréquent chez les chèvres ou les brebis qui ont le bassin trop étroit. L'idée que sa bru pût, elle aussi, être en danger ne lui vint pas à l'esprit.

« *Boudiou** ! s'exclama-t-il. Quelle histoire ! »

Dans sa chambre, Marthe ruisselait toute l'eau de son corps. Les contractions se rapprochaient et lui coupaient la respiration. Elle eut encore la force de réclamer ce qu'elle avait demandé. Élie sortit de ses songes et, mécaniquement, se mit en quatre pour répondre à ses exigences.

« Père, père ! Dépêchez-vous ! »

Pendant ce temps, Étienne, du haut du Rocher de l'Aigle qui dominait le mas et toute la vallée en contrebas, s'aérait l'esprit aux quatre vents en songeant que son Castanet avait bien fière allure, accroché depuis des siècles à son promontoire rocheux. Il l'imaginait telle une citadelle, à l'image de ces châteaux médiévaux aux pierres grises et aux puissants donjons, érigés sur des bastions inexpugnables. Ces vieilles bâtisses, perchées sur les aspérités saillantes de cette montagne squelettique, n'étaient-elles pas, elles aussi, les demeures des seigneurs de cette terre âpre et sans pitié, de ceux qui vinrent à bout d'une lutte inégale et acharnée contre les éléments les plus hostiles ? Ces habitants, dont il faisait partie, n'étaient-ils pas les ultimes survivants d'une civilisation perdue qui commençait à agonir et à sombrer dans les flots sombres et profonds de la modernité ?

La pensée que sa femme accoucherait, comme sa mère et sa grand-mère avant elle, comme des milliers de femmes au cours de siècles précédents, dans des conditions précaires, loin de tout, sans secours, sans docteur, sans infirmière, en présence d'une simple voisine pour toute accoucheuse, lui qui avait connu l'hôpital pendant la guerre et avait reçu les soins les plus attentifs, cette pensée ne le perturbait pas. La tradition voulait que le nouveau-né vienne au monde dans le lit de ses parents, là où ceux-ci l'avaient conçu, là où ils mourraient et où l'enfant devenu adulte mourrait un jour à son tour. Pourquoi vouloir déranger l'ordre des choses ?

D'ailleurs, du haut de son perchoir où il aimait se

réfugier pour mieux se sentir en communion avec une solitude qu'il n'avait jamais totalement abandonnée et avec laquelle, malgré toutes les attentions de sa jeune épouse, il renouait fréquemment comme on renoue avec une vieille maîtresse, il avait beau scruter le moindre détail – et il connaissait le plus petit caillou, le ruisseau le plus insignifiant, la grotte la plus dissimulée –, jamais il ne percevait le moindre changement dans son univers. Celui-ci semblait à jamais voué à l'immortalité, figé dans sa désolante beauté, hormis la valse des couleurs d'une saison à l'autre, la ronde des hirondelles, le vol saccadé des martinets au printemps et le lent dépérissement des châtaigniers malades de l'encre qui tachait leurs feuilles et pourrissait leurs racines.

Rien, pas même la naissance d'un enfant, ne pouvait changer quoi que ce soit à ce spectacle à la fois paradisiaque et infernal. Car il devait bien se l'avouer dans le secret, Étienne, la Vieille Morte était certes d'une beauté et d'une grandeur inégalables, mais elle en faisait payer très cher le prix à ceux qui s'accrochaient encore à ses flancs. Et si Élie ne s'était pas mis en quatre pour le sortir de cette triste et paralysante solitude, il est fort à parier qu'il serait mort un jour sans que personne ne s'en aperçoive, le nez sur les lauzes froides de sa cuisine ou la face contre terre dans l'une de ses faïsses qu'il s'évertuait à entretenir. On l'aurait retrouvé des jours après, Dieu sait dans quel état, les yeux et le visage dévorés par les corbeaux et le ventre grouillant de vermine, méconnaissable dans ses habits de traîne-misère ; à moins qu'il n'eût la bonne idée d'aller mourir dans son lit pour faire la nique à la mort et perpétuer la tradition.

Heureusement, si l'époque était dure, elle pouvait, malgré tout, apporter son lot de réconfort et, sous ce toit rayonnant de lumière, un petit allait bientôt reprendre le flambeau de la vie.

Dieu n'abandonne jamais ses enfants dans l'adversité, à condition qu'ils satisfassent aux rites de passage obligés qui les enferment dans une série de contraintes rythmées par la vie. Celles-ci leur confèrent la reconnaissance de la communauté et leur assurent l'accès à l'âge de la maturité, accompli par le mariage et la genèse d'une nouvelle famille et que seule la mort vient interrompre.

En fait, tout se passa très vite, au grand soulagement de mon grand-père, qui, finalement, n'assista pas tout à fait à l'apparition de son premier petit-fils. Tandis qu'il s'affairait dans la cuisine, Marthe, en mère courage, mit seule au monde son enfant. Prématuré d'environ un mois, celui-ci n'offrit aucune résistance à faire son entrée dans la vie. Ignorant les dures conditions d'existence qui seraient sans doute les siennes, il poussa un premier cri de douleur, qu'Élie prit aussitôt pour un signe de bon augure et qui soulagea sa mère de toute inquiétude. L'enfant était né et bien vivant. Marthe le prit dans ses mains, encore tout barbouillé de sang, l'enveloppa dans un linge propre qu'Élie avait fini par apporter sans oser regarder le spectacle donné par sa bru, toujours adossée à la tête du lit, toute souillée, les jupes retroussées, les jambes écartées, le ventre encore gonflé.

Il fallait faire vite. Avec beaucoup de maladresse, mon grand-père suivit les directives de sa belle-fille qui avait gardé la tête froide malgré les circonstances, pour le moins impressionnantes. Il prit délicatement le nouveau-né, coupa et noua le cordon ombilical, lui fit une toilette sommaire et l'enveloppa, selon la coutume, dans une chemise de sa mère.

Celle-ci demeura alitée, trop affaiblie sur le moment pour s'occuper de ce qu'il convenait de faire suite à la délivrance. Elle pria Élie de prendre le placenta et d'aller l'enterrer dans un endroit bien sec, afin d'éviter que l'enfant n'urine trop longtemps dans ses langes. Ce n'était pas une superstition, mais encore une de ces traditions ancestrales dont il était difficile de se défaire, de crainte de regretter un jour de ne pas s'y être conformé. Puis mon grand père décrocha son fusil de chasse du râtelier et s'en alla tirer trois coups consécutifs pour prévenir Étienne de l'heureuse nouvelle.

Ce dernier, secoué dans sa rêverie de berger solitaire, crut d'abord avoir affaire à quelque chasseur embusqué dans les bois. Son attention mise en éveil, il balaya du regard les caches où d'ordinaire les chasseurs se mettaient à l'affût et constata qu'il n'y avait pas un seul oiseau dans le ciel pour expliquer ces tirs répétitifs. Trois coups éclatèrent de nouveau. Cette fois, pas de doute, c'était du Castanet qu'ils provenaient.

« Trois coups, Boudiou ! Un garçon, c'est un garçon ! Où avais-je la tête ? »

À grandes enjambées, il descendit de sa tour d'ivoire, laissant chèvres et moutons sous la vigilance de son fidèle briard. Jamais il ne dévala si vite les chemins escarpés qui, de rochers à vif en ruisseaux asséchés, menaient à ses tanières secrètes. Jamais la distance ne lui parut si longue pour regagner son logis, où, par la force de l'habitude, les bêtes rentraient d'elles-mêmes, sans qu'on ait besoin de les y pousser. Se pouvait-il que Marthe ne l'ait pas attendu pour se délivrer de ce qu'il considérait avant tout comme « sa » descendance ? Lui qui s'était fait une joie de pouvoir dire un jour à son fils : « C'est moi, fiston, qui t'ai tenu le premier dans mes bras ! », arriverait-il donc trop tard ? Pourquoi ne pas l'avoir prévenu ce matin que le grand jour était arrivé ? Les femmes sont bien toutes les mêmes, à considérer les enfants comme leur propre progéniture !

Allons ! Le tourment mettait dans l'esprit d'Étienne des idées qui dépassaient ses pensées. Après tout, Élie avait tiré trois coups, sans doute pour le prévenir de rappliquer sans tarder, que le fiston était près de la porte de sortie et qu'il attendait son père.

Mais en fait, qui aiderait Marthe à en finir ? Il

fallait prévenir Simone Lafage au Mazel. Mais ce mas avait beau être le plus proche du Castanet et les Lafage les meilleurs amis des Monteil depuis des générations, il fallait bien vingt bonnes minutes pour s'y rendre en courant à travers la montagne. Leur mas, en effet, se trouvait de l'autre côté de la crête du Rocher de l'Aigle dont il venait d'entreprendre la descente au galop. Du coup, Étienne s'arrêta net, son élan coupé par l'hésitation. Il ne fut pas long à calculer : remonter, prévenir, revenir en compagnie de Simone, cela prendrait une heure. Avec un peu de chance, le bébé ne serait pas encore né. De toute façon, seul, en compagnie de son père, il ne se sentait pas capable d'assister sa femme pour accoucher. Une chèvre ou une brebis, soit, c'était dans ses cordes ; mais une femme, comment ferait-il ?

Il n'hésita pas longtemps, dévala encore quelques raidillons et bifurqua sur sa droite, laissant le sentier du Castanet à l'opposé.

Pendant ce temps, Élie guettait en faisant les cent pas. Marthe berçait déjà tendrement son enfant qui attendait son père.

Lorsque celui-ci fut de retour avec Simone Lafage, Élie explosa :

« Qu'est-ce que tu foutais là-haut ? Tu n'as pas entendu mes coups de fusil ? »

Voyant Simone dans l'ombre de son fils, mon grand-père comprit la raison de l'arrivée tardive d'Étienne.

« C'est trop tard ! » ajouta-t-il, laconique.

Les visages se crispèrent.

« Il est arrivé malheur ?

— Un grand malheur, oui, tu peux le dire, fiston !

— Explique-toi !

— Grand benêt, va donc voir ton fils. Il t'attend à l'intérieur. »

C'est par ces paroles que mon grand-père annonça à mon père la naissance de mon frère Isaac. Simone était restée plantée sur le seuil de la porte, n'osant entrer, attendant une parole d'Élie pour être rassurée sur le sort de son amie.

« La maman ?

— Ma bru ? Elle est dans son lit, avec son petit. Où veux-tu qu'elle soit ? »

Simone entra sans y être invitée et tomba dans les bras de ma mère. Après les compliments d'usage et les premières embrassades, elle se confondit en regrets de ne pas avoir été présente au moment crucial. Elle, qui avait déjà connu deux maternités, aurait été d'une aide précieuse pour sa jeune amie qui commençait ainsi durement sa vie d'adulte. Car elle avait été à bonne école avec ses deux garçons qui étaient nés à un an d'intervalle juste après la guerre. Elle proposa sans hésiter de rester jusqu'au bord du soir, puis de revenir au Castanet pour quelques jours dès le lendemain, avec ses deux petits, afin d'aider ma mère à se remettre de couches et à veiller sur Isaac, qui paraissait un peu chétif, vu sa naissance prématurée.

6

Les voisins

Notre existence au Castanet fut bouleversée par l'heureux événement. Tout à coup, les femmes prirent le devant de la scène avec leurs trois enfants en bas âge. Simone Lafage, en effet, vint s'installer chez nous dès le lendemain. Son mari, Marcel, qu'on appelait familièrement Marcellou, l'accompagna pour apporter son chargement d'enfants et de paquetages et pour rendre visite à la nouvelle maman. Il ne resta qu'une petite heure, le temps de présenter ses félicitations et d'honorer sa venue en acceptant de boire un verre de pastis à la santé du nouveau-né.

Étienne, qui était de la même classe que lui, tenta de le retenir, lui versant une seconde dose de ce breuvage qu'il fabriquait lui-même avec de l'eau-de-vie et des fioles d'anis de contrebande. Ce n'était pas tous les jours que des invités venaient au mas. Quand, par bonheur, on avait quelqu'un sous la main, vite, on sortait la cartagène ou le *pastaga* maison pour fêter l'occasion. On buvait dans les verres de tous les jours, devenus opaques à force d'avoir été lavés et relavés. Le pastis laissait dans la gorge un arrière-goût prononcé de marc, mais, l'alcool aidant, il réchauffait le cœur et déliait les langues. Il était rare que la collation fût suivie d'un repas improvisé. On ne retenait pas les gens à l'improviste et, si l'invitation était faite malgré tout en termes courtois, on était certain que l'invité refuserait. Par politesse d'abord, car il était de bon usage de se faire un peu prier ; par pudeur aussi ; enfin parce qu'on savait ce qu'il en coûtait d'être pauvre. On n'insistait donc pas. L'invitation serait réitérée un peu plus tard, de façon plus officielle, et, au moins une fois par an, on se retrouverait autour d'une table bien garnie où rien ne manquerait. L'invitation serait rendue peu de temps après dans les mêmes conditions.

Marcellou prit congé après avoir avalé ses deux ou trois pastis et laissa sa femme et ses deux bambins dans la « chambre d'Aline », laquelle fut transformée pour l'occasion en véritable pouponnière. Puis il reprit, à travers la montagne, le chemin du Mazel, où le travail l'attendait.

Le Mazel était une grosse ferme, qui jadis avait été très prospère. Construit sur une ligne de crêtes, il avait l'avantage de profiter des deux versants de la montagne, ce qui permettait d'affecter les terres ensoleillées de l'adret aux cultures céréalières et celles de l'ubac, plus humides, au pâturage des troupeaux. Le domaine cultivé étant regroupé autour du mas, cela évitait des déplacements inutiles et facilitait l'utilisation des machines agricoles. Tandis que mon père et mon grand-père s'épuisaient à retourner la terre au luchet et portaient toujours le fumier sur leur dos dans d'antiques *panièraus**, se protégeant l'échine et la tête à l'aide d'un *cabussau** rembourré de paille, Marcel Lafage, lui, labourait ses terres à la charrue et transportait ses lourdes charges grâce à un cheval qu'il bichonnait avec plus d'attention que sa propre femme. Conscient de la chance que Dieu lui avait accordée en le faisant naître au Mazel, il prêtait parfois son précieux animal et son brabant à mon père, quand celui-ci voulait retourner une terre que le temps avait transformée en une croûte épaisse et dure et que la friche avait complètement gagnée. Fallait-il encore que cette terre fût accessible par un chemin carrossable, ce qui n'était pas toujours le cas au Castanet, dont le domaine couvrait tout un versant de montagne, mais n'avait pas grande valeur.

La vie au Mazel n'était pas différente de la nôtre, mais elle était moins modeste. Les terres ensemencées en seigle et en avoine étaient plus étendues et produisaient davantage. La vigne était plus prolifique, les légumes plus abondants et les bêtes plus grasses. Marcellou élevait surtout des brebis pour la vente des agneaux, dont il tirait ses plus gros revenus. Les chèvres et les fromages n'étaient qu'une ressource secondaire. D'ailleurs, mon grand-père ne se privait pas de dire que les pélardons du Mazel ne valaient pas les siens. Enfin, la porcherie abritait toujours trois cochons, dont une énorme truie. Celle-ci ne cessait de mettre bas des petits qui, une fois engraissés, étaient tués en décembre pour fournir de la viande tout au long de l'année.

À cette occasion, mon père et mon grand-père allaient donner la main à leurs voisins, car ce n'était pas une mince affaire. Ils revenaient toujours avec quelques saucissons, jambons et pâtés, et du boudin frais qu'on mangeait le jour même.

En plus des deux enfants en bas âge, le Mazel abritait les parents de Marcellou, Arthur et Madeleine Lafage, âgés tous deux d'une cinquantaine d'années, ainsi que la mère de Simone, Augusta, qu'ils avaient recueillie à la suite du décès de son mari. Trois générations s'y côtoyaient donc dans la plus grande harmonie, en dépit de quelques différences de taille, qui n'étaient pas passées sans commentaires lors du mariage de Marcel et de Simone.

Celle-ci, en effet, était issue d'une famille catholique, et Augusta, sa mère, l'avait élevée dans la confession papiste avec la bénédiction de son mari qui adorait davantage la bouteille de piquette que Dieu le Père.

Le *bigarrat** avait donc fait grand bruit à l'époque, car les mariages mixtes n'étaient pas encore très fréquents. Les parents des deux amoureux, s'étant opposés à cette union qu'ils estimaient contre nature, ne voulurent rien savoir et s'entêtèrent dans leurs convictions, poussant ainsi les deux jeunes gens à l'*enlevament**, tel qu'il se pratiquait dans les temps reculés. Ceux-ci s'enfuirent trois jours consécutifs au su de deux témoins qui avertirent ensuite les familles de l'acte d'enlèvement. Peu de temps après, les jeunes fugueurs rendirent visite à leurs parents et implorèrent leur pardon et leur indulgence. L'honneur était sauf. La réconciliation eut lieu et on procéda finalement aux épousailles selon les règles, en présence d'un prêtre et d'un pasteur. La tradition, une fois de plus, fut respectée et permit par la suite aux deux familles de devenir amies. Au point qu'au Mazel, Augusta, la catholique, avait été recueillie par la famille Lafage, très protestante.

Celle-ci passait pour l'une des plus anciennes familles de toute la région. Le Mazel, bien campé au cœur de ses terres, se dressait depuis très longtemps à la croisée des chemins de Saint-Étienne et de Saint-Martin-de-Boubaux. Il avait fière allure avec sa grande cour centrale autour de laquelle se pressaient les bâtiments d'exploitation. La porcherie, l'écurie, l'étable, la grange et les hangars formaient une ferme peu ordinaire dans la région. Elle tenait davantage des grandes fermes du haut pays que des petits mas cévenols accrochés à leurs rochers de misère. À l'extérieur, une immense aire à battre les céréales, entièrement revêtue de grandes lauzes, formait un étrange bassin fermé sur trois côtés, adossé à une petite construction qui enchâssait le précieux four à pain. Rien ne manquait pour vivre en autarcie. Aucun bâtiment ne tombait en ruine et les ronces et les orties étaient impitoyablement détruites, de sorte que les abords de la ferme étaient aussi nets que l'intérieur du logis.

Avec trois femmes sous son toit, celui-ci avait de quoi étinceler de propreté. Malgré son côté rustique, il ne manquait pas de confort et sa grande cuisine, sise juste au-dessus de l'écurie, rayonnait d'éclats et de lumière. La cheminée était l'âme de la pièce, dispensatrice de la chaleur vivifiante quand, au-dehors, toute vie était paralysée par le froid ou par la neige. Elle s'ouvrait, béante, au milieu du mur maître de la maison. La hauteur de son manteau permettait de s'asseoir aisément à plusieurs, de part et d'autre du foyer, aux places préférées de la mamée et du papé, êtres frileux à force de ne plus bouger. Une marmite, suspendue à une crémaillère aux anneaux noircis par les flammes, laissait échapper des jets de vapeur d'eau chaude, quand ce n'étaient pas d'agréables effluves de soupe au lard longuement mijotée.

En face de l'âtre, où brûlaient sans discontinuité d'énormes billes de châtaignier, se dressait un immense vaisselier ouvert qui exhibait les richesses de la famille. Les plats et les assiettes de vieille porcelaine à motifs roses et bleus côtoyaient les verres soufflés à la bouche, aux mystérieuses bulles d'air opaques, qu'on ne sortait qu'en de rares occasions, une ou deux fois dans toute une vie. L'horloge, une vieille demoiselle ventrue, battait la mesure du temps, d'un rythme lent et régulier, imperturbable, sans jamais grignoter une seconde. Gardienne du foyer, elle avait été le témoin de nombreux événements familiaux, de naissances, de décès, d'unions et de disputes. Mais elle gardait jalousement le secret de ses indiscrétions involontaires et, jamais au grand jamais, le maître des lieux ne l'aurait laissée s'arrêter. Elle était, comme dans tous les foyers cévenols, le feu vestalien, la gardienne du temple, la garante du passé et des jours à venir.

On se sentait bien dans ce cadre chaleureux. La lumière dorée du couchant scintillait de mille feux dans le grand miroir posé sur la commode qu'un aïeul avait fabriquée dans un bois de châtaignier aux senteurs et aux reflets de miel brun de bruyère.

Quelle différence avec le Castanet ! Et pourtant, Simone n'avait pas hésité à délaisser quelque temps son petit paradis pour notre mas ô combien moins confortable !

La naissance de mon frère Isaac inonda notre foyer d'une joie immense, celle qui anime tous ceux qui souhaitent ne pas voir leur lignée s'éteindre après eux. Car, même si l'on n'a que la sueur et les larmes à transmettre à sa descendance, le nom demeure ce qu'il y a de plus précieux à préserver. Les Monteil avaient donc assuré la relève. Mon père en était fier ; mon grand-père était fou de joie. Lorsque arrive l'automne de la vie, l'approche de l'échéance fait toujours craindre qu'avec soi tout s'éteigne si une petite âme ne vient pas reprendre le flambeau des ancêtres.

Il fallut s'organiser, car les deux femmes et leurs trois bouts de chou prenaient de la place. Simone s'installa dans la salle à manger qui ne servait presque jamais. Elle se trouvait ainsi entre la cuisine et la chambre de son amie et pouvait faire le va-et-vient entre la cheminée, où chauffaient toujours les biberons et des bassines d'eau chaude pour laver les langes, et le lit du nouveau-né, tout en surveillant sa propre progéniture.

Élie et Étienne reprirent leurs activités dans les terres, comme si rien n'avait changé. Toutefois, mon grand-père ne s'éloignait pas trop du mas, plus soucieux que le père de l'enfant de répondre à la moindre sollicitation de Simone ou de sa bru.

Le soir, lorsque mon père rentrait – il est vrai un peu plus tôt qu'il n'en avait l'habitude –, la maisonnée ne manquait pas d'animation, surtout quand l'un des enfants donnait le « la » aux autres et qu'ensemble ils entonnaient le même refrain.

Simone allaitait encore son dernier-né, Paul, ce qui lui prenait beaucoup de temps et commençait à l'épuiser. Bien plus forte que ne l'était ma mère, elle avait déjà la poitrine toute déformée mais n'hésitait pas à donner encore le sein, à l'occasion, à son aîné, Roger, âgé de deux ans. Celui-ci, envieux sans doute de voir son jeune frère lui ravir la place, ne rechignait pas à téter encore sa mère, après avoir englouti son repas.

Marthe, quant à elle, à cause de l'extrême fatigue qui l'avait envahie après l'accouchement, n'allaita pas son enfant ; ce qui heurta Élie qui estimait que son petit-fils, qu'il trouvait un peu chétif, avait bien besoin du lait de sa mère qui, disait-il, était bien meilleur que toutes ces cochonneries de lait en poudre qu'il fallait, en plus, aller acheter à Saint-Jean !

Il ne lui en fit pas le reproche, mais il s'extasiait avec insistance devant Simone qui, elle, nourrissait ses deux enfants. Étienne ne remarquait pas que sa jeune épouse souffrait, sans rien dire, de ne pouvoir s'acquitter pleinement de son devoir maternel, et qu'elle culpabilisait devant le spectacle que lui offrait son amie.

« Ne m'envie pas. Regarde ma poitrine, lui disait souvent celle-ci. Vois comme elle est déjà flétrie. Ce sont de vraies mamelles ! Toi, au moins, tu garderas tes jolis seins de jeune fille. Après tout, c'est à Étienne qu'il faut demander ce qu'il en pense.

— Étienne ne me reproche rien.

— Il s'agit que ton petit profite bien. Le reste n'a pas d'importance. »

L'enfant était l'objet de toutes les précautions. Il n'aurait pas fallu qu'une mauvaise fièvre secoue sa santé fragile. Le médecin, que mon père avait fait venir exceptionnellement de Saint-Étienne quelques jours après les relevailles, avait déclaré qu'il s'agissait d'un prématuré et qu'il fallait donc lui apporter plus de soins qu'aux autres bébés.

Au bout d'un mois, quand ma mère put reprendre son activité, Simone rentra chez elle, où son mari ne semblait pas pressé de la voir revenir. Choyé par ses parents et sa belle-mère, déchargé sur le moment de son devoir de père, il s'était retrouvé célibataire pendant quatre bonnes semaines et semblait avoir repris de chères vieilles habitudes. Il n'avait jamais franchi la crête pendant toute cette période pour rendre visite à son épouse et si Étienne, en gardant ses chèvres du côté du Rocher de l'Aigle, n'avait pas poussé parfois jusqu'au col pour voir son ami, il n'aurait pas eu d'autres nouvelles.

Le Castanet replongea donc dans sa tranquillité. Isaac grandit sans problème et devint même un beau et grand garçon, ce qui faisait dire à Élie :

« Je vous l'avais bien dit. C'est un Monteil ! Il est robuste comme son grand-père. »

Sa joie fut à son comble quand, pour le baptême, qu'on fit sans grande cérémonie en présence du pasteur de Saint-Étienne, Marthe lui demanda d'être le parrain d'Isaac, qui fut ainsi enregistré sous le nom d'Isaac-Élie.

Deux ans plus tard naquit ma sœur Éliane. Ma mère n'avait que vingt-deux ans. Entre-temps, elle avait vite repris sa part de lourds travaux, et ce n'était pas la présence de son petit Isaac qui l'avait empêchée de tenir son rang au Castanet. Ce ne fut pas non plus l'arrivée d'un second enfant qui remit en cause l'équilibre familial. Certes, mon père était conscient qu'une bouche de plus à nourrir lui coûterait un peu plus de fatigue et une fille, de surcroît, ne soulagerait pas sa tâche. Mais Élie, lui, semblait de plus en plus ravi de se voir cantonné dans son rôle de papé. Le soir venu, il ne se faisait pas prier pour prendre son petit-fils sur ses genoux, au coin de la cheminée et pour lui raconter des histoires en patois que le jeune Isaac semblait gober comme paroles d'évangile. Il prit peu à peu la place de celui qui, dans le foyer, transmettait le savoir aux jeunes générations, leur expliquait les versets de la Bible et leur donnait les premiers commandements de Dieu.

7

Le vieux Cévenol

Les printemps succédèrent aux hivers sans que rien ne vînt davantage perturber l'ordre immuable de la vie, débarrassant les toits de leur couverture neigeuse, rinçant le ciel à grande eau pour lui donner l'éclat du neuf. Vers mars-avril, le mistral essore les dernières poches d'humidité, et quand, au pied des murets de pierre sèche, fleurissent les premiers crocus, la montagne se montre alors sous un jour plus accueillant. Ses lames acérées de schiste restent précieusement serties dans leur écrin de verdure, dissimulées parmi les feuillages naissants des châtaigniers. L'herbe envahit toutes les terres, les chemins les mieux entretenus et les abords des maisons. Jamais la Cévenne n'est aussi désirable qu'en cette période où tout renaît, juste avant que le ciel s'embrase sous les feux de l'enfer estival.

On oublie alors les dures journées d'hiver marquées par le repli sur soi, les heures d'obscurité qui n'en finissent pas de traîner en longueur, les périodes interminables où la fraîcheur des murs et l'humidité qui ressort du sol dallé à même la roche vous transpercent le corps, en dépit de la cheminée dont l'odeur âcre finit par prendre à la gorge et oblige à laisser la porte entrouverte, par laquelle s'engouffre le froid du dehors. Car c'est un fait bien connu que l'âtre vous réchauffe le visage, tandis que le froid vous paralyse le dos. Et que dire des chambres glaciales, jamais chauffées, et des lits aux draps de coton raide qui n'invitent pas aux ébats, même les plus gaillards ! Au petit matin, l'haleine de la nuit s'est cristallisée, dessinant d'étranges rosaces translucides aux reflets irisés sur les vitres des fenêtres mal jointives, à peine protégées par d'antiques volets peints en gris pour mieux se confondre avec la pierre. Et lorsque dehors le froid humide s'insinue entre les pierres des traversiers et celles des murs des vieux mas endormis, lorsque la neige immobilise la vie au point d'enterrer vivants les plus téméraires, même la Vieille Morte semble mourir d'une lente agonie.

Mais si les basses Cévennes renaissent rapidement dès qu'avec le Midi elles renouent leurs attaches méridionales, c'est pour tomber ensuite dans la fournaise de l'été, qui accable bêtes et gens autant que l'hiver les paralyse. Les hameaux sont écrasés sous une torpeur accablante, une véritable chape de plomb qui assomme les plus robustes constitutions. C'est alors qu'on apprécie la fraîcheur des murs épais et la demi-obscurité que procurent les étroites fenêtres dont les volets, fermés en entonnoir, ne laissent passer que de parcimonieux rais de lumière. Les pierres mal scellées sont le repaire des lézards qui se faufilent partout et se jouent des rayons brûlants du soleil. Les chats somnolent sous les vieilles tables abandonnées à l'ombre des treilles où, dès cinq heures, quand la chaleur s'atténue, les mamées viennent s'asseoir pour éplucher les légumes, équeuter des haricots verts ou repriser quelque vieux pantalon hors d'usage. Les hommes, partis dès le matin à la fraîche, ne rentrent qu'à la tombée du jour, fourbus comme d'habitude. Ils sont aussi avares de leurs paroles que généreux dans leurs efforts. Ils mettent sans tarder les pieds sous la table et, sortant de leur poche l'opinel qui ne les quitte jamais, ils se taillent d'épaisses tranches de pain vite englouties avec la soupe chaude, où trempe parfois un morceau de *manoul**, seul morceau de viande du repas.

Le temps est comme un chapelet qu'on égrène sans fin. Quand un cycle s'achève, un autre prend la relève, avec la même lancinante régularité que seuls viennent rompre quelques événements occasionnels, mais auxquels on s'attend de toute manière. Aussi n'y a-t-il aucune surprise dans cette existence toute tracée par je ne sais quelle main divine. Tout ce qui se perpétue sans heurt et sans faille et qui constitue la tradition, celle qu'on veut à tout prix sauvegarder et transmettre, et tout ce qui vient perturber le cycle lent de la vie, les catastrophes « qu'on n'a jamais vues de mémoire d'homme », mais aussi les maladies subites, les naissances hors norme, les unions incongrues, tout cela finit par s'estomper, se diluer et par laisser dans les esprits des images idylliques de l'existence, celles qu'on retient quand on veut oublier les souffrances qu'on a vécues, la vie de chien qu'on a parfois connue, quand, par tous les temps, en toute circonstance, il fallait recourir à tous les stratagèmes pour affronter et vaincre les éléments et accepter sa pauvreté.

Car les gens pauvres sont fiers de leur pauvreté. C'est leur seul luxe, leur seule richesse. Celle que personne ne leur prendra jamais. Ils n'ont pas besoin de l'exhiber ; elle se voit. Il est dans leur regard, dans leurs manières, dans leur façon de parler en économisant les mots comme ils économisent l'argent sou après sou, quelque chose de pudique, de retenu, qui leur donne de la grandeur ; de celle que les grands de ce monde ne parviendront jamais à égaler. Les gens pauvres ne courbent pas l'échine, et même, si l'on voit souvent dans nos Cévennes de nombreuses petites vieilles toutes ratatinées, toutes courbées en avant comme pour mieux s'approcher de la terre ingrate qui les a fait souffrir et où elles retourneront un jour, c'est un peuple toujours debout, toujours droit, qui a fait face à toutes les adversités de son histoire.

Mon grand-père Élie incarnait à mes yeux l'image de ce peuple. Certes, quand je suis né, quatre ans après ma sœur Éliane, il n'avait que cinquante-six ans, mais j'ai gardé de lui le souvenir du vieil homme qu'il était à l'orée de sa vie, au moment où il nous a quittés.

Il parlait peu, mais ses mots sonnaient juste. La plupart du temps il s'adressait à nous en patois, mais devant les invités ou les gens de passage, les « étrangers » comme on disait, il mettait un point d'honneur à s'exprimer en français. Contrairement à sa femme, ma grand-mère Esther que je n'ai pas connue et qui, elle, parlait mieux patois que français, il avait été à l'école dans sa jeunesse, avant même que l'école de la République fût établie. Aussi maîtrisait-il bien la lecture et l'écriture. Sans cesse il nous disait que notre avenir était dans les livres. Mais en bon huguenot, il ne connaissait de livre que la Bible et c'était des pages entières de celle-ci qu'il nous lisait, à mon frère, à Éliane et à moi-même, tous trois rassemblés autour de lui près de la cheminée, le soir, quand nos parents finissaient leur longue journée de travail en écossant des petits pois ou en décortiquant des châtaignes séchées pour le *bajanat** du lendemain, à la lueur d'une lampe à pétrole. Les récits de batailles et les prophéties de l'Ancien Testament, ainsi que des pans entiers de la vie de Jésus, ont bercé mon enfance et m'ont inculqué une certaine vision du monde dont il m'a été difficile ensuite de m'écarter, tant l'éducation de la petite enfance reste fortement enracinée au fond de notre conscience.

Sans être dévot, Élie perpétuait de ce qu'il

convient d'appeler la culture biblique, sans se poser de questions. Avant chaque repas, il marmonnait quelques phrases pour remercier Dieu de la nourriture qu'Il nous octroyait, et il ne manquait jamais un enterrement. Toutefois, il fréquentait peu le temple, notre isolement expliquant sans doute cette apparente contradiction.

Son appartenance à l'Église réformée ne l'empêchait pas de défendre avec ferveur les principes républicains. Il avait toujours affiché des idées radicales-socialistes et avait été plusieurs fois élu conseiller municipal à Saint-Étienne avant la Grande Guerre. Il se rendait aux réunions du conseil à bicyclette, avec la même foi que les instituteurs qui venaient inculquer dans nos campagnes reculées les fondements de la laïcité.

Mon grand-père avait assisté à l'arrivée de ces hussards noirs de la République, qui vinrent avec courage implanter l'école laïque dans des milieux parfois hostiles. Et si les catholiques virent d'un mauvais œil la venue de ces nouveaux maîtres d'école, pour nous protestants, ce fut une aubaine pour enrichir nos esprits, à défaut d'enrichir nos bourses, et pour marquer une fois de plus notre attachement à la liberté. La « communale », la « laïque » comme on disait aussi, représentait en effet le symbole du triomphe du pauvre sur le riche, des rouges sur les blancs, de la liberté de conscience que les ancêtres avaient si durement payée et obtenue dès la Révolution.

Aussi mon père et ma tante Aline furent-ils parmi les premiers à être inscrits à l'école laïque, lorsque celle-ci fut ouverte dans un petit hameau situé à plus de trois quarts d'heure à pied du Castanet. C'est dans cette école que je fis moi-même mes premières classes et que j'appris à lire et à écrire.

Chaque semaine, Élie attendait avec impatience l'arrivée du facteur. La casquette bien vissée sur la tête, il portait toujours ce jour-là un pantalon propre de velours marron à grosses côtes, une chemise de coton impeccable et ses grosses bottines de cuir, qu'il mettait spécialement pour descendre à la ville une fois par mois. Car le facteur était considéré comme un invité ; c'était l'une des rares visites que recevait le Castanet. Il apportait, en plus du courrier, les nouvelles des voisins et le petit journal hebdomadaire auquel mon grand-père était abonné. Il ne refusait jamais de boire un petit verre de cartagène ou une tasse de café que ma mère faisait à son attention. C'était un ami, presque un membre de la famille. À l'occasion, il apportait une commission qu'on lui commandait d'une semaine sur l'autre. Quand il arrivait, en hiver, que le chemin fût trop enneigé pour qu'il puisse assurer sa tournée jusqu'au mas, le jour de sa visite était comme un jour de deuil. Élie se mettait malgré tout sur son trente et un, préparait le verre et la bouteille sur la grande table de la cuisine et, à l'heure habituelle, sortait sur le pas de la porte, le regard fixé au loin, désespéré, de plus en plus sombre au fur et à mesure que les minutes s'écoulaient.

« Viendra pas ! C'est sûr. Viendra pas ! C'est pas possible avec toute cette neige. »

Ma mère le laissait faire. Il ne faut pas contrarier les vieux qui vivent encore d'espoir. Il faut leur laisser le temps de se résigner lentement à l'inéluctable.

Quand il finissait par comprendre que la neige avait eu raison de son ami dévoué, il rentrait en se tapant les pieds sur le seuil et en dissimulant sa déception. Et pour montrer qu'il n'avait pas attendu l'impossible, il affirmait tout haut afin qu'on l'entende :

« J'étais sûr qu'on ne pouvait pas passer ! »

Par la suite, quand les terres s'épuisèrent et que les rendements de blé et de seigle ne nous permirent plus de faire notre propre pain dans le four familial, le facteur apporta chaque semaine, avec le journal, la grosse miche de pain gris que nous consommions avec parcimonie jusqu'à la dernière miette. Et quand la neige l'empêchait de parvenir au mas, les ventres maugréaient autant que les esprits.

Heureusement, les hivers ne sont pas toujours catastrophiques et même avec trente centimètres de neige, ce qui était fréquent, nous n'étions pas tout à fait isolés. Dans ce cas-là, mon père allait à la rencontre du facteur sur le chemin enneigé ; ils se retrouvaient à mi-distance, à un lieu-dit dénommé le Plan des Masques, tout imprégné d'histoires de sorcellerie, mais qui n'avait pas son pareil pour enchanter les promeneurs.

Élie aimait discuter de longs moments avec le préposé de la poste. Il le considérait comme quelqu'un venant d'un autre monde, celui de la ville peut-être, quelqu'un d'instruit. C'est sans doute l'uniforme qui lui inspirait cette marque de gratitude et de respect. Je l'entends encore lui dire en le tutoyant :

« Toi qui es intelligent, tu dois comprendre... »

Et il le saoulait de paroles sensées, de réflexions toutes personnelles sur les événements dont il prenait connaissance par la lecture de son journal. Jamais toutefois il n'abordait de discussions politiques. Il gardait secrètes ses idées, que seul l'abonnement à son hebdomadaire trahissait. Le facteur, qui le connaissait bien, le taquinait parfois pour le faire parler ; il se heurtait alors à une tombe aussi fermée que les tombeaux de la famille qui veillaient, tels des sphinx, sur les pierres du Castanet. Seules les injustices le faisaient sortir de sa réserve. Mon père me raconta souvent comment il avait pris parti avec véhémence lors de la célèbre affaire Dreyfus. Pour lui, toute forme d'exclusion était inadmissible et il défendait bec et ongles les victimes de l'intransigeance des hommes, ne se privant pas de rappeler à ceux qui avaient tendance à l'oublier le terrible malheur des protestants dans les Cévennes. Peu après, quand les Turcs massacrèrent les Arméniens et les contraignirent à la déportation, il demanda même au conseil municipal de Saint-Étienne d'envoyer au gouvernement une motion de protestation.

Jamais il ne tombait malade. Solide comme un roc, il traversait les années sans jamais faiblir et, à plus de soixante-dix ans, il refendait encore de grosses bûches de chêne vert ou de châtaignier, en enfonçant son coin avec sa lourde masse d'un geste ample et précis, d'un coup sec qui faisait sauter en éclats le bois le plus récalcitrant.

Il vivait encore plus sobrement que nous tous, se contentant de maigres repas, ne buvant sa piquette qu'allongée avec de l'eau. Jamais d'excès, jamais d'écart. Midi et soir, il avalait sa soupe comme s'il s'agissait d'un mets rare et précieux et le seul luxe qu'il se permettait à table était de *faire chabrol*, afin de rincer son assiette avec un peu de vin. Quelques légumes cuits ou crus assaisonnés d'un filet d'huile d'olive et d'un oignon doux achevaient son repas. De temps en temps, un quart de pélardon ou un peu de charcuterie avec une tranche de pain gris lui permettait de dire qu'il avait trop mangé. Le seul plat qu'il enfournait avec abondance, plusieurs fois par semaine, était le bajanat dont ma mère continua à nous nourrir pendant toute notre enfance. Cuit dans du lait de chèvre, c'était pour nous le premier repas de la journée.

Les châtaignes, en effet, n'étaient pas rares au Castanet et elles ont toujours constitué la base de notre alimentation. Mon grand-père disait que l'arbre à pain avait été donné par Dieu aux pauvres pour qu'ils ne meurent pas de faim, et qu'il ne fallait donc jamais abandonner nos châtaigniers par respect pour l'Éternel.

Aussi, des châtaignes, en mangions-nous sous toutes les formes. En automne, fraîches et cuites à l'eau, en *tètes**, la plupart du temps, car c'était la façon la plus rapide de les préparer. Froides, nous les emportions alors dans nos poches, nous les enfants à l'école, les hommes pour leur repas de midi quand ils restaient dans la montagne du matin au soir. Rôties, elles donnaient un air de fête au quotidien ; le dimanche, Élie faisait une *brasucade** dans une grande poêle trouée qu'il avait confectionnée lui-même. Il n'avait pas son pareil pour les faire sauter en l'air sans en faire tomber aucune. Nous attendions autour de lui, attirés autant par les flammes qui crépitaient que par les *affachées** que nous ne quittions pas des yeux. Lorsque la poêlée était enfin prête, il la versait sur un vieux sac de jute dont nous retournions les quatre coins et nous les pochions en nous brûlant les mains, afin d'aider la peau noircie et racornie à s'ouvrir. Il faisait surtout rôtir les meilleures variétés, les plus charnues, mais aussi les plus rares : les gros marrons savoureux. Quand ceux-ci étaient épuisés, nous nous contentions des *pellegrines**, de plus petit calibre, ou des *doufinenques** dont nous faisions aussi quelques pots de confiture pour l'hiver. Mais la plus grande partie d'entre elles était destinée à la clède, car c'était le meilleur moyen de les conserver toute l'année. On les faisait sécher dès la récolte terminée. Élie s'occupait de préparer le lit de branches de châtaigniers, tandis que mes parents apportaient les lourds sacs de fruits frais que nous étalions ensuite sur les claies de bois. Le feu couvait des journées entières. Le soir, Élie le couvrait de bogues ouvertes et, le matin, il remettait du bois sur les braises, branche après branche, car il fallait veiller à ne jamais laisser le feu s'éteindre. La cheminée de la clède embaumait l'atmosphère d'une douce odeur sucrée, dont les effluves ont toujours imprégné ma mémoire olfactive. Les *blanchettes** sorties de la clède, nous les mangions bouillies tout au long de l'année, chaudes ou froides. Elles étaient ce que nous aimions le moins, mais elles nous calaient l'estomac et étaient pour nous l'assurance que nous aurions de quoi manger le lendemain.

Après le dépiquage, que nous faisions tous ensemble en martelant la cadence sur nos *soucs** de châtaignier, mon grand-père séparait les peaux des châtaignes sèches à l'aide de son tarare qu'il maintenait en état avec fierté. Quand toute la récolte était vannée, on séparait les brisures des châtaignons ; le *briset** fournissait la nourriture au bétail, tandis que les blanchettes les plus belles étaient soigneusement gardées pour notre consommation personnelle, après avoir été passées au four pour éviter qu'elles ne se charançonnent.

Toute notre existence a toujours dépendu de nos châtaignes, et ce n'est pas grâce aux autres récoltes que nous aurions pu survivre sur les terres du Castanet. Nos chèvres et nos quelques moutons, notre vigne et nos maigres cultures ajoutaient à l'ordinaire un peu de variété, un peu d'éclat dans notre terne existence.

Et pourtant !

Pourtant, nous y étions attachés à cette vie difficile, et jamais je n'entendis Élie se plaindre, ni envier les autres, plus riches sans doute, ceux qui mangeaient de la viande tous les jours, ceux qui vivaient dans les grosses demeures à Saint-Étienne ou à Saint-Jean. Jamais l'ombre d'un sentiment de révolte ne ternit son regard droit et clair ; jamais il n'incita l'un des siens à quitter la terre que ses ancêtres lui avaient léguée ; jamais, jusqu'au jour de sa mort, il ne baissa les bras ni le regard qu'il portait sans cesse sur l'horizon, comme s'il attendait la venue du Messie.

DEUXIÈME PARTIE

Isaac

8

Le temps des écoliers

Dans les Cévennes courent de nombreuses légendes qui, toutes, tirent leurs origines d'histoires locales que nos aïeux aimaient à se rappeler lors des veillées. Le vieil Élie se complaisait à nous raconter l'histoire de ces fées du Plan des Masques ou celle de cette vieille femme veuve des environs de Saint-Germain-de-Calberte, punie par la fée locale à errer toute sa vie pour avoir mis au monde un enfant dans le péché. La pauvresse, trop chargée pour son âge et trop fragile, vint mourir au sommet de la montagne qui porte aujourd'hui le nom de la Vieille Morte, après avoir perdu son enfant au lieu dénommé le Plan de Fontmort (de l'enfant mort).

Cette montagne non loin de laquelle se niche le Castanet était notre seul horizon. Enfants, nous allions rarement au-delà des communes qui l'entouraient. Le Pendedis, les Ayres étaient les lieux que nous fréquentions le plus souvent ; nos parents y avaient des amis, des connaissances chez qui ils nous entraînaient parfois, pour de trop rares escapades d'une journée la plupart du temps, quand mon père avait besoin d'un service ou d'un renseignement. Saint-Étienne, Saint-Jean étaient les bouts du monde, pour nous qui voyagions à pied ; Alès une ville inaccessible ; Nîmes une cité mythique. À cette époque, nous vivions au plus près de notre terroir et nous connaissions tous les cailloux de tous les chemins qui guidaient nos pas. Notre montagne, belle et austère à la fois, était notre plus fidèle compagne et nous étions ses enfants. Le nom de chaque hameau, de chaque mas isolé évoquait pour nous un visage familier, une famille, une histoire ; Amalric, Espinassous, le Pereyrol, les Falguières étaient autant de noms qui nous rappelaient ici une naissance, là un mariage, ailleurs un décès ou un drame de la Grande Guerre. Les histoires ne manquaient pas, qui alimenteraient un jour le livre des souvenirs de ces derniers survivants d'un monde voué à la disparition.

Car notre Cévenne se mourait. Les anciens le sentaient bien, eux qui en avaient senti battre le pouls avant la saignée de 1914-1918. Ils commençaient déjà à se lamenter que les bras manquaient pour travailler les terres et remonter les murs éventrés des faïsses. Et ce n'était que le commencement !

Nous qui étions enfants et vivions dans l'insouciance des jeunes années, nous pensions que tout cela n'était que radotages d'un autre âge et sempiternels regrets de la part d'une génération qui ne voulait pas disparaître. Cependant, ni la guerre, ni les efforts réalisés après elle pour reconstruire un monde meilleur ne vinrent modifier vraiment le mode de vie de nos parents. Le modernisme et le confort qui commençaient à toucher le monde des villes n'atteignirent pas tout de suite nos mas reculés et, pendant longtemps encore, nous vécûmes comme vécurent nos aïeux.

Des trois enfants qu'eurent Marthe et Étienne, Isaac fut sans nul doute celui qui s'attacha le plus au Castanet. Élie voyait en lui le digne successeur des Monteil, non seulement parce qu'il était l'aîné, mais aussi parce qu'il ne remit jamais en cause le mode de vie et l'éducation que nos parents nous donnèrent. Ce qui ne fut ni le cas de ma sœur Éliane, ni le mien.

Isaac dut à sa force physique une vigueur que je lui enviais parfois. Alors que tout laissait craindre à sa naissance quelques complications pour son avenir – « Il est chétif », laissait parfois échapper Élie –, il se rattrapa très vite et, à douze ans, c'était déjà un grand et solide gaillard qui ne laissait à personne le soin de finir son assiette de bajanat et qui n'hésitait pas à faire le coup de poing dans la cour de l'école pour nous défendre, ma sœur et moi. Ce qui lui valut à maintes reprises œil poché et réprimandes de la part de notre instituteur.

« Tu n'es qu'un petit voyou ! lui disait souvent le maître, monsieur Chaptal. Tu finiras en prison si tu continues ! »

Et de lui tirer l'oreille en le mettant au coin pour seule punition.

À vrai dire, Isaac préférait l'école buissonnière aux bancs de la classe où nous étions tous rassemblés, du plus jeune au plus âgé, dans un cours unique. Tandis que je faisais à six ans mon entrée dans la cour des grands, Isaac, lui, finissait sa scolarité obligatoire. Mais monsieur Chaptal avait averti mon père que son fils aîné lui donnait du fil à retordre et que ses absences trop fréquentes et rarement justifiées ne lui permettraient pas de le présenter au certificat d'études. Étienne en avait été chagriné et vexé dans son honneur. Aussi, chaque soir, le confiait-il aux bons soins d'Élie pour le faire travailler. Mon grand-père l'aidait à faire ses devoirs et à réciter ses leçons, lui donnait quelques lectures et dictées supplémentaires qu'il puisait dans sa Bible, et ouvrait souvent des parenthèses pour raconter à sa manière des histoires dont lui seul avait le secret. Ma sœur et moi l'écoutions avec une attention décuplée, tandis qu'Isaac, profitant de l'aubaine, ne cessait de le questionner, afin de l'emmener toujours plus loin sur le chemin de sa mémoire, évitant ainsi l'austérité des textes bibliques et des problèmes d'arithmétique.

Marthe passait parmi nous, le sourire aux lèvres et l'œil scintillant de malice et de complicité, se raclant parfois la gorge pour mieux marquer sa présence.

« Ne distrayez pas votre frère ! nous disait-elle.

Grand-père doit le faire travailler. Votre père va bientôt rentrer. Qu'il ne vous trouve pas encore dans ses jambes ! »

Et elle prenait Éliane avec elle pour l'aider à traire les chèvres, tandis qu'elle me chassait dehors pour que j'aille jouer.

Isaac ne mit pas beaucoup d'ardeur à passer son certificat. Monsieur Chaptal le garda dans la section de fin d'études un an de plus avec l'accord de mon père, qui fit comprendre à mon frère à quel point c'était là un lourd sacrifice. Élie se faisant vieux, Étienne comptait sur son fils aîné pour l'aider, en attendant de me voir grandir et prendre à mon tour ma part de travail. Nous nous étions faits à cette idée. Nous savions, et nous l'espérions malgré tout avec l'inconscience propre aux enfants, que vers douze ans, nous quitterions l'âge des jeux pour endosser les habits raides et contraignants des adultes que nous ne serions pas encore.

Pourtant, le temps de l'école était la période la plus heureuse, même si, bien souvent, nous aidions nos parents aux moments forts de la saison des gros travaux. L'instituteur savait bien que pour les vendanges ou la récolte des châtaignes les bancs de son école se videraient en partie. Seuls les plus petits, dont j'étais, fréquentaient encore la classe. Les autres châtaignaient ou vendangeaient avec leurs parents. De même, lorsqu'en hiver le chemin enneigé devenait impraticable, nous restions au mas et c'était le temps des vacances forcées, des jours de grande solitude où le silence, que seul rompait le cri des animaux affamés, plongeait le Castanet dans une atmosphère ouatée de fin du monde. Nous avions parfois l'impression que, sur le couvert neigeux, enserrés entre le ciel et la terre dont la blancheur se confondait à l'horizon, nous étions les uniques rescapés d'un nouveau déluge, les derniers survivants accrochés à notre arche perdue.

Isaac était fier alors de montrer à mon père qu'il était plus utile au mas à travailler comme un petit homme, qu'à l'école à travailler comme un enfant.

« Passe d'abord ton certificat d'études, lui répétait Étienne inlassablement. Il sera toujours temps d'aller faire le berger ou le bûcheron dans les montagnes du haut pays. »

Marthe se rangeait à l'avis de son mari. Elle ne voyait pas d'un bon œil que ses enfants triment toute leur vie comme elle, comme Étienne et leurs parents avant eux. Elle craignait à juste titre qu'il n'y eût aucun avenir au Castanet. Elle rêvait d'une vie meilleure pour ses enfants et ne se privait pas de dire sans aucun sentiment d'envie :

« Prenez exemple sur votre tante Aline. Elle a su sortir de là où nous sommes encore tous enfermés. »

Mon père ne répliquait pas. Apparemment, l'exemple de sa sœur cadette, partie vivre à Bordeaux, ne lui plaisait pas. Quant à Élie, en son for intérieur, il ne pouvait s'empêcher de penser que sa fille était bien la seule à avoir réussi dans la vie grâce à son mariage, ce qu'aucun de la famille n'avait fait avant elle, hormis un de ses oncles qu'il n'avait pas connu et qui avait migré en Amérique pour faire fortune. Personne ne sut jamais ce qu'il était arrivé à ce parent. Seule une terre située à plus d'un kilomètre du mas rappelait son aventure. Le grand-père d'Élie l'avait baptisée « l'Amérique » en souvenir de son fils exilé chez les Peaux-Rouges, comme il racontait à l'époque. C'était une bien vieille histoire !

Marthe rêvait d'un destin plus simple pour ses fils. Si l'un d'eux travaillait bien à l'école, elle aurait aimé qu'il devînt instituteur. C'était à ses yeux le plus beau métier. Et puis, fonctionnaire, la paie tombait chaque fin de mois ! Même si elle n'était pas grosse, elle était assurée, ainsi que le logement. Mais elle s'était vite rendu compte qu'Isaac ne suivrait pas ce noble chemin, et ses espoirs s'étaient reportés sur moi. Elle craignait qu'Isaac ne veuille devenir berger. Vivre parmi les bêtes, dans l'odeur du suint et de l'urine animale, toujours en solitaire, suivre les troupeaux le long des *drailles** et passer tout l'été dans les hauts pâturages, ce n'était pas une vie pour un homme marié. Et elle redoutait que ce goût, qu'il avait déjà prononcé pour les bêtes, fasse de lui un de ces pâtres célibataires, bourrus et taciturnes à force de n'avoir pour compagnes dans la vie que la laine de leurs brebis et la fidélité de leur chien.

À tout choisir, elle préférait qu'il reprenne le Castanet après Étienne et qu'il essaie d'y améliorer la vie. Mais elle était consciente que le Castanet n'était pas le Masufret d'où elle venait, ni le Mazel où elle rendait visite de temps en temps à son amie Simone.

Étienne, lui, pour secouer son fils et lui faire peur, le menaçait de l'envoyer à Sainte-Croix comme bûcheron dès qu'il aurait l'âge de manier la hache. L'un de ses amis était propriétaire d'une petite scierie et embauchait l'hiver de la main-d'œuvre saisonnière, au moment où le travail était au ralenti dans les fermes et où, par contre, il fallait abattre les arbres à la bonne lune et débiter les troncs. Le métier de bûcheron n'était pas plus enviable que celui de berger. Vivant isolés dans les forêts pendant des jours entiers, dans le froid et l'humidité permanente, les bûcherons étaient souvent considérés comme des êtres rustres qu'on tenait à l'écart quand ils descendaient en ville. Les filles les regardaient d'un air méfiant, comme si leur solitude et leur virilité les poussaient forcément à la bestialité. La plupart d'entre eux s'embauchaient dans les scieries dès novembre et était à pied d'œuvre pour la lune vieille de décembre, quand dans les fermes les plus modestes le travail se faisait plus rare et qu'il fallait aller gagner un peu d'argent. Ils y restaient jusqu'au printemps et reprenaient ensuite le chemin de leurs serres. Ils quittaient bien souvent une solitude pour une autre solitude. Car pendant la saison des coupes de bois, ils vivaient seuls ou à deux ou trois pendant toute une semaine, isolés du reste du monde dans un coin de forêt, à abattre et à débiter les troncs, une cabane de bûcheron pour tout refuge, sans confort, sans eau, un poêle à bois pour se chauffer, une paillasse pour passer les nuits glaciales, tout habillés. Leur vie était rude. Aussi, quand, le samedi soir, ces hommes, jeunes pour la plupart, descendaient à la ville, les remarquait-on tout de suite dans les cafés et les tripots où ils venaient oublier leurs tristes conditions d'existence en buvant à l'excès en compagnie de filles faciles.

Marthe ne pouvait imaginer que son fils pût un jour ressembler à ces hommes-là, qu'elle ne méprisait pas pour autant, mais qu'elle plaignait au contraire.

9

La grotte de Lazare

Les six années qui me séparaient d'Isaac le rendaient à mes yeux beaucoup plus âgé qu'il ne l'était en réalité. J'avais six ans et lui douze quand notre connivence fut la plus forte. Il m'emmenait partout où sa curiosité le poussait et me faisait découvrir toutes ses caches, tous les endroits secrets et mystérieux qu'il croyait être le premier à avoir découverts. Il semblait ignorer qu'avant lui Étienne, Élie et bien d'autres avaient eu les mêmes jeux, avaient fait les mêmes escapades et s'étaient émerveillés devant les mêmes trésors. Car notre montagne recelait à nos yeux d'enfants de vrais trésors.

Le lieu le plus magique que nous fréquentions très souvent, malgré l'interdiction de mon père, était la grotte d'où sortait l'eau de l'une des deux sources qui alimentaient le Castanet. En réalité, il s'agissait d'un tunnel que le père d'Élie avait creusé lui-même pour assurer au mas l'eau nécessaire à sa survie. La première source, en effet, la principale, s'était tarie plusieurs fois à son époque ; aussi mon arrière-grand-père s'était-il mis dans l'idée d'aller chercher ailleurs l'eau si précieuse.

À neuf cents mètres environ du mas, légèrement en amont sur le versant de la montagne, s'ouvrait une petite grotte que les ancêtres utilisaient comme abri, quand ils se faisaient prendre par les intempéries. Élie nous racontait souvent qu'au temps des guerres de Religion elle servait de refuge aux camisards* qui fuyaient les dragons du roi. Bien dissimulée dans la châtaigneraie, elle était difficile à découvrir. L'histoire affirmait qu'un filet d'eau se mettait à suinter de la paroi chaque fois qu'un malheureux venait s'y cacher et que Dieu reconnaissait ainsi les siens. Mon arrière-grand-père, Lazare Monteil, se mit en tête de trouver cette source qui, depuis cette lointaine époque, avait cessé de couler.

La grotte était exiguë, très sombre et il fallait se plier en deux pour y pénétrer. Lazare, aidé de deux de ses fils dont mon grand-père, commença à creuser par un matin de décembre, utilisant uniquement une pioche et une grosse barre à mine. Ils sortirent des blocs de pierre énormes, qu'ils roulèrent avec peine jusqu'à la sortie du trou, évacuèrent des milliers de brouettes de cailloux et de gravier, cherchant inlassablement la moindre trace d'humidité, la plus petite présence de sable.

Le soir, nous racontait Élie chaque fois que, par malice, nous lui faisions évoquer ses souvenirs pour éviter à Isaac une dictée trop longue, ils rentraient au mas fourbus et s'affalaient sur le banc de la table de la cuisine sans prononcer un mot, dévoraient leur assiette de soupe d'un seul trait et s'écroulaient dans leur lit sans plus attendre, tout habillés. Le lendemain à l'aube, ils repartaient, une assiette de bajanat dans le ventre, des poignées de blanchettes et un gros quignon de pain gris dans la poche, jusqu'au soir.

Les jours, les semaines passèrent. Mon arrière-grand-mère, Sarah, avait beau mettre toute sa conviction dans ses prières, le rocher ne livrait toujours pas son secret. Il y eut plusieurs fois des éboulements, qui anéantirent des jours entiers de travail harassant. Dégager un bloc de pierre prenait parfois une journée entière. Il fallait veiller à creuser en montant petit à petit, afin de permettre à l'eau de descendre naturellement vers la sortie, où un bassin serait construit.

La neige ralentit encore les travaux. Cette année-là, il en tomba une grande quantité et le chemin d'accès à la grotte, serpentant à travers les pentes schisteuses du serre, devint impraticable. Lazare décida alors d'y retourner seul et de dormir le soir dans la grotte. Il ordonna à ses deux fils de prendre soin de leur mère et de venir le rejoindre dès que le temps serait redevenu plus clément. Sarah ne broncha pas, mais craignit l'absence de son mari. « S'il lui arrive quelque chose, pensa-t-elle, personne ne sera là pour le secourir ! »

Entêté car persuadé qu'il touchait au but, Lazare

partit seul dans la neige, sous le regard inquiet de sa femme et de ses enfants. Élie, le plus jeune des deux garçons, rassura sa mère, mais avait la même pensée : son père était bien imprudent à s'acharner en solitaire.

« Cela ne peut attendre, lui avait rétorqué celui-ci. Si cet été nous manquons d'eau, comment vivrons-nous ? Toutes nos récoltes seront détruites. Il est impératif de trouver une autre source. »

Plusieurs jours passèrent. Il devint nécessaire d'apporter à Lazare de la nourriture supplémentaire. Élie et Mathieu, son frère aîné, se mirent en route pour la grotte, un grand sac à provisions sous le bras, bien décidés à prendre la relève de leur père. Quand ils parvinrent à proximité de la caverne, une impression étrange les envahit. Sans se concerter, ils accélérèrent le pas, ressentant au fond d'eux-mêmes quelque chose d'insolite. Parvenus à l'entrée du trou béant, duquel s'échappait une étrange buée blanchâtre, ils se regardèrent, inquiets. Le silence plongeait l'antre dans une atmosphère irréelle ; pas un coup de pioche, aucun raclement de pelle. Seule une bougie finissait de se consumer à quelques mètres de l'entrée, créant à l'intérieur une atmosphère de chapelle mortuaire.

À pas lents, Élie et Mathieu pénétrèrent dans le tunnel et appelèrent leur père. Aucune réponse ne leur parvint en retour. Ils allumèrent chacun une bougie et avancèrent à petits pas, de plus en plus inquiets. De part et d'autre de la paroi, de nouveaux blocs de pierre jonchaient le sol, preuve que Lazare avait poursuivi son travail de fourmi.

Le tunnel faisait alors une quinzaine de mètres, il allait en se rétrécissant et ne faisait guère plus d'un mètre cinquante de haut sur deux mètres de large. Le sol était de plus en plus encombré de gros cailloux, que Lazare avait abandonnés sur place, pensant sans doute les évacuer plus tard. Le plafond suintait de perles d'eau, qui glaçaient l'échine des deux frères en dégoulinant dans leur cou.

Parvenus à l'extrémité de la galerie, ceux-ci durent bien se rendre à l'évidence : leur père n'était pas à l'intérieur. Leur première inquiétude s'estompa, car, sans se l'avouer, ils avaient craint tous deux un éboulement. La montagne schisteuse est parfois friable et n'a pas la solidité des masses de granite du haut pays.

Mais passé cette première frayeur, ils s'inquiétèrent à nouveau de ne pas savoir où se trouvait Lazare. Aussitôt ils rebroussèrent chemin et, une fois sortis, explorèrent méticuleusement les abords immédiats de la grotte. L'idée de le découvrir blessé dans la neige, à moitié mort de faim et de froid, glaça leur sang. Mais il n'y avait pas d'autres traces de pas que les leurs dans le manteau neigeux. Cela les intrigua.

« S'il était sorti, dit Élie, on verrait ses pas. Il n'a pas neigé depuis plusieurs jours.

— À moins qu'il soit sorti avant la dernière chute de neige !

— Dans ce cas nous l'aurions rencontré en chemin, s'il lui était arrivé malheur. »

Ils eurent beau fouiller le moindre recoin de la châtaigneraie, ils ne trouvèrent pas trace de leur père. Le jour commençait à décliner et avec le crépuscule le froid s'intensifiait.

« S'il est quelque part immobilisé dans cette neige, il sera mort de froid, » dit Mathieu, découragé.

Ils s'apprêtaient à rebrousser chemin quand ils entendirent derrière eux un grand cri de joie. Lazare, hirsute et tenant une bougie à la main, les appelait à se rompre la gorge. Ses deux fils s'arrêtèrent net, médusés de le voir dans la bouche béante de la caverne, tel un mort ressuscité sortant de son tombeau. Ils tombèrent aussitôt dans ses bras. Lazare les invita ensuite à le suivre et leur expliqua qu'il dormait paisiblement dans une cavité latérale qu'il avait creusée et où l'humidité lui semblait prometteuse. Élie et Mathieu étaient passés devant sans la remarquer.

Ils revinrent ensemble au Castanet et, quand le temps le permit, ils reprirent leur travail de bagnards. Leur acharnement fut enfin récompensé quand, au bout de trois semaines, les premiers sables humides indiquèrent la présence d'eau. Quelques coups de pioche et de pelle vinrent à bout du rocher et découvrirent le trésor tant convoité. L'eau jaillit d'une anfractuosité, une veine grosse comme le pouce qui coulait sans discontinuité.

« Dire que toute cette eau se perdait dans le ventre de la montagne ! » s'étonna Élie.

Il ne restait plus qu'à la capter et à construire un bassin de réception. Ce que firent les trois hommes dès que la neige eut fondu. Restait un problème : neuf cents mètres séparaient le bassin de la ferme. Si les terres les plus proches purent par gravité profiter directement de cette manne, pendant de nombreuses années encore, on alla chercher l'eau pour le quotidien à l'aide d'un tonneau qu'on transportait sur une solide brouette plusieurs fois par semaine, quand la source principale était défaillante.

Plus tard, mon père amena l'eau jusqu'au mas à l'aide d'une canalisation et installa à l'entrée de la cuisine, dans la petite cour intérieure, une magnifique pompe qu'il fallait surtout veiller à ne pas laisser se désamorcer.

Avec Isaac, j'étais toujours par monts et par vaux. Chaque fois que nous rentrions de l'école, il m'entraînait sur des chemins détournés pour me faire découvrir ses dernières trouvailles : un nid de frelons logé dans le tronc rongé d'un vieux châtaignier, une fourmilière géante où s'organisait toute une vie sociale qu'il m'expliquait sans la toucher, des toiles d'araignée repoussantes qu'il protégeait. Avec lui j'apprenais plus que dans les livres d'école. Et si je me révélais plutôt doué pour les études au dire de monsieur Chaptal, j'appréciais davantage les leçons de choses de mon grand frère que celles trop livresques de l'instituteur.

Le jeudi, une fois débarrassés de nos devoirs et de nos leçons, nous étions toujours volontaires pour aller garder les chèvres sur les terres les plus hautes qui dominaient le mas. Isaac savait parler aux chiens et ceux-ci lui obéissaient. Quand une cabrette s'éloignait, préférant jouer les solitaires pour aller grignoter à l'écart un buisson savoureux, il lançait Toby, notre brave briard, à ses trousses et ce n'étaient pas ses coups de cornes qui l'empêchaient de la ramener dans les rangs. Juchés sur nos promontoires, assis en tailleur tels des Peaux-Rouges, nous contemplions notre territoire d'un vaste coup d'œil. Nous avions l'impression que tout, jusqu'à l'horizon, nous appartenait, et Isaac était déjà capable de nommer un à un tous les sommets qui se dressaient à la ronde : le mont Mars, le mont Brion, le Liron et bien sûr le beau et majestueux mont Aigoual qui, souvent coiffé de son chapeau de nuages, nous donnait l'air du temps et était notre plus fidèle baromètre. Dans notre dos, les Rochers de Trenze crénelaient le ciel, ouvrant la masse imposante du Lozère sur un autre monde, celui du haut pays, où les hivers sont si rudes que la vie y est totalement paralysée. Plus proche de nous et plus hospitalière, la montagne du Bougès, avec ses belles forêts sombres, était le paradis des chasseurs et des pêcheurs. Elle faisait rêver Isaac, qui ne pensait qu'à aller débusquer les grands cerfs et pêcher les truites sauvages dans les torrents.

Il est vrai que sur notre serre la faune était différente ; sangliers, lapins, oiseaux étaient les prises les plus fréquentes des chasseurs. Surtout les sangliers. Quand venait la saison de la chasse en hiver, les hommes de tous les hameaux se rassemblaient et formaient de grandes battues à travers la montagne. Postés ou derrière les chiens, ils passaient des journées entières à traquer l'animal. Et quand celui-ci débouchait sur un chemin, là où les chiens le poussaient toujours plus en avant, il se retrouvait à coup sûr nez à nez avec un chasseur à l'affût. Le soir, quand la chasse avait été fructueuse, les hommes se partageaient le précieux butin. Les meilleurs morceaux, les jambons, étaient pour ceux qui avaient abattu l'animal ; les autres rapportaient chez eux un bas morceau dont ils feraient toujours une daube très appréciée, agrémentée d'olives, pour les jours de fête.

Passé le temps des battues aux sangliers venait celui de l'*espère* ; faisans, grives et moineaux constituaient alors l'ordinaire des prises. Il annonçait le retour des beaux jours et la reprise des gros travaux agricoles.

Étienne ne chassait plus depuis longtemps, aussi ne nous a-t-il pas communiqué cette passion qui, parfois, faisait des ravages dans l'amitié des hommes. Par contre, Isaac était expert pour poser des *lèques*, ces petits pièges à oiseaux qu'il confectionnait lui-même comme mon grand-père le lui avait montré. Chaque fois qu'ensemble nous gardions les chèvres, il ne manquait pas d'emporter ses pièges et de passer les relever le soir avant de redescendre. Nous étions fiers d'apporter une prise ou deux et Marthe se faisait un plaisir de nous les cuisiner aussitôt.

Mais c'étaient les grands oiseaux qui faisaient le plus rêver Isaac, ces buses et ces éperviers qui planaient lentement dans le ciel en tournoyant au-dessus des crêtes. Maîtres des cieux, ces rapaces avaient la majesté des félins et semblaient du haut de leur Olympe surveiller le monde des hommes.

Ce monde qu'Isaac avait hâte de découvrir et qui ne lui ferait pas de cadeau.

10

Le certificat

Je me vois encore partir à l'école chaque matin, Isaac en tête, moi, le plus jeune, au milieu, sous l'œil vigilant d'Éliane qui fermait la marche. Nous avancions d'un bon pas car trois kilomètres nous séparaient du hameau où se retrouvaient tous les enfants des alentours. Nous étions une petite vingtaine répartis en trois groupes : les petits, qui apprenaient à lire et à écrire, les moyens, dont faisait partie Éliane, et les grands qui se préparaient au certificat d'études.

Le cartable sur le dos, nous descendions sans traîner car Isaac, en tant que doyen de la classe, était chargé, avant l'entrée des élèves, de préparer le poêle en hiver et de nettoyer le tableau du maître. Aussi arrivions-nous un quart d'heure avant les autres et tandis que monsieur Chaptal mettait une touche finale à ses cours de la matinée, Isaac s'affairait à vider le poêle des cendres de la veille et à le remplir de bûches. Il était fier de montrer à ses camarades qu'il était responsable de leur confort. Éliane, qui avait une jolie écriture, portait la date du jour en haut à gauche du grand tableau noir en s'appliquant à faire ses pleins et ses déliés comme le maître nous l'enseignait avec beaucoup de patience. Afin de m'occuper pendant ce temps, celui-ci m'avait confié le soin de remplir les encriers de porcelaine blanche. Ce que je faisais avec un soin particulier et un brin de fierté, en faisant très attention de ne pas verser de l'encre sur les pupitres. L'hiver, nous étions autorisés à enlever nos chaussures mouillées et, arrivés les premiers, nous les mettions près du poêle à une place de choix afin de les faire sécher. Nous marchions sur le parquet en chaussettes, ce qui nous amusait, nous qui n'avions qu'un sol dallé et froid à la maison.

Certains apportaient leur dîner dans une petite boîte émaillée et le faisaient réchauffer sur le poêle pour midi. Mais la plupart, dont nous étions, apportaient des tranches de pain, un morceau de pélardon ou une tranche de lard et quelques châtaignes comme le faisaient nos pères quand ils partaient travailler dans les traversiers. Nous mangions dans la salle de classe, assis en rond autour du poêle, sous la surveillance du maître que sa femme venait relayer quand il montait prendre à son tour son repas chez lui, dans son appartement situé au-dessus de la salle de classe.

Rien n'avait changé depuis qu'Étienne avait quitté l'école, lui aussi vers l'âge de treize ans : les mêmes bancs, la même estrade, le même bureau qui dominait la première rangée de gauche, celles des petits, la même odeur de craie, d'encre et de vieux parquet ciré. Tout semblait immuable dans ce petit univers dont la vocation était de faire de nous des esprits libres et instruits pour faire évoluer le monde. Quel paradoxe ! Parmi nous, combien furent ceux qui retombèrent dans l'éternel recommencement des choses, n'ayant acquis à l'école que les idéaux républicains, sans jamais avoir eu la chance de les mettre en pratique ? Car la majorité des enfants cévenols étaient encore destinés à la glèbe à laquelle leurs parents étaient inexorablement liés.

Avaient-ils seulement envie de s'en détacher ?

Isaac lui aussi rêvait de liberté. Mais pas pour quitter son serre et partir ailleurs. Trop attaché au Castanet, il ne rêvait de liberté que pour abandonner au plus tôt les bancs de l'école et pour vivre une indépendance chimérique qu'il ne cessait d'idéaliser, ignorant tout des dures réalités de la vie.

Pendant les récréations, il parlait souvent à ses camarades du même âge que lui de ce qu'il ferait quand il serait grand, comme il disait. Peu doué pour l'écriture, il n'avait pas son pareil pour inventer et raconter des histoires, tenant sans nul doute ce don de son grand-père avec qui nous étions à bonne école. Les autres l'écoutaient, bouche bée, le dévorant des yeux, quand il les emmenait sur les sentiers de son eldorado imaginaire. Il se voyait au centre d'aventures rocambolesques dont il était le héros et, à l'image de ces chefs camisards qui avaient défié l'autorité du grand roi pendant les sombres années de cendres des Cévennes, il pensait qu'un jour les pauvres gens, dont nous étions pour la plupart, se réveilleraient et feraient de notre pays un nouvel éden. Très imprégné des lectures bibliques d'Élie, il comparait notre « peuple » au nouveau peuple élu et sa voix prenait étrangement des accents de prédicateur d'un autre âge.

À chaque récréation, tandis que les filles jouaient à la marelle et qu'avec mes petits camarades je préférais taper dans une balle ou jouer à saute-mouton, un petit groupe de fidèles s'attroupait autour de lui, si bien que monsieur Chaptal crut devoir mettre fin à ce qu'il croyait être un début de contestation de l'ordre établi. Car, en bon représentant de l'école laïque, notre instituteur devait parfois tempérer les ardeurs de mon frère et il s'étonnait qu'un élève si peu enclin aux études puisse se révéler si bon narrateur et doté d'un sens si percutant de la rhétorique.

Mais on avait beau être en pays huguenot, monsieur Chaptal représentait dans son école les fondements de la République. Souvent, au cours des leçons de morale en début de matinée, il se faisait un devoir de nous rappeler que l'école était un lieu de tolérance, d'égalité et de respect, où il ne fallait donc pas faire de prosélytisme en faveur de ses propres croyances. Il avertit mon père des propos tenus par Isaac, et Étienne, plus attaché à la communale qu'au temple, exigea de son aîné qu'il calmât ses ardeurs et qu'il s'abstînt désormais de répandre le désordre à l'école.

Cela ne l'empêcha pas, sur l'insistance de ma mère, de nous laisser suivre les cours de catéchisme. Tous les jeudis matin en effet, nous prenions le même chemin que celui de l'école pour ce que nous appelions « l'écolette ». Le pasteur, accompagné d'une dame de la paroisse, nous lisait et nous expliquait des pages entières de l'Ancien et du Nouveau Testaments, et nous chantions des psaumes et des cantiques que nous finissions par savoir par cœur. De temps en temps, nous avions droit à une page d'histoire du protestantisme, pour le plus grand plaisir d'Isaac. Quand venaient les préparatifs de Noël et de Pâques, les filles confectionnaient de grandes guirlandes en papier crépon, afin de décorer la salle du temple, pendant que les garçons mettaient une touche finale aux panneaux d'exposition destinés à montrer aux parents ce que tous avaient réalisé au cours des mois précédents. Le culte avait lieu chaque dimanche, mais nous n'y allions qu'une ou deux fois par mois en compagnie de notre mère. Étienne, lui, n'y mettait les pieds que deux fois par an, pour les grandes fêtes de la nativité et de la résurrection. Néanmoins, notre famille passait pour être très protestante – et elle l'était – et nous fûmes élevés dans la tradition et la foi huguenote les plus pures. Nous faisions partie de l'Église réformée et il ne serait venu à aucun d'entre nous l'idée de renier cette appartenance.

Isaac, comme c'était à prévoir, devint le plus fervent de nous trois. Éliane demeura sincèrement attachée à ses croyances, mais se montra en ce domaine toujours très discrète. Quant à moi, je vécus une foi plus chaotique, faite de doutes et de remises en cause, mais jamais d'abandon ni de reniements.

À la fin de l'année scolaire, Isaac, qui avait déjà fêté ses treize ans, devait concourir pour le certificat d'études. Monsieur Chaptal avait averti Étienne qu'il ne pouvait plus remettre à plus tard ce passage obligé et nécessaire. À la maison, ce fut le branle-bas de combat. Le pauvre Isaac fut interdit de chèvres et d'écolette le jeudi. Sa communion attendrait un peu. Élie fut réquisitionné à plein temps. Chaque soir et toute la journée du jeudi tombèrent dictées, calculs, leçons et récitations, sans oublier *La Marseillaise*. Mon frère renâclait un peu mais, conscient qu'il entamait la dernière ligne droite, il se plia à la dure discipline qu'on lui infligeait. Marthe prenait parfois le relais d'Élie et, avec son immense patience et sa grande douceur, elle parvenait à rendre confiance à Isaac, qui butait sans cesse sur les règles de grammaire et les problèmes les plus pervers. Il ne comprenait pas pourquoi il fallait doubler une consonne quand cela ne s'entendait pas, ni pourquoi on faisait l'accord du participe passé avec « avoir » dans certains cas bien particuliers.

« La langue française est tordue ! s'exclamait-il avec colère. Je préfère parler patois. »

Étienne, qui savait ce qu'il en coûtait de parler patois à l'école, le mettait en garde.

« Ici on parle français ! Le patois, c'est pour les petits gavots qui n'ont pas d'éducation. »

Marthe devait le reprendre. Elle savait qu'il ne pensait pas ce qu'il disait. D'ailleurs, à la maison, Élie et mes parents parlaient souvent patois entre eux. Mais Étienne, comme Élie, mettait un point d'honneur à ne parler qu'en français quand un « étranger » nous rendait visite, surtout avec le docteur et même avec le facteur qui étaient à leurs yeux les représentants de la République unifiée et indivisible. Aucun n'aurait jamais renié ses origines protestantes et cévenoles, mais tous les deux étaient fiers d'être avant tout français et républicains.

Quand le grand jour arriva, mon père mit ses plus beaux habits. Il décrocha son costume de mariage dans la penderie de sa chambre et se mit en peine de l'enfiler. Ce dernier sentait fort la naphtaline et était raide d'avoir été passé à l'amidon. Mais il était encore comme un sou neuf. Malheureusement, les quelques kilos que mon père avait pris depuis bientôt quinze ans l'empêchèrent de boutonner pantalons, veste et gilet. En bonne couturière qu'elle était, Marthe recula quelques boutons, agrandit à la hâte quelques ourlets, camoufla quelques coutures disgracieuses et fit disparaître toute marque de rafistolage. Pour les chaussures, toutefois, elle ne put rien faire, et mon père dut souffrir un peu, avant que ses pieds n'aient pris leur place dans le cuir encore tout neuf mais quelque peu desséché.

Isaac fut aussi habillé de propre. Pour l'occasion, Marthe lui confectionna sa première paire de pantalons et retailla une chemise neuve d'Étienne pour la mettre à sa mesure. La veille, mon frère avait préparé son cartable sous l'œil vigilant d'Élie ; crayons affûtés, gomme nettoyée, règle, porte-plume, plumes Sergent-Major de rechange, buvard, tout était prêt.

Les épreuves avaient lieu à Saint-Germain-de-Calberte, le chef-lieu de canton. Monsieur Chaptal, qui possédait une automobile, se proposa de conduire les trois candidats qu'il présentait cette année-là et d'emmener mon père avec eux.

Les trois kilomètres que fit celui-ci pour atteindre l'école du hameau, avec ses chaussures de cuir trop étroites, lui furent un supplice. Mais pour Isaac, ce fut un vrai calvaire ! Il eut l'impression de monter sur le mont Golgotha et d'y subir son chemin de croix, tant l'angoisse le taraudait. Précédant mon père qui avançait tant bien que mal, il ne disait mot, la gorge asséchée, les mâchoires serrées, les mains crispées sur les lanières de son cartable, ressassant désespérément les accords grammaticaux et les règles de calcul qui ne voulaient toujours pas rentrer. Il n'y avait guère que l'histoire et la géographie qu'il maîtrisait bien. Quand il s'agissait de raconter les grandes batailles de François Ier ou de Napoléon, il n'avait pas son pareil, même s'il prenait parfois quelques libertés avec les dates. Sur Louis XIV, il était intarissable – mais partial ! Les cartes de France étaient imprimées dans sa tête ;

grâce à elles, il voyageait sur tous les grands fleuves et leurs affluents, traversait les départements dont il connaissait les chefs-lieux et les chefs-lieux de canton. Tous ces noms évoquaient pour lui des paysages, des troupeaux, des forêts, des produits de terroir – que nous ne mangions jamais !

Quand il vit arriver mon père et mon frère, l'air inquiet, monsieur Chaptal qui trépignait d'impatience ne put se retenir.

« Eh bien, monsieur Monteil ! On dirait que vous allez à un enterrement, endimanché comme vous l'êtes et l'air si triste !

— Ce n'est pas tous les jours que nous passons le certificat d'études, reprit Étienne en s'assimilant à son fils. Et je dois dire, poursuivit-il, que j'ai beaucoup souffert sur le chemin avec ces satanés souliers. Aussi permettez-moi de les quitter dans votre automobile. Quant à Isaac, il est inquiet, ça se comprend. Il y a des choses qui ne veulent pas rentrer dans sa tête endurcie.

— Ne vous inquiétez pas, il fera de son mieux. N'est-ce pas, Isaac ? »

Isaac ne répondit pas mais n'avait qu'une crainte : manquer à l'honneur des Monteil. Comment réagirait Étienne s'il revenait le soir même sans ce diplôme tellement convoité ? Il serait la honte de la famille et ne serait bon qu'à aller garder les chèvres et les moutons dans la montagne. Même si cette idée ne lui déplaisait pas, il savait que Marthe en serait chagrinée toute sa vie. Ce qu'il ne pouvait concevoir.

Dans la cour de l'école, à Saint-Germain, tous les instituteurs avaient rassemblé leurs élèves autour d'eux. De nombreux parents venus accompagner leur enfant se tenaient à l'écart dans une grande inquiétude. Quand l'inspecteur d'académie parut sur le perron de l'escalier, tout le monde se tut. À l'appel de leur nom, les élèves se rangèrent par deux, les garçons d'un côté, les filles de l'autre. Isaac jeta un dernier coup d'œil en direction de son père et alla se ranger. Puis il disparut dans la salle de classe. La plupart des parents s'en allèrent dans un de ces silences qui accompagnent les condoléances à la sortie d'un cimetière. La matinée était consacrée à la dictée et à l'arithmétique, l'après-midi aux questions d'histoire, de géographie et de sciences.

Étienne resta le dernier dans la cour de récréation, puis se décida à rendre visite à une petite cousine du côté de sa mère qui, très âgée, vivait seule en plein cœur du bourg. Il lui expliqua ce qu'il était venu faire à Saint-Germain et accepta de boire un verre de cartagène en sa compagnie. Dans nos Cévennes, les liens de cousinage sont très étroits. Chacun a toujours de la famille dans toutes les communes à cinquante kilomètres à la ronde. À l'occasion d'un enterrement ou d'un mariage, on se retrouve, on se donne des nouvelles, puis on disparaît jusqu'à la prochaine fois. On finit même par se marier entre cousins éloignés, tant les familles sont étendues. C'est le lot de toutes les populations menacées ; on se reconnaît, on se compte, on fait signe de vie, on se rassemble comme les survivants d'un monde en voie de disparition. Jamais on ne manquera de rendre visite à un parent éloigné, une petite cousine ou un grand-oncle, même si cela doit rester occasionnel.

La cousine Adélaïde était la fille d'une cousine germaine de la mère d'Étienne. Ce dernier ne l'avait pas vue depuis des années, mais savait qu'elle habitait toujours la maison de sa grand-mère. Beaucoup plus âgée que lui, elle ne s'était jamais mariée et passait pour une vieille fille très étroite d'esprit.

« De mon temps, coupa la vieille femme toute rabougrie, on n'avait pas besoin de son certificat d'études pour aller traire les chèvres ! Pourquoi agaces-tu ton pauvre fils avec toutes ces choses-là ? Pour travailler avec toi au Castanet, il en saura toujours assez. »

Étienne avait beau expliquer que les Monteil se devaient de faire honneur à leur ascendance, la vieille Adélaïde s'entêtait à ne pas comprendre.

« Boudiou, que vous vous compliquez l'existence ! Qu'il sache lire et écrire, c'est déjà bien beau. Que vas-tu lui mettre dans la tête avec toutes ces sornettes qu'on leur apprend à l'école ? Un jour, il ne trouvera plus le Castanet à son goût et il voudra lui aussi partir à la grande ville, comme tous ces jeunes d'ici. Plus personne ne veut travailler les terres de nos parents. C'est à l'école qu'on leur apprend toutes ces bêtises ; qu'à la ville c'est la grande vie et qu'on gagne l'argent plus facilement.

Tiens, mon brave Étienne, moi qui vis ici dans le bourg, je peux te dire que vous avez bien de la chance de vivre là-haut au grand air. »

Étienne entendait sans écouter. Il aurait voulu interrompre cette petite cousine, qui ne savait plus ce que c'était que de se lever aux aurores pour aller soigner les bêtes, pour aller charrier le fumier sur son dos dans les terres lointaines ; et l'eau qu'il fallait aller chercher avec la brouette quand la source se tarissait ; et la grande toilette qu'on faisait dans la cuisine, dans une bassine une fois par semaine par souci d'économie ! Non, décidément, les gens d'en bas ne savaient pas ce qu'il en coûtait de vivre accroché à la montagne, sans confort, sans hygiène, dans la précarité et l'inquiétude du lendemain, de manger tous les jours des châtaignes et du pain rassis, de s'affaler le soir dans son lit, exténué par le labeur qui tenait davantage du travail de forçat que de celui d'agriculteur. Et ces gens se permettaient de clamer que l'instruction n'était pas utile pour les enfants de ces mas perdus, sous prétexte que pour faire ce que leurs pères avant eux avaient toujours fait, ils n'avaient pas besoin d'aller longtemps à l'école ! Non mais ! Pour qui se prenait-elle, cette cousine qui semblait avoir oublié ses origines ?

Étienne ne dit mot, préférant opposer le silence à l'acrimonie. Vers les dix heures, il prit congé et retourna à l'école. La première épreuve était terminée et déjà la plupart des parents étaient revenus aux nouvelles.

« Alors ? fit Étienne à monsieur Chaptal. C'était comment ?

— Pas facile. Il y avait des pièges. Des participes passés. »

Étienne fit grise mine.

Vers onze heures, les candidats sortirent de la salle d'examen. Certains avaient l'air radieux, d'autres celui des mauvais jours. Isaac ne laissa rien percevoir sur son visage. Il chercha son père du regard et se dirigea vers lui. Étienne ne lâchait pas monsieur Chaptal d'une semelle. Celui-ci montra le texte de la dictée à ses élèves, que les parents interrogeaient du regard.

« Comment as-tu écrit "cueillies" ? demanda l'instituteur à Isaac, qui ne se montrait pas très pressé de découvrir ses fautes.

— Avec deux "l".

— Et à la fin ?

— "i".

— "Les fleurs que j'avais cueillies", "*i e s*", fulmina monsieur Chaptal. Nous avons revu la règle pas plus tard qu'hier matin ! »

Isaac se renfrogna et se tut. Étienne avait l'air aussi contrit que son fils. Il ne voulut pas en apprendre davantage, préférant attendre que de savoir à l'avance. Les autres élèves, encouragés par leurs parents, poussaient leurs maîtres à leur montrer les réponses aux problèmes d'arithmétique.

« J'ai su faire les calculs, bougonna Isaac pour se disculper.

— N'en parlons plus ! Attendons ce soir », fit Étienne, qui se mit soudain à douter.

« La vieille cousine a peut-être raison après tout », pensa-t-il, navré.

L'après-midi fut longue. Très longue. Les élèves passaient un par un devant les examinateurs.

« 1515 ? demanda l'un d'eux à Isaac, quand ce fut son tour.

— Marignan, répondit-il fièrement. François Ier vainqueur sur les Suisses lors des guerres d'Italie.

— La guerre des Camisards, peux-tu m'en parler ? »

Isaac se détendit. Et de raconter à grand renfort de précisions les aventures de Rolland, de Cavalier, de Castanet et de bien d'autres héros de la rébellion cévenole.

« Tu connais même Castanet ? s'étonna l'instituteur.

— Notre mas s'appelle le Castanet, monsieur.

— Je vois, je vois... Et en géographie, voyons voir... »

L'interrogation se poursuivit un bon quart d'heure. Quand Isaac fut libéré, il était blanc comme un linge.

« C'est foutu », murmura Étienne à son voisin.

Peu avant dix-huit heures, après examen des copies et harmonisation des notes, l'inspecteur d'académie réapparut sur les premières marches de l'escalier et, d'un air grave de circonstance, commença à proclamer les résultats :

« Sont reçus au certificat de fin d'études primaires les candidats suivants... »

Les noms s'égrenèrent les uns après les autres. Aux applaudissements qui suivirent le premier de la liste, premier du canton, puis le deuxième, puis le troisième, succéda un profond silence qui traduisait l'inquiétude des élèves, de leurs parents et de leurs maîtres. Déjà Étienne relâchait son attention.

« C'est foutu ! répéta-t-il. C'est foutu !

— Isaac Monteil, poursuivit l'inspecteur, Jules Delfieu, Marcel Durand...

— Je l'ai ! s'écria Isaac, je l'ai !

— Félicitations, mon garçon, dit aussitôt monsieur Chaptal. Tu es récompensé de tes efforts. »

Et de congratuler Isaac qui n'en croyait pas ses oreilles et de secouer Étienne, dont la joie ne parvenait pas à s'extérioriser.

« Alors, monsieur Monteil, fier du fiston ?

— J'avoue que je n'osais plus y croire. »

Le soir au Castanet, on mangea et on but un peu plus que de coutume. Isaac avait mis dans nos cœurs un parfum d'allégresse. Fier de sa réussite, il n'en montrait pas moins beaucoup d'humilité et finit par reconnaître que la chance avait été de son côté.

Le lendemain matin, le soleil dardait l'azur du ciel de ses flèches enflammées. Un vent de mousseline léchait la cime des arbres, réveillant de ses caresses les travailleurs matinaux, et effaçait chez Isaac les derniers stigmates d'une enfance qui, pour lui, n'avait duré que l'espace d'un printemps.

11

Une vie d'adulte

Son certificat d'études en poche, Isaac entra enfin dans le monde des adultes. Pour autant, sa vie ne s'en trouva pas bouleversée. Mais il put se consacrer entièrement aux travaux de la ferme et, aussitôt, il passa naturellement pour celui qui, un jour, succéderait à mon père. Conscient de ce qu'on attendait de lui, il s'en trouva grandi à mes yeux et, très vite, j'eus l'impression de perdre mon compagnon de jeu, le complice de mes escapades du jeudi. Il était passé dans la cour des grands, de l'autre côté de la barrière, là où s'arrêtent l'enfance et l'insouciance des jeunes années. Peu à peu, il dut assumer des responsabilités qu'il n'avait pas eues jusqu'alors. Étienne avait beaucoup à lui apprendre, mais il savait qu'il pouvait compter sur lui et s'en trouva soulagé.

Je vis mon frère s'éloigner de moi et, avec lui, c'était un peu de ma propre enfance qui disparaissait. Mes jeux devinrent plus solitaires, le temps me parut soudain plus long, le quotidien plus monotone. Malgré mon jeune âge, je découvris avec plus de clairvoyance les dures réalités de notre existence. Isaac, en effet, me révéla tout à coup une vérité qu'Élie nous avait lue cent fois dans sa Bible, mais dont je n'avais pas encore pris conscience parfaitement. Les paroles d'adulte sont souvent très éloignées des préoccupations des enfants et ne portent leurs fruits qu'à partir du moment où un événement vient rompre le miroir de leur jeunesse. Cette vérité, énonçant que l'homme doit gagner sa vie à la sueur de son front, s'inscrivit en lettres gravées sur le visage d'Isaac.

Car, les premiers temps, celui-ci rentrait au mas anéanti de fatigue. Marthe, qui voyait encore en lui son enfant, dut demander à Étienne de mieux mesurer ce qu'il exigeait de son fils.

« Il ne faut pas le couver, répétait ce dernier. Avec l'habitude, il se durcira le corps et il deviendra un homme. »

Devenir un homme signifiait donc peiner sur la glèbe, souffrir dans sa chair pour obtenir de la terre de quoi ne pas mourir de faim, ne plus être capable de rien à force de s'épuiser à la tâche ! C'était donc ainsi que les pauvres avaient obtenu leur liberté et le droit de vivre ! Comment ne pas comprendre alors la tentation de beaucoup de jeunes de partir vers d'autres horizons, où une vie meilleure les attendrait, où le travail ne serait plus labeur ni souffrance, où la subsistance ne serait plus l'unique objet de l'existence ? Fallait-il que des siècles et des siècles d'atavisme pèsent encore sur nos épaules pour qu'un enfant de treize ans se résigne ainsi, sans sourciller, à ce destin tout tracé et sans avenir ! Fallait-il que notre montagne soit belle comme la plus belle des créatures pour que des hommes, jeunes et vieux, s'accrochent encore à ses charmes avec la rage des amants délaissés !

Isaac ne se posait pas toutes ces questions. Son calvaire de l'école était terminé. Il avait, disait-il fièrement, gagné sa liberté. Et sans attendre la fin des vacances scolaires, il avait endossé les habits trop amples pour lui de sa nouvelle fonction.

De ce fait, c'est Éliane et moi qui avons bénéficié de tous les soins d'Élie, qui se vit soudain privé de son plus fidèle élève. Ma sœur, plus docile, reçut son enseignement biblique sans opposer la moindre contradiction. Il n'en fut pas de même pour moi qui, au dire de mon grand-père, montrais un esprit critique prometteur.

Passé les premiers mois, Isaac trouva lui-même la juste mesure de ses efforts.

« Il fallait le laisser faire, expliqua un jour Étienne pour se disculper. Il est comme les jeunes poulains. Au début, on se défonce et on se fatigue. Ensuite, on se tempère tout seul. Et on devient efficace. »

Isaac acquit des gestes d'homme, un regard d'adulte, une manière de se mouvoir qui n'était plus celle de l'enfant, du frère que j'avais eu. Sa voix commença à muer, son corps se couvrit de poils disgracieux, ses mains se remplirent de cals, ses ongles se noircirent. À table, comme les hommes, il sortait son opinel pour se tailler de larges tranches de pain et remettait le couteau dans sa poche sitôt le repas terminé, en prenant soin de l'essuyer sur un morceau de mie avant de le refermer. Il commença à boire un peu de piquette et sa conversation cessa bientôt de m'intéresser.

Isaac avait quitté définitivement le monde de l'enfance.

Sans lui, les trajets de l'école devinrent plus monotones. Éliane fut investie du rôle de sœur aînée. Elle crut devoir s'occuper de moi comme une petite mère, ce qui eut pour effet de m'exaspérer. Car j'acceptais mal d'être commandé par une fille, fût-elle ma sœur. Aussi nos disputes devinrent-elles plus fréquentes, ce qui me valut à la maison de fortes réprimandes et quelques punitions dont je me souviens encore.

Je passais mes jeudis en solitaire. Isaac me manquait. Mon père l'emmenait toujours avec lui et ensemble ils retournaient les terres, arrosaient, récoltaient, réparaient les murs éboulés. Éliane le remplaçait pour garder les chèvres. Moi, je n'avais plus envie de grimper comme les jeunes cabris sur les rochers du serre, ni d'aller poser des lèques comme Isaac me l'avait enseigné. Je restais au mas pour aider ma mère à traire, préparer les caillés ou nettoyer l'écurie. Je passais de plus en plus de temps dans mes livres, ce qui faisait dire à Élie :

« Celui-là, on en fera un président de la République ! »

Mon père ne répliquait pas. Je n'avais pas encore dix ans, mais il me disait parfois, comme pour me faire envie :

« Prends exemple sur ton frère, ton tour viendra. Toi aussi tu seras bientôt un homme. »

Isaac se rendait compte que mon attitude – pas mes sentiments – avait changé à son égard. Le soir, dans la chambre que nous partagions encore, nos conversations s'achevaient rapidement, car nous n'avions plus les mêmes centres d'intérêt, ni les mêmes rêves. Lui d'ailleurs avait cessé de rêver, comme si son entrée dans le monde des adultes avait tari son bel esprit imaginatif. Il n'était plus préoccupé que par les soucis du quotidien, les bêtes malades, les récoltes qui s'amenuisaient, les châtaigniers qui se mouraient.

Il ne rêvait plus le monde. Il le subissait.

Et plus je prenais conscience de ce que la vie faisait à Isaac, plus je m'abrutissais dans mes livres et mes devoirs d'école pour mieux échapper à ce monde terre à terre, et moins j'avais envie de devenir un homme.

Chaque année, le 24 juin, nous fêtions la Saint-Jean au Castanet. Mon père se faisait un plaisir de préparer un grand bûcher avec du vieux bois impropre à la cheminée, et il en profitait pour brûler tous les déchets qu'il avait accumulés à l'écart du mas. Nous y ajoutions de grandes brassées de feuilles sèches et de *pélous** qui jonchaient encore le sol, sous le sombre couvert des *bouscas** dont nous abandonnions les fruits aux sangliers. De toutes les fêtes, la Saint-Jean était celle qui gardait le plus son rituel. Et pour rien au monde nous ne l'aurions manquée. Dès la tombée de la nuit, Étienne allumait le bûcher et veillait à l'alimenter peu à peu, afin qu'il durât plus longtemps, car, avec les bois qui nous entouraient, il n'était pas question de faire de trop grandes flambées. Parfois, nos amis du Mazel se joignaient à nous et, tous ensemble, nous dansions en rond autour du grand feu de joie. Lorsque les flammes s'étaient apaisées, nous, les enfants, attendions avec impatience qu'Étienne nous donne l'autorisation de sacrifier à la tradition : nous sautions alors à grandes enjambées pardessus les braises encore toutes fumantes, en nous écriant gaiement : « *Ai ma cabanèla ! La mieuna es la pus bèle !* » (« Ah mon feu de Saint-Jean ! Le mien est le plus grand ! »). Sauter trois fois portait bonheur, disait-on. Aussi chacun de nous y allait de toute sa témérité et l'allégresse, ce jour-là, était à son comble.

Pour ses quinze ans, Isaac eut le suprême honneur d'allumer le feu en premier. Il éprouvait beaucoup de fierté à montrer que, depuis qu'il travaillait avec mon père, il avait cessé d'être un enfant. Au moment de sauter au-dessus du feu purificateur, il se retint et laissa les enfants du Mazel, Éliane et moi sauter les premiers.

« Tu ne sautes pas ? lui demanda mon père.

— Je ne suis plus un enfant, répondit-il d'un air vexé.

— Il n'y a pas de honte à exprimer sa joie. Même les amoureux sautent au-dessus du feu de la Saint-Jean, ainsi ils sont sûrs de se marier dans l'année.

— Je ne suis pas amoureux !

— Alors peut-être que ça t'aidera à le devenir ! ajouta Étienne par boutade. Allez, fais donc comme tes amis et ton frère, saute ! »

Isaac obéit à mon père. Mais il ne sauta qu'une fois. Alors pour montrer l'exemple, Étienne, qui n'avait plus suivi la tradition depuis longtemps, voulut sauter à son tour.

« Tu vas te faire mal, lui fit remarquer Marthe pour l'arrêter. Pense donc à ta jambe !

— Ma jambe ! Elle se porte comme un charme. »

N'écoutant pas les mises en garde de sa femme, Étienne prit son élan et, d'un bond, enjamba les braises incandescentes. Son saut étant trop court, il mit un pied dans les charbons ardents et brûla la semelle de sa chaussure sous les rires moqueurs des enfants.

« Ça t'apprendra à vouloir faire le jeune, grand nigaud ! lui sortit Marthe en riant de bon cœur. Tu voulais peut-être te préserver du *piétin*[1].

---

1. Le lendemain du feu, les bergers faisaient passer leurs bêtes dans les cendres pour leur éviter le piétin, maladie du pied du mouton.

— Viens donc m'aider à jeter quelques pelletées de brandons dans le jardin, répondit Étienne pour sauver la mise. Ça éloignera les chenilles. »

C'était ainsi chaque année. Les fêtes ponctuaient le cours inexorable du temps et remplissaient nos cœurs de joie, quand l'existence nous paraissait injuste et trop lourde parfois à supporter. Malgré tout, rien ne semblait décourager Isaac.

Quand il eut dix-sept ans, il décida de se faire embaucher comme bûcheron pendant les mois d'hiver. Marthe eut beau tenter de l'en dissuader, affirmant que nous n'avions pas besoin d'un supplément d'argent, il prétexta que notre existence tenait à un fil et qu'il était temps que l'un de nous prenne les devants.

Étienne appuya sa résolution.

En réalité, Isaac voyait dans ce travail saisonnier un moyen d'accroître ce qu'il croyait être sa liberté. Vivre sous le toit familial ne lui disconvenait pas, certes, mais en attendant de partir à vingt ans à l'armée, il désirait s'affranchir et voler un peu de ses propres ailes tout en se rendant utile à sa famille.

Marthe ne put le retenir.

À cette époque, les bruits de bottes retentissaient aux portes de notre pays et les passions militaires, attisées par les gesticulations et les menaces d'Hitler, commençaient à échauffer les esprits. Après l'Anschluss, puis l'invasion des Sudètes, ce fut la honteuse capitulation de Munich. « La paix est sauvée », disaient les pacifistes. « Hitler ne s'en tiendra pas là », répliquaient les esprits les plus clairvoyants.

Élie nous tenait toujours au courant en commentant les nouvelles de son journal et se montrait très pessimiste. Étienne, lui, qui savait ce qu'était la guerre moderne et ses horreurs, et qui sentait bizarrement sa vieille blessure se réveiller, jurait qu'il ne fallait pas jeter de l'huile sur le feu et qu'on ne s'était pas battu pour rien en 1914-1918. Alors recommencer la guerre, non ! Il y était farouchement hostile.

« Tous ces politiciens n'ont qu'à y aller dans les tranchées, s'ils veulent en découdre avec les boches ! »

Marthe craignait pour Isaac. Dans un peu plus d'un an, il aurait l'âge de la conscription. Aussi l'ombre d'un nouveau conflit l'effrayait-elle et, chaque soir, elle priait l'Éternel pour qu'il évite à l'humanité une nouvelle catastrophe.

À douze ans, je vivais ces événements d'assez loin. À l'école, j'étais maintenant dans le groupe des grands et monsieur Chaptal mettait en moi de sérieux espoirs tant je maîtrisais parfaitement la langue de Molière et le langage d'Euclide. Après mon certificat d'études, il pensait me proposer de suivre le cours complémentaire afin de préparer l'École normale d'instituteurs. Marthe était au comble de la joie, mais elle évitait de trop en parler à la maison, car Étienne ne semblait pas du même avis.

« Nous avons besoin de bras à la ferme. Les études, c'est bon pour les enfants de riches ! »

Élie n'intervenait pas, ne voulant pas s'interposer entre son fils et sa belle-fille. Mais, discrètement, il faisait tout pour m'aider et me pousser. Un jour, il eut cependant une violente discussion avec Étienne.

« Le Castanet ne pourra jamais nourrir deux familles. Entre Isaac et Samuel, il faudra bien choisir. Alors, autant que le *péquélet*[1] se prépare à faire autre chose dans la vie.

— Tant qu'ils n'ont pas fondé un foyer, répondit Étienne sur le ton de la colère, leur devoir est de m'aider. Certes, je tiens à ce que mes enfants aient de l'instruction et obtiennent le certificat d'études. Pour l'honneur de la famille. Mais de là à les envoyer à la ville pour étudier, c'est trop ! Chacun doit rester dans son milieu, à sa place. »

Je n'entendis plus jamais évoquer ce sujet. Et, comme Isaac avant moi, je finis par partager mon temps libre entre les devoirs, les leçons et la garde des chèvres sur les pentes du serre.

Quant à Éliane, âgée alors de seize ans, elle avait trouvé quelques mois auparavant un emploi de bonne à tout faire dans une famille bourgeoise issue de la région parisienne, installée dans un vieux manoir isolé à deux kilomètres du Castanet. Elle s'y rendait à pied chaque matin et revenait le soir avant la nuit pour aider ma mère à finir sa lourde tâche.

1. Le petit.

Avec l'argent qu'Isaac et Éliane gagnaient à l'extérieur, nous vivions un peu mieux. Notre table s'en trouva améliorée et c'est à cette époque qu'Étienne acheta une pompe pour amener jusqu'à la porte du mas l'eau de la source découverte par Lazare. C'était presque le luxe ! Depuis ce jour-là, nous ne fûmes plus jamais contraints d'aller charrier l'eau dans un tonneau. Isaac améliora même le système d'irrigation en amenant des canalisations vers les faïsses qui se desséchaient jusqu'alors en été. Il débordait d'imagination pour transformer ce que personne avant lui n'avait osé changer, par respect pour les ancêtres ou simplement par routine. Étienne le laissait faire, trop heureux de constater que son fils aîné prendrait la relève sans problème et garantirait ainsi ses vieux jours.

Car les enfants étaient l'assurance de la vieillesse. Dans presque tous les mas cévenols, trois générations se côtoyaient sous le même toit. C'était ainsi depuis l'aube des temps et nul n'aurait osé abandonner ses vieux parents à leur triste destin une fois que les années ou la maladie les avaient rendus incapables de se suffire à eux-mêmes. La transition d'une génération à l'autre se faisait en douceur, progressivement. Les anciens délaissaient peu à peu leurs responsabilités à leurs enfants, prenaient de moins en moins de décisions ; les papés ne s'occupaient plus que du jardin potager, les mamées gardaient deux ou trois chèvres et les petits-enfants.

Chacun avait un rôle assigné et pouvait toujours se prévaloir de son utilité dans la cellule familiale.

Au Castanet comme ailleurs, l'ordre éternel des choses était donc respecté.

Mes parents dépensaient le peu d'argent qui rentrait à la maison avec beaucoup de parcimonie. Ma mère plaçait les précieux billets de banque dans une boîte en fer qu'elle cachait au fin fond du grand tiroir de la table de la cuisine, là où l'on rangeait le pain avec soin, toujours enveloppé dans un tissu de lin afin qu'il dure au moins toute la semaine. Ces mêmes précautions prouvaient à quel point nous étions soucieux de ne rien gaspiller et d'épargner pour prévoir l'avenir. Comme si nous avions un avenir ! L'argent n'était aux yeux de mes parents que l'assurance qu'on pourrait parer aux impondérables. Jamais il ne leur vint à l'esprit qu'il aurait pu servir à un quelconque plaisir. Toute dépense était donc utile et faite au plus juste. Marthe parlait sans cesse du « profit » qu'elle tirait d'une conserve qu'elle faisait, ou d'un plat qu'elle cuisinait, comme si elle spéculait dans la plus pure tradition des jeux de la bourse. Ce souci d'économiser sou par sou ce qu'on gagnait péniblement a toujours marqué la mentalité des gens de nos montagnes. Car ils connaissaient la vraie valeur de l'argent.

Isaac, qui rentrait chaque samedi soir d'une longue semaine passée dans la forêt ou à la scierie, revenait la tête pleine des idées répandues dans le bourg concernant la fragilité de la paix. Lui qui ne s'intéressait qu'à ses terres et à ses bêtes commença à s'ouvrir aux réalités du monde extérieur. Il prit parti contre tous ceux qui, déjà, pensaient que la France était en train de sombrer dans le laxisme et la paresse à cause des idées bolcheviques véhiculées par le Front populaire et à cause des Juifs qui menaient le monde. L'opprimé et le révolté qui sommeillaient en lui se réveillèrent et son appartenance à un peuple persécuté attisa ses sentiments écorchés par les paroles malheureuses qu'il entendait proférer.

Plus prudent, Étienne tentait de calmer son esprit exacerbé.

« Ne te mêle pas de leurs conversations. Laisse-les dire. Ceux qui réclament un régime autoritaire ne savent pas ce que c'est que de vivre sous la contrainte. Et ceux qui admirent l'Allemagne ont la mémoire courte.

— Ce sont des catholiques ! Pas des protestants. Nous autres, huguenots, nous ne sommes pas des graines de fascistes.

— Ne recommençons pas les guerres de Religion ! Vivons en paix entre nous. »

Isaac côtoyait beaucoup de jeunes bûcherons issus des vallées du haut pays, voire des hauts plateaux. Dans ces contrées lointaines, la foi catholique avait davantage résisté à la vague protestante venue de la Cévenne schisteuse, plus méridionale. Et les deux communautés y étaient encore solidement implantées l'une à côté de l'autre. Certes, les rivalités avaient disparu depuis fort longtemps, mais parfois, à l'occasion d'événements exceptionnels, des résurgences d'un autre âge remontaient en surface et laissaient penser que les souvenirs n'étaient pas tombés dans l'oubli. On marquait encore sa différence en rejetant sur l'autre les malheurs publics ; on aimait toujours plaisanter en racontant aux enfants, pour se moquer, que les huguenots avaient un œil au milieu du front. Mais tout cela n'allait pas très loin et contribuait à alimenter le folklore local.

Après l'hiver, Isaac revint à demeure au Castanet. Les jours l'emportèrent à nouveau sur les longues nuits glaciales. L'espoir sur la peur du lendemain. Le bruit des faux et des faucilles sur celui des bottes. La robe brune des terres disparut, vite remplacée par le vert des jeunes frondaisons. Les hommes retrouvèrent une fois de plus le chemin de leurs faïsses et les troupeaux les drailles ancestrales. Des milliers de moutons, tout harnachés de pompons multicolores, reprirent le chemin de la montagne, réveillant les hameaux endormis, semant sur leur passage un peu de rêve et d'espérance.

Le Castanet était l'écart de la draille du Gévaudan, nommée la « Grande Draille » ou « Chemin de César ». Celle-ci était empruntée par les troupeaux du Gard qui se rendaient sur le mont Lozère, la montagne du Goulet et le haut Gévaudan. Ces troupeaux, par contre, faisaient halte au Mazel qui, deux fois par an, se trouvait plongé dans une grande fébrilité. Marcel Lafage confiait ses moutons à un berger qui conduisait chaque année plus de mille bêtes dans les hauts pâturages, ce qui le libérait pendant les mois d'été de sa tâche pastorale.

Mon père, quant à lui, n'avait pas assez de brebis pour les envoyer en transhumance. Il préférait les garder avec ses chèvres sur nos propres terres. Ce qu'Isaac commençait à contester, expliquant qu'il fallait agrandir la bergerie et s'intégrer davantage à l'économie d'élevage en profitant de la transhumance, plutôt que de vivoter en faisant un peu de tout sans se spécialiser en rien. Étienne n'était pas de son avis et n'entendait pas changer ses habitudes.

« Tu feras ce que tu voudras quand je serai mort ! lui avait-il un jour rétorqué. Pour le moment, c'est moi qui décide. Je suis encore maître chez moi ! »

Les altercations entre les deux hommes n'étaient pas fréquentes. Mais elles révélaient combien la cohabitation entre générations n'était pas toujours facile, malgré l'éducation très centrée sur la famille que nous recevions dans le monde protestant, surtout dans les milieux modestes où le resserrement des liens était souvent une nécessité absolue.

Cette année-là, la transhumance n'apporta pas autant de joie et ne mit pas autant de bonheur dans les cœurs que les années précédentes. Même les bergers parlaient entre eux du danger de guerre imminent. Hitler n'avait pas tenu sa promesse et avait fini par envahir toute la Tchécoslovaquie. Chacun en était persuadé : on allait à l'affrontement.

Étienne sentit se réveiller en lui tous ses ressentiments et prenait maintenant parti pour ceux qui affirmaient qu'il fallait immédiatement punir les Allemands, qu'il était encore temps d'intervenir et qu'attendre servait l'Allemagne. Mon frère Isaac, avec la fougue de sa jeunesse, se disait prêt à aller en découdre et retrouvait ses accents d'orateur qui attiraient jadis autour de lui ses petits camarades d'école.

Marthe était dans un grand désarroi, consciente que, si la guerre éclatait et durait comme en 1914, Isaac n'y échapperait pas. Cette perspective tempérait d'ailleurs les ardeurs d'Étienne, qui ne voyait pas comment il parviendrait à se passer de l'aide de son fils aîné pour maintenir les terres en état.

« Je n'ai plus vingt ans, avouait-il. J'ai bien besoin d'Isaac pour me seconder, maintenant que le papé se fait vieux et qu'il ne peut plus faire grand-chose. »

Je n'avais pas encore treize ans en ce sombre printemps. Et, même si je pouvais être de quelque utilité pour garder les chèvres, je n'avais pas la stature ni la vigueur d'Isaac et n'aurais pu faire le quart du travail qu'il abattait dans une journée. De plus, j'allais aborder en octobre l'année de mon certificat d'études et j'espérais bien, malgré les réticences de mon père, intégrer un cours complémentaire, grâce auquel je pourrais rentrer à l'École normale. Je nourrissais ce grand espoir en secret, afin d'échapper un jour à la vie que nous menions au Castanet.

Mais de cela je ne disais mot. Seule ma mère m'encourageait discrètement et espérait bien convaincre mon père.

12

Premières vendanges

La guerre devenait menaçante. À entendre les hommes, c'était la catastrophe assurée. Non qu'on imaginât dans les foyers que notre armée, mal préparée, allait enregistrer le plus gros désastre de son histoire, mais parce que, une fois de plus, c'étaient nous, les paysans, les petits, les besogneux, qui allions faire les frais du nouveau conflit. Car qui remplacerait de nouveau les hommes dans les terres ? Qui manquerait encore à l'appel, une fois la folie guerrière apaisée ?

Sans Isaac, qui pourtant affirmait qu'il fallait aller punir le Grand Satan d'Hitler, Étienne se retrouverait bien seul pour entretenir le Castanet et assurer notre subsistance. Qui s'occuperait dès lors des vignes qu'il avait replantées avec tant de fierté et de passion avec la bénédiction de mon père ?

En 1939, Isaac avait fêté ses dix-neuf ans. Si le conflit s'éternisait – et tout le monde le pensait –, il ne manquerait pas d'être appelé l'année suivante.

Nous ne pouvions pas imaginer son départ pour la guerre : l'ordre de mobilisation, sitôt ses vingt ans passés ; sa valise à préparer ; les au revoir douloureux ; le départ par un petit matin blême ; la camionnette de l'oncle Ferdinand qui s'éloigne lentement ; Marthe et Éliane éplorées ; Élie et Étienne effondrés ; et moi désemparé.

Non, tout cela n'arriverait pas ! pensions-nous en nous persuadant les uns les autres par des paroles réconfortantes, sans trop y croire. Les politiques trouveraient bien une solution, une de plus, quitte à retourner voir Hitler et lui extorquer d'autres promesses de paix. D'ailleurs, n'avait-il pas signé avec la Pologne et la Russie un pacte de non-agression ? Nous nous efforcions d'y croire, mais le cœur n'y était pas. Et nous étions tous partagés entre l'idée qu'il fallait frapper vite et fort avant de permettre aux Allemands de réagir, et celle qu'il valait peut-être mieux tenter d'amadouer leur chef pour nous sauvegarder du pire.

À l'horizon, loin vers l'est, la cime des forêts crénelait un ciel d'acier. Dans les vallées, l'air s'appesantissait sur les lauzes des toitures, comme pour mieux étouffer les sentiments d'inquiétude de toute une population aux aguets. Ce printemps de paix serait sans doute le dernier avant la catastrophe annoncée. Les colombes déchiraient l'azur de leur vol tourmenté, tandis que les martinets tardaient à arriver de leur lointaine Afrique. Dans son lit, le Gardon roulait encore des eaux lourdes de cristal d'où s'échappait une longue traîne de brume bleutée qui noyait ses rives jusqu'à une heure tardive de la matinée. Le pays tout entier semblait refuser d'arborer sa parure printanière et restait emmitouflé dans ses lourds habits d'hiver, par crainte sans doute de devoir affronter une période de glace interminable, qui le plongerait une nouvelle fois dans l'enfer des hommes.

Isaac était vite devenu indispensable et faisait plus que seconder mon père. Celui-ci, même s'il entendait montrer que c'était toujours lui le chef de famille, plus par amour-propre que par orgueil, lui laissait de plus en plus d'initiatives, heureux de constater qu'avec son fils aîné ses vieux jours étaient assurés.

Aussi l'avait-il écouté attentivement, quand il lui avait parlé quelques années auparavant de planter de la vigne partout où les terres étaient en friche ou ne donnaient qu'un maigre revenu.

« Nous avons assez de vigne pour ce qu'on consomme de vin ! lui avait-il cependant objecté. Pourquoi en planter davantage ?

— Pour vendre notre production.

— Vendre ! Mais à qui, voyons ? Tu sais bien que tous nos voisins produisent eux-mêmes leur vin.

— Nous pourrions l'écouler sur les marchés chaque semaine. Cela nous ferait une rentrée d'argent supplémentaire. »

Élie, dans son coin, approuvait en dodelinant de la tête, l'œil pétillant, comme chaque fois qu'il écoutait une conversation sans y prendre part. Quand il était question d'aller de l'avant, dans l'intérêt de son cher Castanet, son cœur ne faisait qu'un bond dans sa poitrine et, sans interrompre la discussion, il restait tout ouïe, prêt à donner son assentiment.

« Qu'en penses-tu, papé ? » lui demanda Étienne, qui prenait toujours son avis avant de donner le sien.

Élie n'eut pas besoin de s'éterniser. Mon père comprit, à sa mine réjouie, qu'il approuvait l'idée de son petit-fils. Celui-ci reprit :

« Avec le bûcheronnage et la vigne, nous ne manquerons pas d'argent pour les années à venir.

— Et qui donc ira vendre le vin sur le marché ?

— Je me ferai aider par l'oncle Ferdinand. Avec sa camionnette, ce sera commode, nous aurons vite fait de nous rendre à Saint-Jean et à Saint-Étienne. Et nous lui proposerons un pourcentage sur les ventes.

— Tu as pensé à tout, fiston ! »

Mon père semblait séduit par le projet d'Isaac. Mais un détail l'embarrassait.

« Nos vignes ne produisent pas énormément et ce ne sont pas de bonnes variétés. Rien que de l'ordinaire, tout juste bon à faire de la piquette ! Personne ne voudra de notre vin.

— J'y ai songé, répliqua Isaac. Nous planterons de nouvelles variétés. De celles qui donnent du bon jus bien pesant. »

Tous les deux s'étaient mis à rêver d'un avenir meilleur, où le Castanet deviendrait un château au centre d'un vignoble de qualité et où l'on viendrait chercher le vin à des lieues à la ronde. Tout est permis au royaume de l'imaginaire, même l'impossible !

À l'époque, Isaac n'avait que seize ans et était déjà un grand et fort gaillard. Dépassant mon père d'une tête, tout en muscles, sans une once de graisse, il avait acquis une endurance au travail qui nous étonnait tous. Toujours soucieux d'accomplir sa tâche dans les moindres détails, il faisait preuve d'ingéniosité dans tout ce qu'il entreprenait et montrait souvent à mon père comment gagner du temps en s'y prenant autrement. Celui-ci faisait mine de savoir ce que son fils lui apprenait, mais changeait petit à petit ses habitudes en écoutant ses leçons. Une grande complicité s'était établie entre eux et on ne les voyait plus jamais l'un sans l'autre.

Cette année-là, Étienne emmena Isaac à la foire de Saint-Jean pour acquérir les nouveaux ceps de vigne. Ils avaient décidé d'un commun accord d'en planter sur plusieurs faïsses qu'ils avaient défrichées au préalable, notamment sur la terre dite de l'Amérique. Certes, celle-ci était éloignée du mas, mais le sol y était propice à la vigne : pas trop gras, caillouteux à souhait pour assurer un bon drainage, bien exposé au sud et en légère déclivité. La longue jachère dont elle sortait avait permis au sol de reprendre toute sa vigueur. Aussi Isaac pensait-il en tirer son meilleur vin.

Un pépiniériste des Costières de Nîmes en personne leur livra les précieux ceps de vigne à domicile et leur donna tous les conseils pour que, dès la troisième année, ils puissent boire leur premier vin. Aussitôt après, sur les longues terrasses aménagées, les mauvaises herbes furent méticuleusement arrachées, puis entassées et brûlées, afin qu'aucune graine ne puisse s'échapper et germer au prochain printemps. Le sol, labouré en profondeur grâce à la charrue de Marcel Lafage, fut amendé avec tout ce que notre écurie put donner de fumier. Les pierres furent toutes sorties des sillons et empilées aux limites des parcelles, allant grossir les murets déjà ventrus édifiés par les ancêtres.

Étienne et Isaac accomplirent un travail de fourmis. Conscients que leurs vignes nouvelles ne donneraient pas avant quelques années, ils prirent leur temps et ne laissèrent rien derrière eux qui pût être préjudiciable à l'œuvre qu'ils s'étaient mis en tête de commencer.

La première vendange fut tout un rite. Les grappes, certes, n'étaient pas très nombreuses, mais le raisin était prometteur et semblait avoir emmagasiné tout le soleil de l'été pour donner son premier moût sucré et doux, qu'on but sans attendre la fermentation. Les bacots, les aramons, les œillades[1]

1. Variétés de cépage assez répandues en Cévennes.

donnèrent un breuvage des plus savoureux, et déjà Isaac prédisait que les futures récoltes seraient très fructueuses.

Souvent, à la tombée de la nuit, il s'arrêtait devant ses vignes et les contemplait, comme un vieux paysan sentant sa fin prochaine contemple son bien avec un brin de nostalgie.

« Vois-tu, Samuel, m'avoua-t-il un jour, bien plus tard, alors que les eaux de la rivière avaient déjà emporté dans leurs tourbillons tous les malheurs qui s'étaient abattus sur lui, et que le ciel, enfin apaisé, avait cessé de vomir toutes les souffrances du monde, vois-tu, la vigne, c'est comme une jeune fille ; si tu l'adores et la caresses avec beaucoup de tendresse, elle te sera toujours fidèle et te donnera son meilleur vin, comme si elle te donnait de beaux enfants. »

Et de fait, Isaac la soignait comme une maîtresse, sa jeune vigne. Il passait le plus clair de son temps à la piocher, la tailler, la sarcler, la désherber, la fumer, comme si sa vie en dépendait, comme si elle lui susurrait au creux de l'oreille les mots les plus doux chaque fois qu'il lui donnait de son temps. Étienne le laissait faire et l'aidait même à charrier le fumier dans les lourds panièraus qui leur cassaient l'échine.

La deuxième vendange fut encore plus généreuse et l'on put soutirer suffisamment de vin pour remplir plusieurs petits tonneaux. Ce fut une vraie fête au Castanet et chacun voulut y participer à sa manière. Même Élie mit un point d'honneur à aller dans les vignes, serpette à la main, pour couper délicatement les grappes gonflées par le soleil. Avec Marthe et Éliane, il remplissait ses seaux avec fierté et, sans faire tomber le moindre grain de raisin, les transvidait dans les *desques** qu'Isaac et moi transportions sur le dos jusqu'au mas où Étienne nous attendait. Celui-ci, selon son habitude, se tenait au fouloir qu'il actionnait sans discontinuité à l'aide d'une grande manivelle en bois. Le soir même, tout le moût fut soutiré. Mon père en prit quelques litres pour faire sa cartagène et nous offrit le meilleur jus de raisin que nous ayons jamais bu jusqu'à ce jour. Isaac était fier de sa première vraie récolte et trépignait d'impatience de goûter le vin nouveau qui en sortirait bientôt. Même le vin de presse, qu'on faisait en pressant le marc du cuvier, promettait d'être excellent. Il fut inutile d'ajouter de l'eau et du sucre à la *raque** pour déclencher une nouvelle fermentation et fabriquer la piquette dont nous faisions notre ordinaire.

« Cette année, avec cette récolte, nous ne ferons que du bon vin qui se conservera, avait proclamé Étienne en poussant Isaac par l'épaule d'un air complice.

— Et l'année prochaine nous en aurons assez pour en vendre à Saint-Jean. »

L'année suivante, les vendanges furent en effet plus abondantes encore, mais beaucoup moins joyeuses, tant l'horizon s'était assombri. Nous savions qu'il nous restait peu de temps à vivre tous réunis, dans ce bonheur des gens simples qu'un rien rend heureux.

Il en allait des vendanges comme de tout ce que nous procurait la nature. Ainsi éprouvions-nous toujours la même joie immense d'aller à la cueillette des simples ou des champignons, d'en remplir nos paniers et de les déverser, fiers comme des enfants, sur la grande table de la cuisine, comme s'il s'agissait d'un vrai trésor.

Très jeune, Isaac avait appris à reconnaître les plantes sauvages. Élie les lui triait dès son retour, séparant celles qui avaient une vertu thérapeutique et celles qui étaient comestibles de celles qui empoisonnaient. Il tenait lui-même le secret des plantes de sa mère et se soignait uniquement par infusions et décoctions. Les ronces, les pissenlits, le chiendent, le romarin, le thym, les feuilles de chêne n'avaient plus de mystère pour lui et il était heureux de transmettre son savoir ancestral à ses petits-enfants. De nous tous, Isaac était le plus doué pour enregistrer ses leçons de botanique. À chacune de ses promenades en ma compagnie, il se faisait un plaisir de me montrer du bout du doigt les plantes qu'il reconnaissait sur le bord du chemin, et de m'en expliquer l'utilité. Jamais il n'en arrachait s'il n'en avait besoin, respectant ainsi la nature comme son propre bien. Et s'il devait en rapporter à la maison pour l'un de nous, il prenait toujours soin de les couper juste au-dessous de la tige, afin de ne pas endommager la racine.

Il agissait de la même manière quand nous allions aux champignons. Il n'avait pas son pareil pour dénicher les cèpes au pied des vieux châtaigniers, dans les endroits les plus escarpés. Les *têtes de nègre* étaient ses favoris ; trapus, à la tête noire, ils se dissimulaient insidieusement dans l'épais manteau de feuilles et de pélous. Mais Isaac les sentait de loin, les devinait, tapis sous les feuilles, et fonçait droit dessus sans jamais se tromper. Il connaissait bien ses bolettières et n'aurait jamais livré leurs secrets à un inconnu. Il était capable de marcher des heures entières, dès le petit matin, quand les fougères étaient encore perlées de rosée. Nul autre que lui n'avait le don de deviner une levée fructueuse. La pluie, la chaleur, la bonne température, l'absence de vent, dès que ces données lui paraissaient en bonne concordance, trépignant d'impatience, il disparaissait dans la châtaigneraie et en revenait toujours avec des paniers remplis à ras bord. Parfois, il rapportait quelques oronges dont la robe colorée nous émerveillait. C'était nos champignons préférés, toujours craquants et délicatement parfumés, ils n'avaient pas leurs pareils pour agrémenter un plat. Mais ils étaient plus rares !

Quand la cueillette avait été bonne, la maison s'emplissait d'agréables effluves champêtres. Toute la forêt s'insinuait dans les moindres recoins. L'odeur acide de l'humus humide et de la mousse se mêlait avec volupté avec celle du bois de châtaignier qui brûlait dans la cheminée. Ma mère et Éliane nettoyaient aussitôt les champignons frais et les disposaient sur des claies pour les faire sécher, ou les mettaient en bocaux pour en faire des conserves que nous ressortirions pour les grandes occasions. Mais le soir même, sans attendre, nous en mangions une grande poêlée, préparés nature ou avec de l'ail et du persil. C'était toujours pour nous un vrai festin de roi !

La dernière fois qu'Isaac m'entraîna avec lui à la recherche de ses trésors, c'était en novembre 1939. Le cœur n'y était plus vraiment, vu les circonstances. Une brume épaisse écrasait la montagne et empêchait le petit jour de se dévoiler. Sous nos pas, les branches mortes craquaient en un bruit sourd et étouffé. Les dernières châtaignes sortaient timidement de leurs bogues, se retenant de tomber pour mieux rester blotties dans le feuillage des arbres. Nous sentions partout des yeux nous épier, les oiseaux dans leurs nids, les renards et les marcassins dans les fourrés, les lapins sauvages dans leurs terriers. La nature tout entière s'était immobilisée pour ne pas troubler notre dernière promenade d'automne, à un moment où, loin au-delà des frontières, grondaient déjà les canons.

Un vent glacial chassa le manteau de brume, mais le ciel resta d'ardoise. Les forêts se fondirent avec la terre durcie par les premiers frimas. Le vent du nord cristallisa les rives de la rivière bien avant l'arrivée de l'hiver et nous fit entrer dans une attente interminable.

Pour Isaac, le temps était compté. Il ne songea plus, dès lors, qu'à la vie nouvelle qui l'attendait, loin de son cher Castanet, loin des siens et de ses vignes où ses pas le conduisaient sans cesse. Je le vis souvent, perché sur un muret de pierre sèche, s'adresser à ses terres qu'il avait tant chéries. Il leur parlait sans se soucier qu'on pût entendre ses paroles, comme on parle à une femme amoureuse, à une épouse qui vous a donné les plus beaux enfants. Je le surpris à prendre dans le creux de la main une poignée de terre, à la humer pour mieux s'en imprégner, à la porter à la bouche pour mieux en conserver le goût, à s'en frotter le visage pour en obtenir les caresses.

Isaac était amoureux de sa vigne et n'ignorait pas qu'il n'aurait bientôt plus l'occasion de la chérir. Il en paraissait malheureux mais ne parlait jamais de ce qui le chagrinait. Seule Marthe, avec son instinct de mère, devinait que plus jamais son fils ne pourrait se donner tout entier, corps et âme, à cette vigne qu'il avait fait naître de ses propres mains au prix de tant d'efforts. Elle savait, mais ne parlait pas de ses craintes, pour que nous gardions tous l'espoir qu'en dépit des tragiques événements qui se préparaient à nos portes, nous continuions à vivre comme avant, au temps de l'espérance. Isaac lui-même cachait ce qu'il pressentait.

C'était sans doute sa manière de faire ses adieux à ce qu'il chérissait le plus.

TROISIÈME PARTIE

Éliane

13

Le beau monde

Passent les jours. Aujourd'hui, toutes ces années me semblent bien lointaines. Cependant, les souvenirs que j'en garde ne sont pas ternis ; à peine jaunis comme le papier d'une vieille photo qu'on sort d'un tiroir une fois à jamais.

Une odeur de vieux bois, un parfum subtil de fleurs sauvages, le bruit lourd d'un bourdon, le tic-tac d'une pendule dans le silence reposant d'une pièce maintenue dans l'ombre fraîche, le chant des cigales accablées de chaleur, une porte qui claque, un chat qui miaule. Je ferme les yeux. Je respire à peine, juste de quoi m'imprégner de l'air qui berça mon enfance, de peur de déranger l'ordre immuable dans lequel tout est resté après mon départ, il y a bien longtemps de cela. Une porte entrouverte, un rideau tiré, un volet entrebâillé, un autre mal accroché, un couteau négligemment abandonné sur la poutre de la cheminée. Le fauteuil de la mamée toujours à sa place, celui du papé plus usagé et un peu défoncé. La grande table de châtaignier a disparu, remplacée par une horrible table en formica d'un bleu encore flambant neuf : un brocanteur trop bien intentionné avait proposé de l'argent à mes parents pour leur acheter toutes leurs « vieilleries » contre « du neuf et du moderne ». C'était dans les années 1960. Il leur avait fait miroiter cet achat anachronique et avait même voulu acheter le vieux van de mon grand-père. Mais Étienne s'était fâché et avait tenu bon. Jamais de son vivant cet héritage ne partirait du Castanet ! Le brocanteur n'insista pas.

Il faut dire que la guerre fit beaucoup de mal au Castanet et au pays tout entier. Alors que mes parents commençaient à s'en sortir grâce à l'argent gagné sou par sou par Isaac et par Éliane, tout fut soudain remis en cause par les sombres événements qui se préparaient à nos frontières.

Si je m'étais éloigné de mon frère malgré moi et à mon grand désespoir, je finis par me rapprocher de ma sœur Éliane ; grâce à elle je devais quitter définitivement le monde de l'enfance dans lequel je me complaisais. Conscient qu'à l'automne 1939 j'allais entamer ma dernière année dans la petite école primaire du hameau voisin, j'entendais bien ne rien perdre de ce temps précieux qui me restait à vivre en toute liberté. Car, une fois au cours complémentaire, ce serait l'internat à Saint-Jean ; finies, alors, les escapades du jeudi après-midi, les traînailleries sur le chemin des écoliers, les histoires du papé le soir au coin de la cheminée et les câlineries de ma mère qui, malgré mon âge, ne pouvait s'empêcher de venir m'embrasser et me cajoler le soir avant de m'endormir.

Éliane s'était faite belle. C'était une jeune fille vive, à l'esprit très romantique. Comme nous tous, elle avait des goûts simples, mais rêvait, à l'instar de sa tante Aline, de partir un jour vivre en ville, emportée sans doute par un prince charmant. C'était ce qu'elle imaginait à propos de ce qui était arrivé à la sœur d'Étienne. À la maison, personne n'en parlait. Certes, Élie éprouvait un peu de fierté de savoir sa fille bien casée, mais il souffrait de ses trop rares visites. Étienne, lui, se sentait si différent de sa sœur et de son beau-frère, Charles Dumont, qu'il ne souhaitait pas les voir venir plus souvent au mas. Cependant, malgré le luxe dans lequel elle vivait à Bordeaux, Aline retrouvait vite au Castanet ses habitudes de jeune fille et prêtait volontiers la main à sa belle-sœur. Jamais elle ne faisait de remarques sur l'inconfort dans lequel nous continuions à vivre, jamais non plus elle ne se permettait d'évoquer sa vie qui passait à nos yeux éberlués pour celle d'une princesse. Une seule fois elle fit une suggestion à Marthe à propos des commodités. Comme dans la plupart des vieux mas cévenols, les cabinets se résumaient à un seau que nous allions vider sur le tas de fumier.

« Tu devrais dire à Étienne de construire des

cabinets au fond de la cour. Ce serait plus pratique et surtout plus hygiénique. »

Marthe avait acquiescé et promis d'en parler à Étienne. Les jours et les semaines passèrent. Rien ne changea.

« Ce sont là des habitudes de riches, avait rétorqué mon père, quand Marthe finit par lui en parler. Nous verrons plus tard », avait-il cependant ajouté.

Ce n'est que pendant la guerre qu'il se décida à construire des cabinets comme le lui avait suggéré Aline, au fond de la cour : un cabanon en pierre, clos par une demi-porte en vieilles planches de récupération, et pour toute aisance, un trou qui donnait directement sur le tas de fumier. Luxe suprême ! Pour nous qui n'avions connu que le seau ou le pied d'un châtaignier, il est vrai que cela tenait du luxe. Avec la pompe à l'entrée de la maison, il ne manquait plus dès lors que l'eau courante sur l'évier de la cuisine et, pourquoi pas, une salle de bains, par exemple à la place de la porcherie désaffectée. Notre vieux Castanet aurait alors pris des allures de palace !

Éliane rêvait donc, elle aussi, d'une vie plus facile. Sans doute la fréquentation des Dubreuil, les nouveaux propriétaires du Castellas, y était pour quelque chose. Bien qu'elle n'y occupât qu'une modeste place de bonne, elle avait l'occasion d'y côtoyer du beau monde et d'évoluer dans un milieu où le moindre détail passait à ses yeux pour une vraie richesse. Au début, elle s'extasiait sur tout et chaque soir, quand elle rentrait à la maison, elle n'attendait pas une seconde pour nous saouler de paroles et nous décrire ce qu'elle avait encore découvert de merveilleux ou d'insolite dans la grande demeure de ses nouveaux maîtres.

Celle-ci était un ancien château dont les plus anciennes pierres dataient du XIIe siècle. Après les vicissitudes des temps féodaux, elle avait été transformée en une demeure résidentielle à l'époque de la Renaissance, puis remaniée encore au XVIIIe après avoir été endommagée et négligée à la suite des luttes religieuses qui mirent les Cévennes à feu et à sang. Ce n'était plus qu'une riche maison bourgeoise, située à une demi-heure à pied du Castanet, très à l'écart de Saint-Étienne, au beau milieu d'un magnifique parc tout ombragé. Elle avait longtemps appartenu à la famille des Montredon, dont les ancêtres remontaient bien au-delà de la guerre des Camisards. À l'époque, Jean de Montredon, hobereau protestant désargenté, avait pris le parti des fous de Dieu et fut condamné aux galères où il laissa la vie. Après lui, la famille maintint difficilement la belle demeure en état et, peu à peu, les deux étages furent délaissés et le parc abandonné aux mauvaises herbes. Pendant la Révolution, Charles, un descendant du galérien, fut élu député à la Convention, où il siégea sur les bancs des Girondins, ce qui lui valut d'être inquiété lors de la Terreur montagnarde. Revenu au Castellas par nécessité, il entreprit de se lancer lui-même dans l'élevage du ver à soie et, en dépit de ses origines nobles, il n'hésita pas à travailler de ses mains pour redonner vie à la demeure de ses ancêtres. Peu à peu, l'argent entra de nouveau, suffisamment pour pouvoir embaucher quelques ouvriers agricoles, planter des mûriers dans le joli jardin à la française, ce qui ne manquait pas d'originalité. Une grande magnanerie fut aménagée au second étage de la bâtisse, qui prit bientôt l'allure d'une ferme séricicole. La révolution industrielle fit le reste : modernisation, mécanisation, ouverture sur le monde du grand négoce. Les Montredon devinrent des magnats de la soie et le Castellas le cœur vital de la vallée.

Malheureusement, le XXe siècle devait lui être fatal, comme à beaucoup d'autres entreprises de la région dont le ver à soie et le mûrier avaient fait la fortune. Peu après la Grande Guerre, la famille s'éteignit avec la disparition, sur le front, des deux fils du dernier des Montredon, Albert Montredon, celui qui avait choisi d'abandonner la particule de son nom, qui marquait la noblesse de ses origines, pour être plus près de ses employés, comme il aimait le dire à l'époque. À la mort d'Albert, le domaine fut vendu aux enchères, car l'entreprise était criblée de dettes. La demeure redevint ce qu'elle était à l'origine : une simple résidence. Cependant, les nouveaux propriétaires n'y venaient que par intermittence, surtout pendant la belle saison. Ce furent d'abord des Nîmois, puis un avocat de Montpellier. En moins de vingt ans, trois familles s'y succédèrent.

La dernière, les Dubreuil, venait de Paris. Henri Dubreuil était notaire et avait une grosse fortune. Il se déplaçait souvent et avait jeté son dévolu sur le Castellas, au cours d'une transaction dont il avait été le maître d'œuvre avec le précédent propriétaire. Cherchant à s'installer en province avec sa famille pour échapper aux tumultes de la vie parisienne, il tomba amoureux de ce coin reculé des Cévennes et vint s'installer au Castellas avec les siens après avoir racheté une étude notariale à Saint-Jean.

Un jour, en se promenant à cheval à travers la montagne, Henri Dubreuil et son fils Robert parvinrent au Castanet. Surpris de voir poindre sur lui deux cavaliers, Étienne fit d'abord mine de ne pas les avoir remarqués. Mais Henri Dubreuil piqua des deux et vint à sa rencontre. Il lui demanda poliment de l'eau pour ses chevaux et sauta en bas de sa monture. Il se nomma, présenta son fils et expliqua qu'il était le nouveau propriétaire du Castellas. Mon père l'invita à le suivre jusqu'à la source de Lazare et, sa méfiance passée, il finit par lui faire bon accueil.

Ce fut grâce à cette rencontre fortuite qu'Éliane trouva une place de bonne dans cette riche famille. Les Dubreuil cherchaient une jeune fille pour tenir en ordre leur grande maison. Étienne n'hésita pas un instant.

« Ma fille n'a que seize ans, mais elle est très dégourdie. Et elle a son certificat d'études, dit-il fièrement.

— Envoyez-la donc au Castellas demain matin. Ma femme verra avec elle. »

Le lendemain, pas très ravie de devoir quitter le Castanet pour aller travailler chez des étrangers, Éliane se rendit au rendez-vous et fut embauchée comme femme de ménage.

Un an déjà s'était écoulé depuis ce jour-là. Ma sœur finit par trouver son nouvel emploi à son goût. Elle évoluait dans un milieu qui satisfaisait ses rêves d'adolescente et ses patrons se montraient très corrects à son égard, madame Dubreuil surtout, qui la considérait un peu comme une amie de sa fille et non comme une simple domestique.

Les Dubreuil avaient un fils, Robert, âgé de vingt-deux ans, et une fille de treize ans, Élisabeth, qu'on appelait Lisa. Robert était un jeune garçon plein d'allant et de bonnes manières. Il montait à cheval avec prestance et ne cachait pas qu'il était le fils du maître des lieux. Étudiant à Montpellier, il terminait un doctorat en droit et s'apprêtait à prendre la succession de son père quand celui-ci se rangerait des affaires. En attendant, il sillonnait fréquemment les traversiers sur le dos de son alezan et ne manquait jamais une occasion de courtiser les jeunes filles qu'il rencontrait dans les terres au cours de ses longues promenades. Les jeunes paysannes eurent vite fait de le reconnaître à des lieues à la ronde et, quand à l'horizon se profilait la silhouette d'un cavalier, vite elles arrangeaient leur chevelure, remontaient leur corsage, prenaient l'air le plus affriolant, afin de paraître sous leur meilleur jour aux yeux du bel hidalgo.

Au Castellas, il n'avait pas eu d'attentions particulières pour Éliane, qu'il considérait comme une simple domestique de ses parents. Le mot aimable, certes, mais l'indifférence la plus totale. C'était en tout cas ce que ressentait ma sœur qui, elle aussi, était tombée sous son charme, mais n'en parlait à personne.

« N'oublie pas qui tu es, lui répétait souvent mon père. Ni d'où tu viens. Un monde nous sépare de ces gens-là. Ne va pas te mettre des idées dans la tête. »

Seule ma mère recevait les rares confidences d'Éliane et l'écoutait sans l'interrompre.

Les Dubreuil étaient catholiques et allaient à la messe à Saint-Étienne tous les dimanches matin. Très respectueux des rites de leur Église, ils évitaient cependant de montrer ostensiblement leurs convictions.

Mais Isaac ne pouvait s'empêcher de reprocher à mes parents d'avoir placé leur fille chez les papistes.

« La tolérance, fiston ! La tolérance. Nous ne sommes plus à l'époque des guerres de Religion.

— Chez des bourgeois de la ville, passe encore ! insistait Isaac. Mais chez des catholiques, et qui plus est des catholiques qui ont racheté la propriété des Montredon, c'est trop ! »

Au fil des ans, Isaac se montrait plus que jamais attaché à notre foi et, s'il n'avait tenu qu'à lui, ne cessait-il de répéter, il aurait été pasteur. Étienne, qui tenait plutôt la religion pour un mal nécessaire, le laissait dire mais ne le suivait pas sur ce chemin.

« Il faut de tout pour faire un monde. Et crois-moi, il y a assez de pommes de discorde entre les hommes pour ne pas en ajouter d'autres. Surtout par les temps qui courent. »

Élisabeth Dubreuil, malgré ses treize ans, était une jeune demoiselle sûre d'elle. Elle avait reçu à Paris une très bonne éducation chez les sœurs et connaissait déjà, à son âge, le latin et des rudiments d'anglais. Elle jouait du piano à merveille et connaissait ses classiques. Elle passait de longues heures plongée dans les romans ou les revues que son père lui procurait. Sa timidité la laissait paraître quelque peu distante. En fait, elle vivait déjà dans un profond ennui et, malgré sa jeunesse, elle ne montrait aucune joie de vivre. Sa mère, Edmée Dubreuil, espérait qu'en venant s'installer en province, elle trouverait un peu plus de gaieté. La nature, l'équitation, les longues promenades dans la montagne seraient, pensait-elle, le meilleur remède à sa langueur d'adolescente. Mais la vie en internat, qu'elle lui imposa dès leur arrivée, n'arrangea pas ses états d'âme. Pensionnaire dans un lycée privé de jeunes filles à Montpellier, Élisabeth ne rentrait au Castellas que les vendredis soir pour en repartir le dimanche soir dans la plus profonde tristesse.

Sitôt rentrée de sa morne semaine d'études et de frustrations, Élisabeth ne laissait pas une minute à

Éliane qui, malgré sa condition et les quatre ans qui les séparaient, devint très vite sa meilleure amie, sa plus intime confidente. Edmée Dubreuil savait gré à sa jeune domestique de procurer un peu de bonheur à sa fille, qui commençait à l'inquiéter, et de lui ouvrir ainsi une fenêtre sur la vie. Lisa, en effet, piaffait d'impatience de rentrer au Castellas et brûlait d'envie de mieux connaître son amie.

Éliane prenait sa journée de congé hebdomadaire le lundi afin de rester en compagnie d'Élisabeth pendant le week-end. Elle s'occupait d'elle comme une grande sœur. Elles échangeaient leurs souvenirs, leurs connaissances respectives. Ainsi l'une découvrait-elle l'univers de la grande ville, l'autre celui de la campagne. Petit à petit, Éliane devint plus coquette, apprit les bonnes manières, mit un point d'honneur à manger en se servant d'un couteau, se parfuma chaque matin avant de partir, et se regardait dans le miroir plutôt trois fois qu'une pour remettre de l'ordre dans sa chevelure ondulée qu'elle déployait sur les épaules. Finie la queue de cheval ou la tresse de côté plus pratique qu'esthétique. Étienne, qui la voyait faire d'un œil réprobateur, ne disait rien mais pensait que les Dubreuil, finalement, n'avaient pas une bonne influence sur sa fille.

« Ils lui mettent dans la tête des idées qui ne sont pas faites pour une fille de la campagne. »

Élie souriait. Tout ce qui pouvait apporter un vent nouveau au Castanet semblait le ravir. Avec l'âge, il prenait un malin plaisir à contredire son fils et à lui prouver que le vieux n'était pas celui qu'on croyait.

« Laisse-la faire, lui dit-il un jour. Peut-être qu'elle a un amoureux !

— Au Castellas ! Ça m'étonnerait. Elle n'y est qu'une servante. Et une servante doit savoir rester à sa place. On ne mélange pas les torchons et les serviettes. C'est la jeune Élisabeth qui lui monte la tête. Elle lui a même proposé de lui apprendre à monter à cheval. Monter à cheval ! À notre époque, il n'y a que les bourgeois pour avoir de telles idées. Je me demande si nous avons bien fait de la laisser travailler chez ces gens. »

Marthe n'était pas de l'avis d'Étienne, très consciente qu'au Castanet il n'y avait aucun avenir pour une fille. Alors, autant qu'Éliane apprenne la vie dans le beau monde ! pensait-elle.

Les Dubreuil se montraient très attentionnés envers ma sœur. Très vite, ils la considérèrent comme quelqu'un de la maison et auraient aimé qu'elle restât au Castellas nuit et jour. Mais, la mort dans l'âme, Éliane dut leur expliquer que du travail l'attendait encore le soir au Castanet pour soulager sa mère. Étienne, d'autre part, ne l'aurait jamais accepté. Mais de cela, elle ne parla pas.

Monde cruel où les humbles se sentent exclus et se bannissent eux-mêmes de la vie ! Des siècles d'atavisme forment les esprits au renoncement. Chaque chose à sa place. Chaque individu dans son rang. Rien ne doit déranger l'ordre établi de peur de déroger.

L'ordre établi par qui ? Et pour qui ?

Oubliées, les révoltes de nos ancêtres ! Combien de croquants, combien de nu-pieds, combien de camisards sont-ils donc morts pour que rien ne change vraiment ? Pour que les riches et les pauvres évoluent sans cesse côte à côte sans jamais franchir la ligne qui partage leurs deux univers ? La sueur, la crasse, l'odeur du suint, les mains calleuses, les ongles noirs et cassés, les cheveux en chignon, les robes sombres de grosse toile et les sabots de bois ; traire les chèvres, nettoyer l'écurie, se laver le bout du nez à l'eau froide, la *bugade** une fois par mois dans un grand baquet rempli de cendre et de coquilles d'œufs écrasées, et toujours les châtaignes servies à chaque repas ! Tout serait-il donc éternel ? Monde immuable dans un univers en perpétuel recommencement. Pesanteur des choses sur des hommes résignés à l'inexorable. Le temps s'égrène si lentement que rien ne semble perturber l'invraisemblable existence de l'être. Et si notre destinée était de disparaître sans laisser de traces, par pudeur ou par honte ?

Comme s'il y avait de la honte à montrer comment l'on vit, quand on est humble et dans le besoin ! Doit-on cacher sa pauvreté pour ne pas choquer les braves gens ni leur inspirer pitié ? Est-on laid parce qu'on n'est rien qu'un besogneux ? Et les vilains sont-ils encore, de nos jours, ces pestiférés bannis de la société, ou les considère-t-on désormais comme des bêtes rares, dans un espace naturel que les technocrates de la ville veulent sauvegarder comme on sauvegarde une réserve africaine ?

Éliane tentait, à sa manière, de briser la glace qui séparait notre monde aux racines accrochées dans les fissures profondes du schiste et celui qui, délibérément, était bâti sur un avenir meilleur, mais dont les dimensions avaient de quoi effrayer les pauvres paysans cévenols que nous étions. Seul Isaac représentait le dernier maillon de notre vieille famille toujours très attachée au passé du Castanet.

C'était la raison pour laquelle Étienne avait mis tous ses espoirs en son aîné. Éliane partirait un jour, comme toutes les filles, il en était persuadé, car elle semblait vouloir suivre l'exemple de sa tante.

Quant à moi, j'entrevoyais par l'école d'autres horizons, lorsque la guerre éclata en septembre 1939.

14

Résignation

Folie meurtrière des hommes mus par la soif de pouvoir. Démence démesurée de l'esprit toujours avide de conquêtes et de domination. Aveuglement de la majorité par ignorance ou par désintérêt. Capitulation pour mieux faire semblant qu'on reste maître du destin de la nation. Renonciation dans le déshonneur. Avilissement. Déchéance de l'être. Acceptation de l'ignominie. Fierté arrogante devant l'inéluctable qu'on feint d'avoir voulu conjurer. Incompétence, mensonge, tromperie, collusion, fraternisation, collaboration

Que n'a-t-on pas vécu pendant ce temps de cendres et de feu qui a précédé celui du chagrin et du désespoir ? Combien de sang et de larmes aura-t-il fallu donner pour retrouver simplement le droit de vivre ? Combien de souffrances et de deuils auront été nécessaires pour se débarrasser d'une peste brune que nous avions vu venir jusqu'à nos portes sans jamais vraiment nous en alarmer ?

Lorsque le fléau s'est abattu sur nous dans la non-surprise générale, nous avions encore en mémoire les terribles récits de nos parents qui pensaient avoir vécu la « der des der ». « Plus jamais ça ! » s'écriaient les anciens combattants en exhibant leur corps mutilé. « On ne s'est pas battus pour que ça recommence ! Les boches n'oseront pas nous attaquer. » Hitler proclamait un jour qu'il ne voulait pas la guerre et, le lendemain, il lançait ses armées à l'assaut de l'Europe. La Pologne rasée de la carte avec la duplicité complice de Staline, ce n'était toujours pas notre affaire ! De toute façon, monsieur Maginot avait rendu notre nation inexpugnable et notre état-major, fort de son expérience de la guerre précédente, était certain qu'en ressortant ses bons vieux plans de guerre défensive, toute tentative de coup de force des troupes allemandes était vouée à l'échec. Les de Gaulle et autres stratèges de la guerre mécanique n'y connaissaient rien ! La guerre se gagne en s'enterrant et en attendant l'ennemi, c'est bien connu. En attendant d'enterrer ses morts ! Et puis n'avait-on pas l'une des meilleures armées du monde ?

Pendant les premiers mois du conflit, je dois avouer que notre vie au Castanet ne se trouva pas affectée par les terribles événements. Rien d'ailleurs, sinon une longue et inquiétante attente, ne se passait en France, surtout dans nos Cévennes reculées. Certes, la mobilisation avait de nouveau touché certaines familles qui avaient un fils en âge de porter les armes, mais les nouvelles pouvaient malgré tout paraître rassurantes, tant cette drôle de guerre ne nous atteignait pas encore vraiment. Les Allemands guerroyaient à l'est de chez eux et semblaient nous ignorer. Nos troupes étaient bien sur le qui-vive, mais ne se battaient pas.

Cela ne nous rassurait pas pour autant, car Isaac allait avoir vingt ans au prochain printemps et nous craignions le pire pour lui. L'espoir d'une guerre courte, comme ce qu'on pensait en 1914, s'était définitivement envolé. Nous savions que, si Hitler attaquait notre pays, nous risquions de connaître une fois de plus de longues années d'enfer.

Nous ne croyions pas si bien dire !

En attendant, je fis mon entrée en classe de certificat d'études. Pour moi, l'objectif était clair, en dépit de tous les tourments qui assombrissaient les esprits à la maison : le cours complémentaire et l'École normale. Car j'étais bien décidé, moi aussi, à ne pas suivre les traces d'Isaac et de mon père. Je voulais devenir instituteur, ma décision était irrévocable.

À l'école, les commentaires allaient bon train et le maître devait sans cesse calmer les esprits échauffés par les nouvelles que les uns et les autres apportaient de chez eux. Certains de mes camarades de classe avaient un frère sous les drapeaux et nous tenaient informés de la moindre rumeur.

Pour renforcer nos sentiments patriotiques, monsieur Chaptal, qui avait vécu son adolescence pendant la Grande Guerre, nous racontait comment nos valeureux poilus avaient vécu dans les tranchées, comment ils s'étaient battus avec acharnement face à des adversaires tout aussi résolus qu'eux, et comment, grâce à leur bravoure et la fermeté de nos généraux, nous avions obtenu la victoire finale. Le jour du 11 novembre, il nous emmena tous défiler devant le monument aux morts et le plus jeune d'entre nous fut désigné pour déposer une gerbe de fleurs au nom de toute l'école. Jamais cérémonie ne prit autant de sens dans nos esprits encore insouciants. Pour nous, jusqu'à ce jour-là, tout cela n'était en effet que de l'Histoire et, sans le penser vraiment, nous devions croire que l'Histoire ne se répète jamais.

Cependant, cette année-là, les vendanges de septembre-octobre n'avaient pas donné lieu aux plaisirs habituels. Dans certains mas, l'absence du fils avait assombri l'atmosphère de liesse qui présidait d'ordinaire à cette fête. Quant aux châtaignes, chacun avait dans l'idée qu'il faudrait en ramasser le plus possible en cas de nouvelle pénurie. Les tickets de rationnement et les restrictions allaient être bientôt notre lot quotidien. Bienheureux seraient alors ceux qui auraient été prévoyants.

Isaac avait gardé son esprit frondeur et son patriotisme, exacerbé par les nouvelles que nous écoutions chaque soir à la radio – un merveilleux poste à lampes que mon père avait acheté depuis peu –, ne trouvait d'écho que dans l'ardeur avec laquelle Élie commentait les informations. Pour sa part, Étienne voyait d'un mauvais œil tout ce qui se tramait à nos frontières et craignait le pire.

« Ne sois pas défaitiste, papa ! lui disait Isaac. Les boches ne nous auront pas. Cette fois-ci, nous sommes sur nos gardes.

— En 1914, nous l'étions aussi. Et tu vois où cela nous a menés. Non, vraiment, je crains que nous allions à la catastrophe. Et as-tu pensé que tu vas bientôt avoir vingt ans ?

— Je ferai mon devoir, comme tu as fait le tien.

— C'est bien fiston. C'est bien », renchérissait Élie.

Dans ces conversations d'hommes, les femmes se taisaient. Marthe priait chaque soir pour que son fils n'aille pas à la guerre. Éliane, elle, semblait toute tourneboulée depuis que le fils Dubreuil avait reçu son ordre de mobilisation. Celui-ci, en effet, avait décidé d'interrompre ses études et s'était porté volontaire pour devancer l'appel. Il était aussitôt parti faire ses classes dans un régiment de l'est de la France, où il suivait une préparation de sous-officier.

Et comme toutes les jeunes filles de la région, Éliane pensait à son beau cavalier en se tourmentant à l'avance quant à son devenir. Au Castellas, on avait pris la décision de Robert avec fierté et résignation. Edmée était inconsolable depuis le départ prématuré de son fils.

« Il aurait pu attendre qu'on l'appelle », répétait-elle sans cesse.

Henri, lui, s'inquiétait de sa succession à l'étude. Quant à Élisabeth, l'absence de son frère l'avait encore plus rapprochée d'Éliane.

Un samedi après-midi, celle-ci m'emmena pour la première fois au Castellas. Prétextant que les Dubreuil avaient quelques menus travaux à me confier, elle obtint de mon père que je l'accompagne. Je n'y tenais pas vraiment car je ne connaissais pas les maîtres du Castellas et je n'appréciais pas d'aller faire le domestique comme ma sœur. Étienne voulait sans doute me sortir de mes livres, aussi me donna-t-il la permission en me mettant en garde, toutefois, de ne pas me laisser éblouir à mon tour par le miroir aux alouettes.

« Surtout n'oublie pas… les torchons et les serviettes… hein ! Ne va pas te mettre, toi aussi, des idées dans la tête comme ta sœur. »

Éliane ne se mettait pas d'idées fausses dans la tête. Elle fréquentait simplement un monde qui nous semblait inaccessible, mais qui ne nous était pas interdit. Car d'interdits, il n'y en avait que dans nos pauvres têtes. Nul ne pouvait nous empêcher de parvenir un jour à une vie meilleure, à une existence plus bourgeoise car citadine. Mon intention de devenir instituteur n'avait pas d'autre signification. C'était pour moi le plus sûr moyen de devenir quelqu'un, tout en donnant aux autres la possibilité de faire comme moi. Toutefois, travailler chez les riches à l'image de ma sœur, je n'y voyais aucun intérêt, aucune source de promotion sociale. Et si le seul fait de vivre aux côtés des nantis, de partager leur cadre de vie sans pouvoir vraiment participer à leur existence la satisfaisait, je ne pouvais, quant à moi, concevoir mon avenir dans l'ombre de ceux qui profitaient de la lumière.

C'est ainsi que je rencontrai les Dubreuil, madame Dubreuil d'abord, puis sa fille Élisabeth. Monsieur Dubreuil, lui, était absent pour affaires et avait demandé à sa femme de me faire venir pour aider le jardinier à nettoyer le parc, dont les feuilles d'automne envahissaient les allées. Je ne fis sa connaissance que bien plus tard.

Éliane profita de cette occasion pour me présenter Élisabeth. Celle-ci me fit grand effet dans sa robe tout ornée de dentelle, avec ses petits souliers vernis et ses socquettes blanches, ses cheveux délicatement tenus en arrière par une barrette nacrée, et son teint d'une blancheur surprenante à côté de la couleur ambrée de ma peau brûlée par le soleil. Je crus d'abord découvrir une poupée vivante, si fragile que j'osai à peine lui adresser la parole. Devant mon air ébahi, c'est elle qui vint vers moi la première pour me saluer. Gêné, je baissai les yeux. Geste que je regrettai ensuite, tellement je trouvais absurde cette marque de soumission que je venais de lui montrer. Comme elle me tendait la main pour accompagner son bonjour, je restai figé, ne sachant que faire. Éliane, qui s'aperçut aussitôt de mon embarras, me sortit de mon hébétude en me poussant par l'épaule et m'excusa auprès de son amie.

« Il est timide », crut-elle bon de lui expliquer.

Ce qui n'eut comme effet que de me faire rougir davantage.

« Je m'appelle Élisabeth. Mais vous pouvez m'appeler Lisa comme votre sœur. Et puis je crois que nous allons nous tutoyer, n'est-ce pas ? »

Je ne savais quoi répondre. J'étais envahi d'une espèce de chaleur intérieure qui s'insinuait à travers tout mon corps. Je me sentais à la fois mal à l'aise et heureux. Les quelques secondes qui suivirent le toucher de sa main me transportèrent dans un autre univers.

Comme elle, je n'avais que treize ans. Mais je venais soudain de quitter le monde de l'enfance pour découvrir brutalement un monde que je ne connaissais pas et qui ferait de moi un être déchiré.

Depuis le jour de notre première entrevue, je ne connus plus l'insouciance propre aux enfants. Mes pensées furent sans cesse préoccupées et mon attention attirée malgré moi par les moindres faits qu'Éliane nous rapportait du Castellas. Je ne devais cependant pas retourner dans cette grande demeure avant de longs mois.

Isaac fêta ses vingt ans en mars et rejoignit aussitôt sa caserne d'affectation. Au Castanet, ce fut la consternation. Marthe avait pris des allures de deuil. Étienne rentra dans un mutisme dont il ne sortit que pour me prévenir que, après mon certificat d'études, il comptait sur moi pour remplacer mon frère. Élie tentait à sa manière de redonner le moral à notre petite troupe. Seule Éliane portait en elle quelque espoir : voir Isaac rejoindre le même régiment que celui de Robert Dubreuil.

« On ne sait jamais, aimait-elle répéter comme pour mieux s'en convaincre elle-même, ensemble ils seraient moins seuls et pourraient s'entraider. »

En réalité, à l'armée comme dans le civil, un monde les séparait encore.

Le départ d'Isaac et la décision de mon père mirent donc fin à toutes mes espérances. Remplacer mon frère à la ferme signifiait mettre un terme à mes études. Enterré le projet d'aller à l'École normale ; morte l'idée que moi, Samuel le cul-terreux, je pourrais sortir un jour des flancs de la Vieille Morte avec honneur comme d'autres sortent de la cuisse de Jupiter avec fierté ! Envolée toute perspective d'ascension sociale ! La chape de plomb se refermait sur moi, m'écrasant dans la médiocrité de ma condition, faisant de moi un révolté de plus broyé par son destin.

J'étais trop jeune pour m'opposer à mon père et je ne voulais pas non plus être une charge pour ma famille tandis que mon frère allait peut-être risquer sa vie pour la patrie. Ma mère me fit comprendre que ce n'était que partie remise et que, dès qu'Isaac rentrerait – dire cela était une façon d'espérer et de forcer le destin –, je pourrais reprendre le cours de mes études et faire honneur aux Monteil. Étienne n'était pas contre, elle me l'affirma.

Fort de cette certitude, je fis contre mauvaise fortune bon cœur et me dis que c'était ainsi ma façon de prendre part aux difficultés que nous connaissions tous pour le moment.

Au Castellas, le départ de Robert Dubreuil continuait d'assombrir l'atmosphère. L'avancée des Allemands aux Pays-Bas puis en Belgique justifiait toutes les craintes. Henri Dubreuil, qui ne jurait que par le maréchal Pétain, avec qui il avait fait Verdun, se tenait au courant, de jour en jour, du mouvement des troupes. Il cachait mal son pessimisme.

« Ils finiront par passer la frontière », affirmait-il.

Par chance, les connaissances personnelles du notaire avaient permis de maintenir son fils sur les lignes arrière. Tandis qu'Isaac, lui, était cantonné à Lille, à deux pas de la frontière belge.

« Ne vous inquiétez pas, expliqua Henri Dubreuil à Éliane, qui ne pouvait s'empêcher de craindre le pire pour Isaac. Les Pays-Bas et la Belgique nous servent de tampons protecteurs et, à l'est, il y a la ligne Maginot. Ils ne pourront pas nous envahir aussi facilement qu'ils l'ont fait avec la Pologne. Quant à Robert, je me suis arrangé pour le faire transférer dans l'état-major. »

Éliane aurait bien voulu demander à son maître d'intervenir en faveur de son frère. Mais elle n'osa pas. Isaac, d'autre part, ne l'aurait sans doute jamais accepté. Cette idée lui avait été suggérée par Marthe, qui aurait tout fait pour sauvegarder la vie de son fils. À chaque lettre que nous recevions de lui, ses mains tremblaient à l'idée d'apprendre quelque mauvaise nouvelle. « Où vont-ils encore me l'envoyer ? » craignait-elle. Puis, une fois qu'Étienne avait fini la lecture, vite elle lui arrachait la lettre des mains et se mettait à son tour à la lire à haute voix comme pour mieux s'en imprégner. Alors, rassurée, elle la relisait à voix basse et gardait la feuille de papier de longs moments contre son cœur pour mieux sentir battre celui de son fils.

C'est à cette époque que j'ai pris conscience que ma mère n'était plus la jeune femme dont j'avais encore l'image dans la tête, et à quel point elle pouvait être vulnérable, elle aussi.

Loin de nous et de nos inquiétudes, Isaac participait aux terribles combats de la bataille de Dunkerque. Par bonheur, il eut la vie sauve, mais il n'eut pas le temps de s'embarquer pour se réfugier en Angleterre. Les Allemands le firent prisonnier. Il attendait donc son sort avec résignation, en compagnie de ses nombreux camarades d'infortune.

Nous avons longtemps ignoré ce qui lui était arrivé. L'absence de lettre de sa part avait semé une profonde inquiétude parmi nous, et nous n'osions plus prononcer son nom. Chaque fois qu'Élie ou mes parents parlaient de lui, ils commençaient leur phrase par « Il », comme pour mieux se persuader qu'il n'était pas loin et qu'il serait bientôt de retour.

« Il » succédait souvent à un profond silence qui en disait long sur nos pensées secrètes.

« Il va bientôt écrire… Il doit être trop occupé… Il est peut-être tenu au secret. »

Les supputations se multipliaient et n'avaient d'autre résultat que de nous inquiéter davantage. Car nous finissions par imaginer le pire, d'autant que les nouvelles du front s'aggravaient et que le gouvernement venait de quitter Paris pour Bordeaux. Le 17 juin, en une phrase sibylline, le maréchal Pétain leva toutes les équivoques : « C'est le cœur serré que je vous dis aujourd'hui qu'il faut cesser le combat. »

Cette phrase fit bondir Élie, atterra Étienne et rassura Marthe, qui se mit aussitôt à croire que son fils allait bientôt revenir, que la guerre était finie et que tout rentrerait dans l'ordre.

Au Castellas, Henri Dubreuil avoua devant Éliane que, avec Pétain, la France n'avait rien à craindre et que la grandeur de la nation serait vite restaurée. Quand, le 22 juin, le maréchal signa l'armistice à Rethondes, entérinant le partage du pays en deux, il déclara :

« Il a sauvé les meubles. Heureusement que nous ne sommes pas gouvernés par des jusqu'au-boutistes comme ce de Gaulle ! »

Quelques jours plus tard, je passais avec succès mon certificat d'études et reprenais le chemin du Castanet pour assurer la relève d'Isaac, dont nous n'avions toujours pas de nouvelles.

15

La lettre

Mon grand-père avait beau se tenir près de la radio, il n'avait pas entendu le général de Gaulle encourager les Français à la résistance. De ce fait, nous étions plongés dans une consternation qui n'avait d'égale que notre résignation et notre appréhension. En réalité, peu de monde avait entendu l'appel du 18 juin et les rares qui s'en firent l'écho durent user de beaucoup de conviction pour faire comprendre qu'il y avait encore de l'espoir en désobéissant aux ordres du gouvernement.

Sur le moment, rien ne changea pour nous. Comme nous descendions rarement à Saint-Étienne ou à Saint-Jean, les nouvelles ne nous parvenaient que par la voie des ondes. Et nous étions loin d'imaginer ce qui se passait dans les régions occupées.

Élie, malgré son âge, avait repris le chemin des faïsses et accompagnait mon père dans ses travaux afin de soulager sa peine. À nous deux, nous tâchions de remplacer Isaac, mais nous devions bien reconnaître que nous n'abattions pas autant de travail que lui. Étienne ne montrait pas son inquiétude, mais le silence dans lequel il travaillait toute la journée en disait long sur ses pensées.

Isaac nous manquait. Son absence était un vide que rien ni personne ne parvenaient à combler. Avec sa manière de se considérer déjà comme le futur chef de famille, nous avions fini par nous reposer sur lui. Et si mon père marquait encore son autorité, il laissait cependant de plus en plus de prérogatives à son fils aîné, pour qui il ne pouvait s'empêcher d'éprouver une grande fierté. Isaac avait pris de l'assurance et chacun de nous l'écoutait comme s'il détenait, innée, une vision de l'avenir qui pouvait assurer la pérennité de notre tribu et du Castanet. Étienne avait vite compris que lui seul avait l'intention et la ferme volonté de poursuivre l'œuvre de nos aïeux, afin que tous leurs efforts, leurs fatigues et leurs peines ne tombent pas dans l'oubli.

Il nous tardait donc de recevoir de ses nouvelles.

Chaque visite du facteur nous plongeait dans l'angoisse et Élie, en le voyant arriver, ne pouvait s'empêcher de repenser à « l'homme en noir » qui, pendant la Grande Guerre, venait annoncer l'irrémédiable. Son cœur ne battait plus de joie, mais de crainte à chacune de ses visites, et c'était avec un certain soulagement qu'il le laissait repartir sans avoir reçu la lettre que nous attendions tous.

Ce ne fut qu'en septembre, peu avant les vendanges, que nous eûmes la visite de deux gendarmes de Saint-Germain-de-Calberte. Mon père et moi étions partis depuis l'aube pour *lucheter** la terre de l'Amérique, Élie était sur les crêtes avec les chèvres ; seule ma mère était restée au mas, occupée comme tous les jours à nettoyer l'écurie avant d'attaquer les caillés. À la vue des deux uniformes, son sang se glaça. Elle crut comprendre qu'un malheur était arrivé. Mais comme quelqu'un qui s'attend depuis longtemps à ce qu'on vienne lui apprendre ce qu'il ne désire pas entendre, elle resta apparemment de marbre et dit :

« Entrez, je vous en prie. Je vous attendais. »

Les deux gendarmes se regardèrent, l'air étonné. Marthe ne leur laissa pas le temps de s'expliquer, elle sortit deux petits verres en cristal de Bavière et la bouteille de cartagène. Elle poursuivit :

« Il fallait donc que ce soit ainsi. Non contents de nous laisser crever de misère, il faut encore qu'ils nous prennent nos enfants pour en faire de la chair à canon. Quand donc cela cessera-t-il ? »

Marthe s'était assise au bord de la grande table et s'était servi un fond de vin doux dans un vieux verre ordinaire. Elle retenait ses larmes par pudeur, en évitant de cligner des yeux, et détournait son regard afin de ne pas croiser celui des deux gendarmes. L'un d'eux tenait dans ses mains un papier officiel à l'en-tête de l'État français. Il avala d'un trait son verre de cartagène, puis, se levant, il déclara :

« Madame, nous venons vous annoncer… »

Marthe lui coupa la parole.

« Je sais, monsieur, ce que vous avez à me dire. Ce n'est pas la peine de me lire toutes ces sornettes. Dites-moi seulement quand on me rendra le corps de mon enfant.

— Mais, madame... il n'est pas mort ! »

Marthe se leva d'un bond. Un rayon de joie illumina son visage. Sans ajouter un mot, elle remplit de nouveau les verres des deux gendarmes.

« Alors, qu'avez-vous à me dire ? »

Le gendarme lut son papier.

Isaac était donc vivant, quelque part en Allemagne. Pour l'instant, il était impossible de savoir à quel endroit. Seules les circonstances de l'événement étaient communiquées ; Isaac avait été blessé à Dunkerque, puis fait prisonnier par les Allemands et envoyé dans un stalag après avoir été soigné dans un hôpital militaire.

La nouvelle rassura ma mère et la mit dans un tel état d'énervement qu'il lui fut impossible de reprendre ses occupations après le départ des gendarmes. Jusqu'au soir, elle garda au plus profond d'elle-même le secret espoir de revoir son fils vivant, comme pour mieux s'en convaincre. Elle resta assise sur les marches de la remise, les yeux fixés au loin sur le chemin, là d'où Isaac déboucherait bientôt.

Quand nous la retrouvâmes le soir, toujours assise au même endroit, l'air rasséréné, nous comprîmes aussitôt qu'une heureuse nouvelle était parvenue pendant notre absence.

Elle n'eut qu'une parole :

« "Il" va bientôt revenir ! »

Mon père la fit rentrer, tremblant à son tour d'émotion, et lui demanda de plus amples explications.

Marthe raconta, au mot près, ce que le gendarme lui avait lu.

Élie ne dit rien. Son bonheur s'était vite assombri, mais il ne montra pas l'objet de sa soudaine inquiétude. Étienne n'eut pas le même tact.

« Dans quel état est-il à présent ? Que vont-ils faire de lui ? Pourquoi l'ont-ils emmené si loin dans leur pays ? »

Marthe n'avait pas envisagé la question sous cet angle.

« Crois-tu qu'ils pourraient ne pas le relâcher ? La guerre est finie et le maréchal a signé l'armistice.

— Nous sommes toujours occupés. Les prisonniers de guerre risquent de servir de gage. Cela peut durer longtemps. »

Étienne était réaliste. Et il savait trop bien ce que valait la vie d'un prisonnier blessé. Élie lui coupa la parole.

« Pour le moment, tous les espoirs sont permis. Tu ferais mieux de joindre tes prières aux nôtres afin que l'Éternel ait pitié des siens. »

Depuis ce jour-là, on n'entendit plus Étienne faire part de ses craintes. Et Marthe continua à porter tous ses espoirs en Dieu, dans l'attente, tant espérée, du retour d'Isaac.

Et l'attente fut longue.

Pas pour tout le monde. À la fin octobre, peu avant la Toussaint, le fils Dubreuil, démobilisé, rentra dans ses foyers, sain et sauf. Edmée Dubreuil ne se contenait plus de joie et laissait transparaître un bonheur qui ne tarda pas à liguer contre elle et toute sa famille ceux qui n'avaient pas eu à souffrir de la défaite de la France et des malheurs qui, pourtant, s'annonçaient pour tous, à coup sûr.

Au Castanet, on évitait de commenter l'événement, sachant trop bien quelles étaient les relations qu'Henri Dubreuil avait su renouer pour mettre son fils à l'abri du danger pendant l'offensive allemande. Loin de s'en cacher, il clamait à qui voulait l'entendre que ses « amis » avaient été très efficaces pour ne pas faire envoyer son fils au front, et qu'ils lui avaient même proposé un emploi de chef de cabinet, à la préfecture du département du Gard.

Tout s'arrangeait donc pour les Dubreuil, pour qui la guerre n'avait été qu'une courte péripétie.

Éliane aussi se sentait soulagée et ne pouvait s'empêcher de communiquer ses sentiments, malgré l'inquiétude dans laquelle nous vivions tous.

Finalement, Isaac nous fit parvenir par un de ses camarades évadé de son stalag une lettre d'Allemagne. Nous la reçûmes avec deux mois de retard, début décembre. Il nous racontait toute son histoire, depuis les durs combats sur la plage de Zuydcoote, la vaine tentative d'embarquement sur un navire anglais d'où on le repoussa pour faire place aux

Britanniques, puis les bombardements incessants jusqu'à, pour finir, l'éclat d'obus qui déchira sa jambe droite et laboura son bras gauche.

Heureusement, écrivait-il, *il me reste la main droite pour vous écrire. Lorsque les Allemands me découvrirent, j'avais perdu connaissance et baignais dans mon sang. Comme je bougeais encore, ils m'ont emmené, ou plutôt, ils ont ordonné à mes camarades rescapés de me transporter jusqu'à l'infirmerie de campagne à l'arrière. Là, ils m'ont donné les premiers soins, puis, avec beaucoup d'autres dans mon cas, je fus conduit dans un hôpital militaire tenu par des officiers et des médecins allemands. C'est à ce moment-là que j'ai réalisé que nous avions tout perdu. Ma jambe me faisait très mal et commençait à s'infecter. Un chirurgien, un Français fait prisonnier lui aussi, en a extrait plusieurs éclats d'obus, mais a finalement décidé de m'amputer. J'étais trop groggy pour prendre conscience de l'horreur de la chose. Quand je me suis réveillé, j'ai senti une violente douleur à ma jambe blessée. Quand j'ai voulu la toucher du bras droit – le gauche étant immobilisé –, j'ai réalisé que je n'étais plus que la moitié d'un homme. Ou presque. J'ai hurlé. Non de douleur, mais de désespoir. Un soldat allemand est entré dans le dortoir où l'on m'avait mis en convalescence avec d'autres grands blessés ; il m'a fait taire d'un grand coup de crosse en plein visage. L'imbécile m'a cassé le nez, mais je me suis tu.*

Deux semaines après mon opération, on m'a transporté sur une civière jusqu'à la gare, mon bras gauche toujours immobilisé. J'ai vite compris que j'en avais perdu l'usage. Nous étions des centaines et des centaines à être embarqués comme du bétail dans des trains. Nous ne savions pas quelle était notre destination exacte. Mais nous nous doutions tous que les Allemands ne nous feraient pas de cadeau. Peu de temps après notre départ, nous entrâmes en Belgique. Là, nous comprîmes immédiatement qu'on nous transportait en Allemagne. Au bout de soixante-douze heures d'un voyage infernal tant il faisait chaud dans ces wagons bondés, nous avons débarqué dans une petite gare de campagne. Des camions nous attendaient au bout des quais. Sous les hurlements des soldats et les aboiements de leurs chiens, nous dûmes grimper dans les véhicules bâchés. Des camarades m'aidèrent à me hisser à l'arrière de l'un d'eux. Après une heure de route, tandis que les camions s'étaient séparés dans plusieurs directions, nous arrivâmes, hébétés, dans un camp de prisonniers qui semblait n'attendre que nous, un stalag, comme on dit ici, le stalag 12A à Limbourg en Rhénanie. Nos officiers furent conduits dans un autre camp, un oflag réservé aux gradés.

Depuis, nous vivons entassés dans de grands baraquements. Le médecin responsable du camp m'a fourni deux béquilles avec lesquelles je parviens difficilement à me mouvoir, vu que mon bras gauche ne m'est pas d'un grand secours. Les valides vont travailler dans la forêt voisine ; ils déboisent. Les infirmes, comme moi, restent au camp dans l'oisiveté. Je crois que nous servirons tous de monnaie d'échange un jour ou l'autre.

Pour l'instant, mon moral n'est pas très élevé, vous vous en doutez. Et je redoute le jour où je reviendrai au Castanet, si j'y reviens ! Que ferai-je alors avec mon unique jambe et mon bras à moitié mort ? Le Castanet n'a pas besoin d'une bouche inutile à nourrir. Ici au moins, si je ne suis pas d'une grande utilité, je ne coûte qu'à ceux qui m'ont mis dans cet état. Je ne suis plus bon à rien. Il aurait mieux valu que je reste sur le carreau.

Pardonnez mon pessimisme. J'ai beau me dire que mieux vaut être vivant que mort, j'ai bien du mal à endosser mon nouvel habit de mort-vivant. Et puis, je crains avant tout le regard que les autres porteront sur moi, leur pitié, leur compassion superficielle, leurs phrases à l'emporte-pièce pour exprimer des sentiments vite oubliés et qui n'auront pour effet que leur donner bonne conscience. Car qu'est-ce qu'un laboureur sans ses jambes et un bûcheron sans ses bras ? Sinon un corps mutilé, un bon à « plus rien »...

La lettre d'Isaac nous atterra. Au fol espoir que gardait Marthe, dans l'ignorance de ce qui était advenu de son fils prisonnier, mais vivant, succéda une tristesse si profonde que nous n'osions même plus souhaiter son retour, tant nous appréhendions le moment où nous devrions cacher notre stupeur et notre affliction, et faire comme si de rien n'était. Serions-nous assez forts pour ne pas, nous-mêmes, nous apitoyer sur le corps meurtri de celui qui était devenu le successeur des Monteil ?

Seule Éliane semblait ne pas sombrer dans le désespoir et s'efforçait de considérer les jours à venir comme une promesse tant attendue. Je crois qu'elle n'avait pas pris la réelle mesure du drame qui se jouait dans l'esprit de son frère et qui serait aussi notre croix à tous, quand viendrait le jour de son inévitable réintégration parmi nous. Marthe, plus que les autres, savait ce qu'il en coûterait à son fils de se voir diminué parmi les siens, de devoir accepter d'être aidé comme un enfant, lui qui avait voulu entrer sans attendre dans le monde des grands, de devoir vivre aux crochets de sa famille, lui qui prétendait en prendre la tête. Étienne, une fois son effroi passé, avait vite compris qu'il ne devait plus compter sur lui et ne semblait pas pour autant vouloir reporter ses espoirs sur moi. Avait-il admis que je ne veuille pas lier mon destin à celui du Castanet, quoi qu'il puisse arriver ? Il devint plus taciturne, comme il l'était dans sa jeunesse et, par quelque effet de transposition psychique, il se remit parfois à boiter et à se plaindre de sa vieille blessure, comme si celle de son fils avait soudain réveillé la sienne, endormie depuis si longtemps.

Seule Éliane était tout à son bonheur de revoir au Castellas Robert Dubreuil, pour qui elle entretenait des sentiments qu'elle n'osait avouer.

Ce n'est que bien plus tard, alors que nous songions au passé, qu'elle s'ouvrit à moi sur l'aventure qui fit d'elle plus une victime innocente qu'une véritable fautive, comme d'aucuns l'ont alors considérée.

Dans l'attente d'Isaac, personne chez nous ne s'aperçut de ce qui mettait son cœur en émoi. Malgré les mises en garde d'Étienne, qui avait accepté non sans hésiter son emploi au Castellas, Éliane ne jurait que par les Dubreuil. Leur gentillesse, leur façon de la considérer comme une amie de leur fille, leurs bonnes manières, leur genre de vie simple malgré leur rang avaient fini par la subjuguer. Nous étions loin de soupçonner que, en réalité, s'ajoutait à cet attrait l'attirance qu'exerçait sur son âme naïve le fils aîné de la famille.

Robert Dubreuil avait beaucoup de charme, il est vrai, et il savait en abuser. Son charisme et son beau parler accroissaient encore sa jeunesse et sa beauté. Et si ses regards n'avaient pas tout de suite attiré la jeune domestique de ses parents, il ne tarda pas cependant à faire vibrer le cœur de ma jeune sœur.

Jamais toutefois celle-ci n'osa outrepasser les limites que lui imposaient sa tâche et sa condition. Mais, petit à petit, sans qu'elle s'en fût aperçue, elle adopta une attitude qui ne manqua pas d'attirer l'attention du jeune homme. Elle s'arrangeait pour paraître aux mêmes endroits que lui quand il était seul, pour avoir besoin de son aide afin d'attraper un objet hors de sa portée. Elle osa bientôt le questionner sur son nouveau travail et sur sa vie nîmoise, afin de prolonger les délicieux instants qu'elle passait ainsi en sa compagnie. Elle soignait sa tenue et ne partait jamais de la maison sans se coiffer avec soin, sans emporter un flacon d'eau de toilette dont elle n'usait qu'une fois arrivée au Castellas.

Mon père s'était rendu compte de tous ces changements dans le comportement de sa fille, mais il se tut, tant était déjà lourde l'atmosphère qui régnait au Castanet dans l'attente d'Isaac. Marthe calma sa colère mal contenue en lui expliquant que, à son âge, une jeune fille devient femme et qu'il fallait laisser faire la nature.

Étienne se renfrogna mais ne dit rien. Ma mère se rendait-elle compte que l'excitation de sa fille était motivée par les sentiments secrets qu'elle nourrissait à l'égard de son jeune maître ? En tout cas, elle n'essaya pas de freiner son ardeur, croyant probablement qu'elle était surtout heureuse d'échapper à la morne vie que nous menions tous. Ce qu'elle ne pouvait condamner.

Quant à moi, trop peu averti de ces choses-là, je ne m'aperçus de rien lors de mes visites au Castellas. Éliane m'y emmenait de plus en plus souvent les dimanches matin, pour de menus travaux que me commandaient tantôt Edmée, tantôt Henri Dubreuil. Comme je rapportais un peu d'argent le soir à la maison, mon père finit par me laisser faire.

J'étais loin de soupçonner la raison pour laquelle Éliane tenait tant à ce que je l'accompagne. Le dimanche, la famille Dubreuil se retrouvait au grand complet et, pour ne pas avoir à s'occuper de Lisa en permanence, Éliane avait besoin de moi pour la remplacer. Le travail qui m'attendait, il est vrai, n'était pas très prenant et n'était qu'un prétexte pour que je reste avec la jeune sœur de Robert et pour laisser à Éliane le temps nécessaire de se retrouver seule avec ce dernier. Je devais reconnaître que les tâches qu'on me confiait n'avaient pas de quoi m'occuper la journée entière. Je pouvais donc passer de longs moments à bavarder avec Lisa, dont je finis par me faire une amie.

Nous étions presque du même âge et, malgré la timidité qui m'avait paralysé le premier jour, je parvins à entretenir avec elle une relation de franche camaraderie. Lisa m'entraînait souvent dans le parc du château et, entre deux tâches domestiques, nous jouions innocemment à des jeux d'adolescents, tandis que Robert et Éliane nouaient entre eux des liens d'amour et de hasard qui s'annonçaient scabreux.

16

Noël fatal

Pour Noël de cette première année de guerre, nous reçûmes une seconde lettre d'Isaac. Celui-ci nous apprenait malheureusement qu'il ignorait toujours si les Allemands allaient libérer les prisonniers. Il semblait plutôt persuadé que sa situation n'allait pas s'arranger de sitôt. Au camp, la discipline était très rigoureuse. Levés dès cinq heures du matin, les prisonniers étaient acheminés sur leur lieu de travail une fois l'appel terminé sur l'*Appelplatz*, ce qui prenait parfois plus d'une heure quand le soldat allemand chargé de compter les hommes faisait une erreur. Vu son état, Isaac avait été affecté à des tâches administratives dans les bureaux du camp : il était chargé de rédiger, comme dans un hôpital, tous les renseignements concernant l'état civil des nouveaux arrivés et de mettre à jour les fichiers. De son unique main droite, il s'acquittait fort bien de cette tâche qui n'avait rien de pénible et qui, expliquait-il, lui donnait mauvaise conscience vis-à-vis de ses camarades, tant il avait l'air d'être « planqué ».

C'est ainsi qu'il vit passer sous ses yeux des noms venus de tous les coins de France et qui sentaient bon nos terroirs ; des noms qui recelaient la magie de le transporter, comme jadis sa vieille géographie de l'école, aux quatre coins de son cher pays : un Legennec le conduisait dans les landes bretonnes battues par la brise océane ; un Codaccionni lui apportait les parfums épicés de son île de beauté baignée d'azur ; un Vandenbrouck le ramenait dans le plat pays des Flandres où les clochers percent les cieux comme des mâts de cocagne ; un Gageac l'emmenait glisser sur les flots cristallins de sa Dordogne, tandis qu'un Valensol lui chantonnait de son accent coloré toute la douceur de sa Provence au ciel lavé par le mistral. Et quand ses yeux tombaient sur un Espérandieu, un Portal ou un Puech, son sang ne faisait qu'un tour et son cœur, pris dans un étau, se mettait à battre car il retrouvait avec eux ses chères Cévennes natales, l'odeur subtile des genêts au printemps et des premières frondaisons, celle de la fumée âcre des brasucades à l'automne, et l'image de son vieux Castanet aux douces senteurs de châtaignier, de bruyère et de schiste brûlant.

La besogne était répétitive et lassante. Il n'avait aucun contact avec ceux qui lui donnaient des ordres et il ne désirait pas autre chose que de se retrouver le soir avec ses camarades dans son baraquement. Ceux-ci, fourbus par une longue journée de travail dans les bois, s'affalaient sur leur châlit et sombraient jusqu'au lendemain matin dans un profond sommeil que seuls le repas – si l'on pouvait appeler cela un repas – et l'appel du soir venaient troubler.

Dire que lui, le bûcheron, se voyait contraint de regarder partir ses camarades, sans pouvoir leur venir en aide ! S'il avait pu, il leur aurait montré comment faire sans se fatiguer inutilement. « Tiens, prends le manche de la cognée comme ça, leur aurait-il expliqué, sans monter trop haut. Et tu frappes d'un bon coup sec, toujours avec le même rythme, pas trop vite... » Lui, il savait. Mais il ne pouvait plus. Il ne pourrait jamais plus !

Et tandis que certains parlaient déjà de préparer une évasion, il faisait semblant de ne pas entendre. Comment aurait-il fait, lui, pour s'évader ? De fait, personne ne s'ouvrait à lui de tels projets. *Je suis condamné à rester ici jusqu'à la fin de la guerre*, nous écrivait-il, sans donner de détails qui auraient pu trahir ses camarades, mais qui trahissaient bien ses arrière-pensées.

Triste Noël ! Pauvre Isaac !

Nous nous sentions bien impuissants devant l'irrémédiable. Nous n'avions que nos prières et notre foi, pour nous sortir des ténèbres dans lesquelles nous nous trouvions plongés par quelque acharnement du sort. Le soir, avant le dernier repas, Élie, redevenu dans cette tourmente le chef de famille – celui auprès duquel on se rassemble dans le malheur pour se compter –, ne manquait pas de s'adresser à l'Éternel afin qu'il nous ramène Isaac vivant de l'enfer où il était tombé. Même Étienne mêlait sa voix à nos prières, ce qu'il ne faisait plus depuis longtemps.

La veille de Noël, Éliane et moi fûmes conviés à nous rendre au Castellas afin d'aider Edmée Dubreuil aux préparatifs du réveillon. Malgré les malheurs que connaissait notre pays à moitié occupé, il n'était pas question pour elle et les siens de passer Noël sans fêter honorablement la venue du Messie. Certes, par ces temps de restriction, il faudrait se priver comme tout un chacun, mais la fête aurait lieu et l'on irait à la messe de minuit à Saint-Jean juste après le repas.

Tôt ce 24 décembre, nous descendîmes au château, après avoir promis à notre mère d'être de retour avant la nuit. Marthe tenait en effet à ce que nous soyons tous réunis en cette veille de Noël, afin d'unir nos prières en faveur d'Isaac qui, se plaignait-elle, devait beaucoup souffrir de solitude dans cette lointaine Allemagne.

Pour cette occasion, tous les Dubreuil étaient au Castellas : Élisabeth était en vacances ; Robert avait pris quelques jours de congé ; Henri avait fermé son étude ; quant à Edmée, elle s'était fait une joie d'accueillir ses cousins de Paris qui, grâce aux relations de son mari, avaient obtenu sans difficulté l'autorisation de passer la ligne de démarcation pour se rendre en zone libre. Ainsi réunie, la famille Dubreuil comptait sept personnes auxquelles devaient se joindre, pour la soirée, des amis du notaire venus de Montpellier. Au total, une douzaine de convives devaient se retrouver autour de la table.

Éliane fut chargée d'aider la cuisinière à préparer les nombreux plats qu'Edmée Dubreuil avait ordonnés en un menu savamment réfléchi. Moi, j'aidais Robert et sa jeune sœur à décorer la salle à manger et à mettre de l'ordre dans le parc et les pièces communes de la maison.

Élisabeth montrait une joie de vivre inhabituelle, remarquait sa mère. Était-ce ma présence à ses côtés ou les préparatifs du réveillon qui lui mettaient le cœur en fête ? À vrai dire, j'éprouvais moi-même beaucoup de joie à la retrouver à chacune de mes visites au Castellas et notre amitié était vite devenue une vraie complicité. Cependant, nos jeux d'enfants n'avaient rien de répréhensible. D'ailleurs, jamais sa mère ni son père ne trouvèrent à redire à ce que nous fussions de plus en plus souvent ensemble. Edmée Dubreuil, le sourire en coin, demandait bien à sa fille de me laisser faire mon travail sans me déranger ; en fait, elle nous laissait tranquilles dès que ma tâche était terminée et attendait toujours un bon moment avant de m'en confier une autre.

Pour moi aussi, le Castellas devenait une fenêtre ouverte sur le monde extérieur.

Une fois les mets préparés, prêts à être enfournés

ou lentement mijotés, Éliane vint nous rejoindre à la préparation de la salle à manger. Robert Dubreuil s'était hissé en haut d'un escabeau et attachait au plafond des guirlandes de papier multicolores, tandis que, avec Lisa, je mettais une dernière main au sapin de Noël qui trônait majestueusement près de la cheminée. Les bûches crépitaient déjà dans le foyer et lançaient des flammèches à la manière d'un petit feu d'artifice. Je me sentais si bien dans cette atmosphère chaleureuse ! Et mis à part le coin de tristesse que l'absence d'Isaac enfonçait dans nos cœurs, je puis dire que ces préparatifs de Noël auraient été les plus merveilleux que j'eusse jamais connus.

Éliane ne m'aurait pas contredit.

Robert Dubreuil, du haut de son escabeau, demanda à sa jeune sœur de le laisser finir seul la décoration de la salle à manger et lui ordonna de s'occuper avec moi des allées du jardin. Trop contents d'échapper à sa surveillance, nous nous exécutâmes sur-le-champ, laissant Éliane en sa compagnie. Quelles étaient alors leurs relations ? Ma sœur ne me l'avoua jamais. Mais ce qui arriva alors devait sceller entre eux le début d'une aventure qui marqua Éliane pendant de longues années.

Robert fit un geste maladroit et tomba de son escabeau. Sur le moment, personne n'entendit le fracas de sa chute, hormis Éliane qui se trouvait à l'autre extrémité de la pièce. Elle accourut aussitôt et aida le malheureux à se redresser. La douleur aiguë qu'il ressentit alors ne lui laissa aucun doute. Sa jambe droite était fracturée et la blessure était ouverte. S'appuyant sur l'épaule de ma sœur pour tenter de se remettre debout, il croisa ses yeux comme jamais il ne l'avait fait auparavant et remarqua, dans l'éclat vibrant de son regard, tous les sentiments secrets qu'elle nourrissait à son égard.

Éliane, subjuguée à son tour, resta paralysée au contact de ce grand corps inerte qu'elle tenait maintenant dans ses bras et ne sut plus quelle attitude adopter.

« Il faut vous allonger sur le divan », bredouilla-t-elle pour briser la première le charme qui s'était opéré en elle.

Péniblement, Robert se traîna vers le large fauteuil, retenant des rictus de douleur pour faire bonne figure et se confondit en remerciements pour l'aide que lui apportait ma sœur. Celle-ci se proposa d'appeler ses parents, afin de prévenir sans tarder le médecin. Robert la retint un moment par la main et l'attira vers lui.

« Éliane, lui dit-il, il y a longtemps que je vous ai remarquée. Dans cette maison, vous êtes...

— Monsieur, coupa-t-elle en dégageant sa main, vous devriez...

— Laissez-moi vous confier ce que j'ai à vous dire. »

Éliane, dont le cœur battait depuis longtemps pour le jeune Dubreuil, craignait cet instant tout en le souhaitant avec force. Elle frémit à l'idée que les parents de Robert puissent entrer à l'improviste dans la salle à manger et ne les découvrent ainsi main dans la main, lui assis, presque à genoux devant elle ; elle, le tenant tendrement, comme des amants heureux.

Ce qu'ils se dirent alors, on le devine. Et ce qu'ils se promirent fut le début d'un long et périlleux voyage aux frontières de l'impossible.

Robert était-il sincère quand il avoua à Éliane que, depuis son entrée au Castellas, il ne pensait que par elle et qu'il n'avait de cesse de quitter Nîmes en fin de semaine pour être plus près d'elle ? Éliane le crut-elle ? En tout cas, cela ne lui déplut pas de l'entendre. Elle s'était si souvent imaginée dans ce genre de situation qu'elle avait fini par prendre ses folles espérances pour de plausibles réalités.

À partir de cet instant, toute sa vie fut bouleversée et elle ne vit plus les autres faits de l'existence du même regard. Tout lui sembla secondaire, de moindre importance. Non qu'elle agît dès lors avec légèreté, mais là où nous trouvions sujet à dramatiser, elle se montrait d'un optimisme que nous jugions souvent exagéré, voire déplacé. Son bonheur, contrastant avec nos pleurs, se voyait parfois outrageusement et serait passé pour de l'inconvenance aux yeux de mes parents, si ceux-ci avaient su la raison qui le motivait. Mais c'était son jardin secret, et jamais Éliane ne s'en ouvrit, même auprès de ma mère, qui pourtant ne l'aurait jamais condamnée dans de telles circonstances.

Pour ma part, à chacune de mes visites au Castellas, j'étais trop heureux de retrouver Lisa pour m'apercevoir du petit jeu auquel s'adonnaient, dans le dos de tout le monde, les deux amoureux de Noël. Finalement, Robert Dubreuil passa le réveillon avec une jambe dans le plâtre. Il fut cloué au lit pendant un bon mois, pour le plus grand bonheur d'Éliane, qui put ainsi le voir chaque jour de la semaine, étant devenue, sur demande expresse de madame Dubreuil elle-même, son aide-soignante attitrée pendant son repos forcé.

« Vous vous occuperez de Robert, ma petite Éliane, lui avait-elle demandé plus qu'ordonné, le soir même avant notre retour au Castanet. Tant pis si votre travail en pâtit. Amenez votre frère Samuel tant que vous voudrez ; il vous secondera dans vos tâches quotidiennes. J'espère que vos parents n'y trouveront rien à redire.

— Je me charge de leur expliquer la situation, madame », s'était empressée de répondre Éliane, trop contente de se voir confier une telle charge.

Il est vrai que, pour les paysans, l'hiver est la saison creuse. La terre se met au repos. Seules les bêtes ne connaissent pas de trêve. Mais mon père n'aimait pas me voir partir trop souvent hors du Castanet. Pour lui, les hommes devaient faire des travaux d'homme, chez eux : réparer les outils, curer les ruisseaux, remonter les murs éboulés, tailler les vignes, aller porter le fumier sur les terres qu'on ensemencerait au début du printemps. Il n'appréciait pas que j'aille faire le domestique chez des bourgeois de la ville retirés à la campagne. Et si cela n'avait pas été pour Lisa, j'aurais abondé dans son sens.

Pendant toute la convalescence de Robert Dubreuil, Éliane resta en permanence aux petits soins et apprit à mieux le connaître. Le jeune homme se complut à lui faire une cour de plus en plus pressante, tout en gardant la plus grande discrétion vis-à-vis de ses parents qui, pas plus que moi-même, ne s'aperçurent de leur liaison. Que se serait-il passé s'il en avait été différemment ? Éliane pouvait s'en douter elle-même. Mais elle était tellement subjuguée par son beau séducteur qu'elle en oubliait les réalités de sa condition. Quant à Robert Dubreuil, dans quelle mesure prit-il cette aventure hasardeuse autrement que pour une passade juste bonne à le divertir ? « Il semblait très sincère », m'expliqua Éliane bien plus tard, quand, remise de toute cette histoire, elle me conta dans le détail ce qui s'était passé entre eux.

De mon côté, j'étais bien trop absorbé par mon amour naissant d'adolescent envers Lisa pour m'occuper de celui de ma grande sœur. Et c'est en toute innocence que je me rendais au Castellas quand celle-ci avait besoin d'un chaperon, autant vis-à-vis de ses maîtres que de nos propres parents.

17

Liaison dangereuse

Robert Dubreuil ne tarda pas à être sur pied. Au bout de quelques semaines, il se déplaçait déjà dans toute la maison à l'aide de béquilles et, n'en déplût à ses parents qui craignaient qu'il ne se fît mal de nouveau, il ne cessait d'aller et venir dans le parc, soignant davantage sa belle jument alezane que sa propre santé. Il lui tardait de reprendre ses activités à la préfecture gardoise où, plusieurs fois par jour, il téléphonait pour donner des ordres à ses collaborateurs. Parfois, le préfet en personne le faisait appeler et s'inquiétait de le voir revenir à son cabinet. Dans son bureau, qu'il avait fait aménager dans la pièce voisine de sa chambre, il avait placé au-dessus de la cheminée, juste derrière sa table de travail, un grand portrait du maréchal Pétain en tenue militaire. Le poste de radio diffusait, chaque fois que l'occasion se présentait, les discours prononcés par le chef de l'État français. Sans vergogne, Robert commentait haut et fort, sa porte étant entrouverte, chacune des péroraisons du vieux maréchal.

Henri Dubreuil et son fils étaient en parfait accord avec les thèses de la révolution nationale et ne se privaient pas pour en faire part à leur entourage immédiat. J'étais bien jeune pour comprendre la teneur de leurs propos. Quand ils parlaient des Juifs comme s'il s'agissait d'étrangers dangereux pour notre patrie, j'imaginais que celle-ci avait dû accueillir ces dernières années trop d'étrangers et que nous ne pouvions plus à présent leur offrir notre hospitalité. Moi, qui avais tant entendu de la bouche même de notre vieil instituteur que nous devions avant tout défendre notre patrie, j'assimilais ce beau commandement civique à cette mise en garde proférée de concert par le père et le fils Dubreuil.

Éliane, qui ne s'intéressait qu'aux battements langoureux de son cœur, était sourde aux paroles parfois très dures qu'elle pouvait entendre, elle aussi, sous le toit du Castellas, à propos des « dangereux bolcheviks », « des démagogues du Front populaire qui avaient rendu les Français paresseux et livré notre pays à la juiverie ». Un jour, Robert lui expliqua que, si son pauvre frère était prisonnier en Allemagne – et dans quel état ! –, c'était la faute de tous ceux qui, au nom de la République, « la Gueuse », s'étaient acharnés à envenimer nos relations avec la grande Allemagne de « monsieur Hitler », qui lui, au moins, avait su donner du travail à tous ses compatriotes et remettre son pays sur les rails.

« Vous verrez, lui avait-il un jour expliqué, avec la révolution nationale, vous les paysans, vous serez les premiers bénéficiaires des profondes transformations sociales que le maréchal veut opérer dans notre pays. »

Et de prendre pour exemple la bataille du blé que Mussolini avait entreprise dans son pays quelques années plus tôt.

Nous ignorions tout de cette histoire trop récente et nous ne pouvions, ma sœur et moi, émettre aucun jugement. Toutefois, les paroles vexatoires envers les Juifs, que les Dubreuil prononçaient trop souvent à mon goût, m'inquiétaient au point que je ne pus un jour m'empêcher de m'en ouvrir à mon grand-père, qui restait à mes yeux le pilier de la sagesse en ces temps très troublés. Pour ma part, j'assimilais les Juifs à des gens qui avaient une autre religion que la majorité des Français et c'est très naïvement que j'avouai à Élie mon étonnement.

« Les Juifs sont-ils donc des étrangers ? Et est-ce à cause d'eux que les Français sont malheureux ?

— Qui t'a raconté ces sornettes ?

— Les Dubreuil ne les aiment guère. »

Élie ne répondit pas, mais comprit très rapidement d'où je tenais ces propos malheureux.

« Les Juifs, comme nous autres protestants, ont toujours été persécutés. Ils ne sont pas nombreux mais ils sont très solidaires. Depuis la nuit des temps, ils sont les boucs émissaires de tous ceux qui veulent le mal de l'humanité. Beaucoup ne sont pas des étrangers mais sont aussi français que toi et moi. Et s'il y a parmi eux des étrangers, ce sont souvent des gens qui ont été chassés de chez eux et qui sont venus se réfugier dans notre pays pour y trouver la paix.

— Comme les protestants chassés par Louis XIV et réfugiés en Suisse et aux Pays-Bas ?

— En Allemagne également !

— On chasse aussi les protestants en Allemagne ?

— Bien sûr que non ! »

Élie connaissait très bien les malheurs des Juifs et des protestants. Il m'expliqua longuement et me convainquit de la nocivité des paroles que j'entendais au Castellas.

« Je me demande si nous ne ferions pas mieux de vous interdire, à toi et à ta sœur, de fréquenter ces gens-là !

— Mais ils sont gentils ! Et nous gagnons un peu d'argent », ajoutai-je en pensant soudain à Élisabeth.

Élie se tut. Il ne dévoila pas à mon père ce que j'avais appris. Lui, le radical-socialiste, fier défenseur des valeurs républicaines, souffrait en silence de voir son pays s'avilir dans les mains de gens qui méprisaient avec tant d'arrogance et de bassesse l'honneur et la grandeur de ses compatriotes.

Éliane ne parlait guère de tous ces sujets et avait fini par comprendre qu'il valait mieux, pour ne pas s'opposer à notre père, qu'elle taise son admiration pour les Dubreuil. Ma mère essaya discrètement de savoir ce qui animait ainsi sa fille et devina sans doute l'amour qui avait éclos entre les deux jeunes gens. Loin de partager les a priori sociaux de son mari, elle ne s'opposa pas à ce qu'Éliane se laisse courtiser par un jeune homme de meilleure condition, ignorant tout des idées pour le moins pernicieuses de ce dernier.

L'amour rend aveugle ! Éliane l'apprit à ses dépens. Très vite, Robert Dubreuil cessa de l'inonder seulement de belles paroles et, profitant de sa situation, il la mit un jour devant le fait accompli.

« Je vous aime », lui avoua-t-il sans détour, tandis qu'elle mettait de l'ordre dans son bureau.

Éliane sursauta, muette. Il poursuivit :

« Je ne peux plus faire semblant de ne pas vous voir. Toutes ces précautions que nous prenons pour ne pas nous faire remarquer par mes parents finissent par me gâcher l'existence et par me rendre fou. »

Éliane s'approcha de lui, les mains tremblantes, les yeux noyés de larmes.

« Je vous aime aussi Robert. Mais comment voulez-vous… »

Il referma la porte de son bureau et entraîna Éliane dans la pièce voisine. Il la serra dans ses bras si fort qu'elle en perdit le sens des réalités. Abusa-t-il d'elle à son insu ? Était-il sincère à ce moment-là ?

À partir de ce jour, les deux amants redoublèrent

de stratagèmes et devinrent l'un pour l'autre plus que chacun d'entre nous autour d'eux ne pouvait compter.

Ayant repris son poste à la préfecture, Robert téléphonait fréquemment au Castellas pour des prétextes futiles et demandait à parler à Éliane. « Confidentiel », disait-il en riant à sa mère qui le tenait au bout du fil. Celle-ci – qui n'était pas dupe – s'amusait de voir son fils courtiser sa jeune domestique. Elle savait qu'il ne s'éprendrait pas sérieusement d'une soubrette, une petite paysanne de surcroît, fût-elle délicieuse et bien élevée. D'ailleurs, elle nourrissait pour lui de plus belles ambitions et avait jeté son dévolu sur la fille d'un riche entrepreneur de travaux publics de Saint-Jean. Certes, elle n'était pas aussi jolie qu'Éliane, ni si jeune, mais son père lui promettait une jolie dot et son rang conviendrait tout à fait à la position sociale des Dubreuil. Mais tant que rien n'était fait officiellement, elle laissait son fils volage s'amuser à jouer les jolis cœurs, pourvu qu'il sache à quelles limites s'en tenir.

Toutefois, Éliane prenait sa dangereuse liaison très au sérieux. Elle n'imaginait pas un instant que Robert Dubreuil pût la considérer comme un simple amour passager, tant ses sentiments semblaient sincères. Et je crois qu'ils l'étaient.

Un jour, en effet, il prit le risque, sans être très conscient du discrédit que cela aurait pu jeter sur lui et sur les siens, de s'afficher en public avec ma sœur. Il l'emmena à Saint-Jean à l'occasion du marché, pour qu'elle fasse quelques achats, pendant qu'il se rendrait à un rendez-vous avec le maire de la commune.

Éliane était transportée de joie. Dans les travées où se bousculait déjà une foule de badauds désargentés – les temps étaient durs pour tout le monde et la pénurie, le rationnement, l'inflation n'arrangeaient pas les affaires des commerçants, de ceux qui, en tout cas, ne faisaient pas de marché noir –, ils se promenèrent, main dans la main, sans se soucier qu'on puisse les remarquer. Le qu'en-dira-t-on, ils n'en avaient cure. Qui d'ailleurs aurait pu les reconnaître dans ce monde troublé si soucieux du quotidien ?

Éliane cependant restait sur ses gardes. C'était la première fois qu'elle s'affichait ainsi au bras d'un garçon. Or n'était-elle pas censée travailler à l'heure où elle se promenait ? Son père connaissait beaucoup de gens dans les hameaux voisins ; certains d'entre eux se rendaient chaque mardi au marché de Saint-Jean pour y vendre leurs produits ou pour acheter ce qui leur manquait, ne serait-ce que le pain pour la semaine, l'huile ou le savon. Ils auraient vite fait de reconnaître la fille d'Étienne et les langues iraient bon train : « Vous avez vu la petite Monteil, avec le fils du Castellas ! Elle vise un peu haut… Son travail de bonne lui a monté à la tête… Et lui, il profite de sa naïveté, c'est un coureur… Quand les Monteil apprendront… »

De fait, Éliane rencontra des visages familiers. Dans son trouble, elle ne parvenait plus à mettre un nom ni un lieu sur eux. Très vite, il lui sembla que tout le monde la regardait et la jugeait sévèrement.

« Nous ferions mieux de rentrer », dit-elle sans s'expliquer davantage.

Robert, surpris, la fixa dans les yeux.

« Tu n'es pas bien avec moi ? lui demanda-t-il en la tutoyant pour la première fois.

— Je n'ai pas dit cela. Il y a trop de monde. Je ne me sens pas à l'aise. J'ai peur de…

— Tu n'as rien à craindre. Les gens ici me connaissent et ne se permettraient pas de faire la moindre remarque à mes parents.

— À vos parents, peut-être. Mais aux miens, ils ne se priveront pas. »

Robert apaisa les craintes d'Éliane et se fit dès lors moins pressant. Il l'invita au Cèpe, un restaurant dont le patron comptait parmi ses amis. Ils déjeunèrent en tête-à-tête. Le vin aidant, Éliane se détendit et replongea dans un bonheur qui fit chavirer son cœur et embrouilla son esprit.

Comme le Castanet lui semblait loin ! Les corvées, les chèvres, les lessives, les maigres repas, la vie dans l'obscurité ! Comme c'était bon de se sentir aimée et d'accéder à ces petites choses qui procurent de brefs mais intenses instants de vrai bonheur ! Une main qui vous caresse la joue, une parole susurrée dans le creux de l'oreille, une épaule pour se reposer, des bras pour s'abandonner. Et puis ces petits riens de la vie qu'elle n'aurait jamais au Castanet : de beaux couverts sur une nappe blanche ; une gorgée de bon vin blanc – ah, la première gorgée de vin blanc qui vous emporte déjà dans l'ivresse ! ; le fumet d'une truite mijotée dans l'oseille ; l'odeur suave d'un nectar de café !

Au Cèpe, on ne connaissait guère les restrictions. La carte était toujours bien fournie et le patron, un gros homme rougeaud aux yeux pleins de malice, portait outrageusement son embonpoint sans aucune vergogne.

Éliane se laissa emporter dans le tourbillon de ses sens. Robert était si charmant, si attentionné, plein de tendresse et de délicatesses ! Il ne lui volait que les baisers qu'elle se laissait dérober et qu'elle finissait par lui donner, les yeux fermés, dans un total abandon d'elle-même. Petit à petit, elle prit de l'assurance, lui vola à son tour un baiser, l'attira contre elle de peur qu'il ne lui échappe. Elle se sentit devenir femme et prit réellement conscience qu'elle était désirable. Elle prit possession de lui comme elle accepta d'être à lui.

La guerre, son frère prisonnier, les malheurs des siens, comme tout cela lui paraissait loin, presque irréel !

« Les commissions ! explosa-t-elle soudain. Nous avons oublié les commissions. Nous n'avons rien acheté ce matin au marché. Que diront tes parents en nous voyant revenir les mains vides ? »

Robert ne se souciait pas de ce détail. D'ailleurs, on ne le questionnerait pas sur son emploi du temps.

« Ils se douteront de quelque chose !

— Mes parents me laissent vivre ma vie. C'est moi qui décide de mon destin. Ne t'inquiète pas ! »

À moitié rassurée, Éliane se rapprocha de Robert.

« Ne m'abandonne jamais, lui glissa-t-elle dans l'oreille. Je n'y survivrais pas. »

Il la prit dans ses bras et ne répondit pas.

18

Méprise

Les mois passèrent. La lumière ruisselait à nouveau, inondant le pays de ses flots d'or et d'argent. La Vieille Morte ressuscitait comme à chaque printemps. Pour elle, la guerre n'était qu'une péripétie, une période de gros désordres qui finiraient par s'achever un jour. Elle avait vu bien d'autres tempêtes dans la vie des hommes ! Cela ne l'avait jamais empêchée de réapparaître toute rajeunie, tout embellie dès les premiers beaux jours. Ses rides s'estompaient peu à peu, sa peau cuivrée retrouvait un nouvel éclat, scintillant de toute sa masse de schiste. Baignée d'eau et de soleil, elle se couvrait de mille fleurs et nous enivrait de son parfum envoûtant. Elle attirait hommes et bêtes sur ses flancs, toujours plus longuement au fur et à mesure que s'étirait la durée du jour. Elle jouait de sa beauté retrouvée comme une fée aux pouvoirs magiques. Elle tournait la tête aux hommes qui se perdaient dans le dédale de ses rus indomptés, en quête d'ombre et de fraîcheur. Elle savait les retenir jusqu'au soir dans les entrelacs de ses crêtes comme pour mieux les garder, le soir venu, au sein de ses entrailles, l'espace d'un printemps.

Toujours fidèle, mais toujours éphémère, elle nous donnait peu et pas très longtemps. Sa peine légendaire était aussi la nôtre, pour nous qui devions traîner notre fardeau sans rechigner dans l'unique souci d'assurer nos lendemains.

Nous apprîmes que les soldats prisonniers commençaient à être libérés. Ils appelaient cela la « relève » ; prisonniers contre travailleurs volontaires. Volontaires pour aller travailler en Allemagne. Pendant ce temps, qui ferait notre travail, si tous nos bras solides partaient ailleurs ?

Robert expliqua à Éliane que c'était là le début d'une ère nouvelle, qui verrait s'étendre la fraternité des peuples par le travail. L'Europe était en train de naître. Et par nos volontaires, nous y participions. L'Allemagne, dans la paix qu'elle finirait par imposer, serait le futur pilier de cette Europe nouvelle qu'il fallait appeler de nos vœux, car ensemble nous serions plus forts que les Américains et pourrions résister au danger communiste qui venait de Russie.

Que n'était-il lui-même parti au service de l'Allemagne pour assurer sa victoire sur le bolchevisme et faire triompher l'ordre nouveau en Occident !

Éliane, avec naïveté, me racontait toutes ces énormités, que j'évitais bien de répéter pour ne pas créer d'histoires à la maison. Je lui conseillais de prendre garde à ce qu'elle entendait, lui confiant en ce domaine les réflexions d'Élie. Mais elle était trop amoureuse pour voir en Robert un dangereux partisan de la collaboration. Moi-même à cette époque, je ne me doutais pas jusqu'où certains Français iraient dans cette voie.

Ma sœur était à ce point ensorcelée par l'amour de Robert Dubreuil qu'elle était prête à tout pour le retrouver. Ne se méfiant même plus de ce que ses maîtres auraient eu à lui reprocher, elle prenait parfois des libertés qui auraient pu lui coûter sa place en d'autres circonstances. Supportant mal les longues absences que lui infligeait Robert lorsqu'il était à Nîmes, elle osa plusieurs fois lui téléphoner de sa propre chambre, là où, quelques jours auparavant, elle se donnait encore à lui sans résistance. Mais le déranger à son travail n'était pas du goût du jeune chef de cabinet ! Celui-ci le lui signifia et lui fit comprendre qu'il y avait des limites à ne pas franchir.

« Tu m'appelles bien, toi ! lui fit-elle remarquer.

— Moi, c'est moi ! Chacun à sa place », rétorqua-t-il sèchement.

Éliane, qui découvrait un monde auquel elle était étrangère, n'avait pas les principes de bienséance en usage dans le milieu dont elle était la domestique. Elle semblait ignorer qu'il y a entre les hommes bien des barrières sociales qu'il est encore difficile de franchir. Elle se croyait déjà avec un pied de l'autre côté, celui où brille la lumière. Elle oubliait ses origines obscures, les petits matins glacials quand, au saut du lit, il fallait poser le pied sur les lauzes rugueuses et s'habiller vite fait sans se laver pour ne pas prendre froid. Elle oubliait ses corvées qui lui brisaient le dos, la traite des chèvres qui lui arrachait les doigts, les lessives à l'eau bouillante qui lui brûlaient les mains. Dans cette demeure bourgeoise où tout semblait appartenir à un autre monde, où la vie semblait si facile, elle finissait par ne plus savoir qui elle était ni d'où elle venait.

Étienne, le premier, dut la rappeler à l'ordre. Il n'aimait pas les allures de gourgandine qu'il lui trouvait depuis quelque temps. Le maquillage trop prononcé, les parfums trop voluptueux, les robes trop bien soignées pour aller faire le ménage, et le vélo ! Ne s'était-elle pas mis dans l'idée de se rendre au Castellas à vélo, avec la bicyclette que lui avait proposée Edmée Dubreuil ?

« Pourquoi pas t'y emmener en automobile ? » s'était-il un jour énervé, trouvant que sa fille commençait à mal tourner.

Les disputes se multipliaient. Ma mère parvenait difficilement à calmer les colères d'Étienne. Sans prendre le parti de sa fille, elle lui trouvait des excuses afin d'arrêter les discussions de plus en plus houleuses.

Un jour, Éliane jeta sa paie sur la table.

« Si tu ne veux plus de cet argent, dis-le-moi. Je le garderai pour moi et j'irai vivre toute seule ! »

Étienne leva la main et faillit gifler sa fille. J'assistais à la scène. Ma mère l'arrêta net.

« Étienne ! Comment oses-tu porter la main sur ta fille ? Ce n'est pas comme ça que tu la raisonneras. »

Mon père, rouge de colère, se calma. Marthe lui promit de parler à Éliane afin de remettre de l'ordre dans ses idées et dans son comportement. Celle-ci finit par tout avouer et fondit en larmes.

« Ne prends pas mal ce que je vais te dire, ma chérie. Mais je crois que tu fais fausse route, ce Robert t'a tourné la tête. Rends-toi compte que ces gens-là ne sont pas de notre milieu et que tu n'as aucune chance qu'ils t'ouvrent un jour leur porte.

— Robert m'aime ! Il me l'a dit cent fois. »

Éliane n'osa jamais avouer jusqu'où elle était allée dans ses relations avec Robert. Ma mère crut bon de préciser :

« Fais bien attention ! L'amour n'est pas un jeu innocent. Prends garde à ce que ton amoureux n'aille pas trop vite en besogne et ne te laisse tomber ensuite. »

Marthe parlait par allusions. Éliane la comprenait fort bien et n'osait répondre. Qu'aurait-elle répondu d'ailleurs ? « Il est trop tard. Je me suis donnée à lui. Il n'a pas abusé de moi, j'étais consentante » ?

Il était trop tard, effectivement, pensait-elle en son for intérieur. Trop tard pour revenir en arrière, trop tard pour étouffer cet amour qui les animait tous les deux. Car Robert l'aimait, n'est-ce pas ? Il le lui avait cent fois affirmé et prouvé. On ne couche pas avec une fille si on ne l'aime pas, voyons ! On ne prend pas le risque de la mettre enceinte si on n'a pas envisagé l'avenir avec elle ! Les barrières sociales sont celles que les parents dressent toujours autour de leurs enfants pour les protéger ou les mettre en garde. Mais ils ne sont plus des enfants et leur vie leur appartient !

Éliane fut à ce point bouleversée par toute cette histoire qu'elle tomba malade. D'un côté, sa propre famille qui refusait de la comprendre ; de l'autre, Robert qui tardait à revenir de Nîmes. Cela faisait en effet trois semaines qu'il n'était pas rentré au Castellas.

« Trop de travail, avait-il prétexté. Je rentrerai quand ce sera plus calme. »

Le soir, quand elle revenait du château, son teint cadavérique nous faisait peur.

« C'est le vélo, expliquait-elle, je n'ai pas l'habitude, ça me crève. »

En fait, elle ne mangeait presque plus rien, ne parlait plus à personne, évitait de croiser nos regards. À mon grand regret, elle ne m'invita plus à l'accompagner au Castellas.

« Pour l'instant les Dubreuil n'ont plus besoin de toi, m'avoua-t-elle.

— Et Élisabeth ? demandai-je naïvement.

— Quoi, Élisabeth ? Tu t'intéresses à Élisabeth maintenant ? »

Je ne répondis pas. Éliane avait l'esprit trop perturbé.

Elle s'acquittait de ses tâches comme un automate, sans réfléchir. Marthe n'osait pas la questionner davantage. Étienne refusait de considérer sa fille malheureuse. Élie, quant à lui, lui parlait parfois en sourdine en lui prenant les mains, sans qu'on l'entende, comme il faisait pour nous consoler quand nous étions petits et que nous nous étions fait gronder par nos parents. Que lui disait-il ? Éliane acquiesçait de la tête, s'essuyant les yeux d'un revers de manche machinal, blême à nous faire frémir.

Un soir de juin, elle revint toute guillerette. Elle avait retrouvé sa joie de vivre, sa gaieté naturelle.

Robert était revenu.

Mais Isaac, lui, ne revenait toujours pas !

La joie retrouvée d'Éliane nous consternait encore plus. Étienne, surtout, trouvait indécent qu'on puisse afficher son bonheur alors que l'un d'entre nous se mourait peut-être dans les camps nazis et que toute la famille semblait avoir pris le deuil. Pour ma part, j'évitais de montrer ce que je ressentais. Mes sentiments d'ailleurs étaient très partagés. S'il est vrai que l'absence de mon frère Isaac et l'ignorance de ce qu'il devenait me rendaient aussi triste que mes parents, j'avoue que les retrouvailles d'Éliane et de Robert me permirent d'espérer me rendre de nouveau au Castellas et d'y retrouver Élisabeth.

En effet, Éliane ne tarda pas à me demander de l'accompagner, ce qui créa à la maison un nouveau sujet de discorde. Mon père, prétextant que, avec les beaux jours il avait besoin de moi en permanence, me refusa l'autorisation de retourner chez les Dubreuil. J'en fus fort contrit, mais j'obéis sans discussion.

Sur son vélo, Éliane retrouvait des ailes. Sans se plaindre cette fois, elle rentrait le soir vers dix-neuf heures, après avoir grimpé allègrement la longue côte qui serpentait sur les flancs de la Vieille Morte. Encore tout essoufflée et sans se faire prier, elle allait aider ma mère à finir sa longue journée de travail, à préparer le repas du soir et à traire les chèvres, une fois Élie rentré de ses crêtes. Elle ne parlait guère de ce qu'elle faisait au Castellas, ni de ce qu'elle y entendait. Cependant, chaque fois qu'elle y mettait les pieds, elle se trouvait plongée dans un monde bien opposé à nos propres valeurs. Cela n'avait pas l'air de la tourmenter. Elle n'avait d'yeux que pour Robert et n'entendait que ses paroles enjôleuses. Les assertions dithyrambiques que le fils Dubreuil proférait en faveur de la politique vichyste lors de ses retours au Castellas ne trouvaient certes pas d'écho dans son esprit, mais elles ne la troublaient pas non plus.

Les Dubreuil, ne cachant pas leurs sympathies pour le nouveau régime, ne se firent pas que des amis dans la région. Par nos vallées, les nouvelles se propagent très rapidement et chacun est vite au courant de ce que pensent les uns et les autres. Aussi ne se privait-on pas à Saint-Étienne et à

Saint-Jean de commenter, non sans un malin plaisir, les fréquentations pour le moins étranges de « la petite Monteil ».

L'esprit camisard des Cévenols ne pouvait admettre que l'on affichât des sentiments d'adhésion à des thèses xénophobes et racistes. Toute privation de liberté était ressentie chez nous comme une forme de bannissement qui faisait renaître notre envie de retourner au *désert*[1], si besoin était. La plupart des protestants, qui habitaient tant les bourgs que les mas isolés comme le nôtre, évitaient de fréquenter les partisans de la révolution nationale. De nouveau, nous connaissions la suspicion, la division, la dénonciation, et l'esprit de rébellion allait s'amplifiant.

Je me trouvais entre ces deux mondes. D'un côté, Éliane qui, sans s'en rendre compte, avait un pied dans l'antre du loup ; de l'autre, les amis de mon père qui, à chacune de leurs visites, venaient aux nouvelles d'Isaac, la bouche pleine de ressentiments contre « les vendus du régime », « les fascistes qui nous gouvernent », « les traîtres et les collabos ». Quand ils discutaient entre hommes, ils ne prêtaient guère attention à notre présence. Ma mère, toujours discrète, n'intervenait pas, mais elle approuvait en secret leurs prises de position, car elle ne pouvait oublier que les Allemands détenaient son fils. Et je

1. Lieu solitaire, écarté, où les protestants cévenols se réunissaient à partir de 1685.

suis certain qu'Éliane, qui se faisait aussi discrète que Marthe, comprenait très bien que sa situation compromettait sa famille. Au cours d'une de ces discussions, Marcel Lafage du Mazel conseilla à mon père d'interdire à sa fille de fréquenter « de telles gens ».

« Cela finira par te nuire, à toi et à ta famille, ajouta-t-il. Pense donc à ton fils Isaac. S'il savait ça ! »

Étienne était remonté. Mais il hésitait car l'argent que gagnait Éliane nous était bien utile.

« En tout cas, j'ai interdit à Samuel d'y retourner, dit-il pour se disculper. Pour Éliane, je verrai plus tard. »

Si mon père avait été au courant des relations de sa fille avec le fils Dubreuil, le drame aurait sans doute été évité.

De tout l'été 1941, je ne revis pas Élisabeth. Je travaillais dur avec mon père et mon corps s'endurcit aux pénibles travaux agricoles. Ma carrure se développait harmonieusement, mes épaules s'élargissaient, mes muscles se fortifiaient et j'éprouvais un certain contentement à me mesurer à des tâches qu'Isaac avait faites avant moi.

« Je peux tout à fait remplacer mon frère dorénavant », déclarai-je un jour en gonflant la poitrine pour montrer à mon père que j'étais devenu un homme.

Étienne me regarda, les yeux pleins de tendresse ; il me prit dans ses bras et se mit à pleurer sans dire un mot. C'était la première fois que je voyais pleurer mon père. Et je sus ce jour-là qu'un homme, aussi, pleure parfois.

Il n'eut pas besoin de m'expliquer la raison de sa peine. J'avais compris. Jamais il ne s'était apitoyé sur lui-même, ni sur les siens. Et si parfois il nous avait rudoyés, quand nous étions plus jeunes tous les trois, c'était, je le comprenais mieux à présent, pour nous aguerrir à la vie difficile qui serait la nôtre. Et cela aussi, il le savait. Au travers de ses humeurs passagères, c'était un homme au grand cœur qui habitait mon père, un homme qui se serait sacrifié pour tous les siens.

Il laissa faire Éliane. Peut-être ma mère était-elle parvenue à le convaincre de laisser les choses se décanter d'elles-mêmes ? Celle-ci, plus psychologue, savait raisonner sa fille et obtenir d'elle des confidences. Elle savait qu'il ne servait à rien de brusquer les événements.

« Éliane finira par se rendre compte par elle-même qu'elle fait fausse route », l'ai-je entendu dire un soir, tandis qu'avec mon grand-père je tentais d'écouter Radio-Londres, par curiosité de ma part, je dois avouer.

Marthe ne croyait pas si bien dire, mais elle était loin d'imaginer le drame qui allait bientôt se nouer.

19

Le drame

Les événements se précipitaient. Mais nous n'y voyions rien de bon pour nous : l'armée allemande déferlait sur l'URSS ; les Russes reculaient de toute part tandis que les premiers contingents français de la LVF[1] partaient se battre sur le front de l'Est, encouragés par Laval. Le conflit s'amplifiait et tout laissait à penser qu'il durerait encore longtemps. Isaac ne ferait-il pas les frais de cet acharnement des nazis à vouloir conquérir le monde ? De plus, les attentats commis en France contre des officiers allemands et contre des membres du gouvernement du maréchal n'auraient-ils pas pour effet l'arrêt de la libération des prisonniers de guerre qui, il fallait bien avouer, se faisait au compte-gouttes ?

En cette fin d'année, nous commencions à désespérer de revoir Isaac vivant. Ses lettres, trop rares, qui nous parvenaient faisaient état des rumeurs qui

1. Légion des volontaires français contre le bolchevisme.

circulaient dans son camp : les Américains allaient entrer dans le conflit ; les Russes avaient repris l'offensive et s'acharnaient à repousser l'avance allemande. Certains de ses camarades s'étaient échappés, parfois avec succès, souvent en vain. Dans ce cas, les punitions étaient très sévères ; la plupart étaient envoyés dans des camps disciplinaires plus à l'est. Isaac, lui, se plaignait seulement de se sentir frustré. Nous comprenions à demi-mot ce qu'il pensait, ce qu'il imaginait quand, le soir, il s'endormait sur sa paillasse. Il ne se plaignait ni de la mauvaise nourriture, ni du froid, ni des autres privations. Mais nous comprenions qu'il manquait de tout et surtout de l'amour des siens.

Éliane aussi s'assombrit en cette fin d'automne. Nous devinâmes que ses amours étaient de nouveau perturbées. Si Étienne ne faisait pas cas de ses humeurs, ma mère tenta de savoir ce qui chagrinait sa fille. Il fallait s'y attendre : Robert commençait à la délaisser et l'ignorait même parfois, restant de longues heures enfermé dans son bureau sans daigner lui adresser la parole. Pour Noël qui approchait, il devait séjourner au Castellas une bonne semaine comme l'année précédente. Éliane crut que cela leur donnerait plus de temps à se consacrer l'un à l'autre et son espoir de le revoir comme avant reprit le dessus. En réalité, elle avait surtout besoin de se persuader que rien n'avait changé entre eux. D'ailleurs, y avait-il quelque chose de changé ? Robert ne lui avait rien dit de désagréable ; il était simplement un peu plus distant. Et même quand il profitait d'être seuls tous les deux dans l'immense maison pour l'attirer sur son lit, il se montrait toujours un amant attentionné. « Pourquoi donc s'inquiéter ? » se disait-elle pour éviter de sombrer dans le désespoir.

Nous sentions bien à la maison que son esprit était ailleurs. Dès qu'elle le pouvait, elle s'enfermait dans sa chambre et n'en ressortait que le lendemain matin pour se rendre au Castellas. Son jour de congé, elle le passait sans rien dire, le regard vague, lointain. Elle ne parlait que pour répondre à ma mère, par des mots brefs, économisant ses paroles, retenant ses pensées et probablement ses larmes.

Un jour que je ramassais du bois mort avec mon père dans la châtaigneraie, celui-ci me questionna. Je fus très embarrassé.

« Samuel, dis-moi la vérité. Que se passe-t-il au Castellas ? Tu dois savoir, toi qui y es allé souvent ! »

Je fis mine de ne pas comprendre.

« Dis-moi pourquoi ta sœur se met dans de tels états. Est-ce à cause de son travail, des Dubreuil ? Ils lui font des misères ? Je sais que ce sont des gens pour le moins bizarres. Ils n'ont pas les mêmes idées ni les mêmes fréquentations que nous. Et je crois bien que j'aurais dû écouter Marcellou depuis longtemps. Laisser travailler Éliane chez des pétainistes... Si ce n'était pas pour le peu d'argent qu'elle y gagne ! »

Je ne disais rien et laissais mon père faire lui-même les questions et les réponses, les remarques et les suggestions.

« Que veux-tu que je fasse ? Lui interdire d'y retourner ? Cela vaudrait peut-être mieux, pour elle comme pour nous. Je suis sûr qu'on l'exploite là-bas et qu'on lui bourre le crâne avec des idées dangereuses. Mais bon sang, pourquoi ne parle-t-elle pas ? Elle reste muette comme une tombe. Un jour, elle est gaie comme un pinson ; un autre jour, on dirait qu'elle se rend à un enterrement. Elle doit tenir un peu de ma sœur. Tu sais, la tante Aline de Bordeaux ; elle aussi avait des sautes d'humeur quand elle était jeune. Mon père disait qu'elle faisait de la neurasthénie. Elle n'était pas faite pour vivre au Castanet... Mais tu ne dis rien, pourquoi ne réponds-tu pas à mes questions ?

— Je n'ai rien à dire. Il ne se passe rien de spécial au Castellas. »

Étienne n'avait jamais été bon inquisiteur. Manquant de finesse, il se mettait parfois en colère mais en oubliait aussi vite les raisons. Au bout de son long monologue, il ne sut plus très bien ce qu'il voulait me dire. J'en fus soulagé, car je n'aurais pas aimé lui mentir. J'osai cependant une question que je regrettai aussitôt :

« C'est bientôt Noël, pourrai-je aller aider Éliane au Castellas comme l'an dernier ?

— Mais pourquoi donc êtes-vous tant attirés tous les deux par le Castellas ? Dis-moi la vérité, Samuel.

Toi, je te connais bien. Je sais que tu n'as pas du tout l'intention de rester plus tard au Castanet. Et, vois-tu, je ne t'en veux pas. Tu feras ta vie comme tu l'entendras. Mais je sais aussi qu'il t'en coûte d'aller faire le domestique chez les autres. Et pour le peu que tu nous l'as montré, tu n'as pas l'air d'apprécier les idées des Dubreuil. Et je te comprends ! Alors pourquoi t'obstines-tu à aller chez ces gens-là ? Ne me dis pas que c'est aussi pour gagner un peu d'argent, nous ne te l'avons jamais demandé. Et nous nous en passerions très bien. »

Je ne savais quoi répondre. Je bredouillai des mots inaudibles. Mon père me prit alors par les épaules et me regarda droit dans les yeux.

« Tu es un homme à présent, me dit-il. Et tu es honnête. Dis-moi donc la vérité. »

Je ne pus mentir et lui avouai mes sentiments pour Lisa.

« Tu t'es amouraché de la jeune Élisabeth ? Si ce n'est que cela ! répondit-il en riant. Ça te passera vite. Des filles, il y en a d'autres. Tiens, la fille de mon ami Marcellou, la petite Émilie, elle est gentille, non ?

— Elle n'a que douze ans !

— Tu crois ? Et ton Élisabeth, elle a quel âge ?

— Quinze ans, comme moi.

— Ah oui ! C'est déjà une demoiselle. »

Cette discussion me mettait mal à l'aise. Je finis par couper court.

« Je n'irai plus au Castellas puisque tu es contre. »

Étienne ne dit plus rien pendant tout le reste de l'après-midi. Je crus l'avoir contenté. Nous travaillâmes sans nous parler, presque en nous ignorant. Je faisais semblant de ne plus penser à l'aveu que je venais de faire, mais je sentais bien que mon père ruminait ses griefs.

Tandis que nous nous apprêtions à rentrer au mas, il se tourna vers moi et dit brutalement :

« Dis-moi, au Castellas, il y a bien le fils Dubreuil de temps en temps ?

— Oui, répondis-je sans ajouter un mot.

— Éliane ne serait-elle pas elle aussi tombée amoureuse ? Le fils Dubreuil a grande réputation en ce domaine. Et il est beau garçon. Réponds-moi !

— Éliane ne me fait pas ses confidences. »

Je rougis et évitai de croiser le regard de mon père. Celui-ci sentit que je lui cachais la vérité.

« Samuel, réponds à ma question ! Éliane s'est-elle entichée de ce Robert Dubreuil ? »

Je ne répondis pas.

Mon père alors monta le ton. Devant sa colère naissante, je finis par lâcher mon fagot de bois mort et je courus vers la maison en m'écriant :

« Tu n'as qu'à lui demander toi-même ! »

Le soir, avant le retour d'Éliane, Étienne eut une vive discussion avec ma mère. Il voulait savoir ce qu'on lui cachait, persuadé qu'il était le dernier à être au courant des problèmes de sa fille.

« Quand donc me dira-t-on la vérité dans cette maison ? » explosa-t-il, rouge de colère.

Élie prit son fils à part pour lui parler et le calmer. Mais cette fois celui-ci ne voulut rien entendre et se fâcha.

Quand Éliane rentra, la mine toujours sombre, elle sentit immédiatement que l'atmosphère était lourde, plus lourde que d'habitude.

« Quelque chose ne va pas ? demanda-t-elle sans tarder. Des mauvaises nouvelles d'Isaac ?

— Tu t'intéresses à ton frère maintenant ? répliqua Étienne. Il serait temps ! »

Éliane se troubla.

« Que se passe-t-il ? » ajouta-t-elle en se tournant vers ma mère.

Je partis me réfugier dans ma chambre. Mais j'entendis toute la conversation. Ce fut encore un long monologue d'Étienne. Celui-ci ne laissa pas la parole à sa fille qui, de toute façon, n'avait pas envie de se disculper, ne comprenant pas en quoi elle avait commis une faute. Pour elle, l'amour sublimait tout.

Elle se tut.

Quand Étienne parvint au bout de ses griefs, il déclara sans autre commentaire :

« À partir de demain, tu resteras à la maison ! Je préviendrai moi-même les Dubreuil que tu rends ton tablier. »

Éliane ne discuta pas. Un silence lourd et glacial envahit le mas, un silence de deuil qui ne prête pas au recueillement, mais qui plonge le monde dans l'incompréhension.

Le lendemain au petit matin, Étienne se rendit au Castellas où il fut reçu par Edmée Dubreuil en personne. Il l'informa que sa fille ne reprendrait pas son service et s'en retourna sans autre forme d'explication.

L'affaire aurait pu en rester là sans l'obstination d'Éliane.

Le lendemain, il pleuvait. De gros nuages d'ardoise plombaient le ciel, remontant du sud. L'Aigoual avait disparu derrière un épais rideau de pluie. Des éclairs de fer-blanc balafraient l'horizon, déchirant le ciel de coups de sabre incessants. Sur les vitres, les gouttes d'eau formaient un rideau dentelé et opaque. Dans cette atmosphère troublée, la pendule marquait le temps de son pas lent et tenace ; rien ne venait perturber son rythme balancé, ni les cris de joie, ni les pleurs et les douleurs. Le Castanet, une fois de plus, ployait le dos sous le ciel rageur, accroché à sa muraille de schiste, refermé sur lui-même pour ne pas donner de prise à la tempête, solide comme un roc séculaire. Mais en ce jour, la tempête s'était insinuée à l'intérieur et minait sournoisement ses entrailles, comme une mauvaise maladie. La pluie redoublait et commençait à inonder la cour, comme elle inondait nos cœurs. Il fallut chausser les bottes, prendre les seaux, évacuer le flot qui stagnait entre les murs gris de la vieille bâtisse et qui ne cessait de monter, le flot qui nous submergeait tous en dedans. Quand nous eûmes fini d'écoper, tels des naufragés exténués au moment où la tempête s'apaise, nous constatâmes les dégâts, la mort dans l'âme, le corps mâché, lessivé par trop de douleurs, abandonné.

L'orage se calma. Le ciel cessa de vomir sur nous son aigreur passagère. Une éclaircie ouvrit une fenêtre de lumière, par où une colombe s'envola. La nature était ruisselante, noyée sous des tonnes d'eau dévastatrices. Au-dehors, des murs s'étaient éboulés, la terre épandue sur les chemins s'étalait en monticules ravinés par les veines d'eau qui sourdaient d'entre les pierres. Des châtaigniers n'avaient pu retenir leurs plus vieilles branches, qui jonchaient le sol retourné, ravagé, décollé.

Puis la grisaille du ciel l'emporta. C'était comme un matin de deuil, un jour sans fin où l'on panse ses plaies sans comprendre, au plus vite, de peur que ça ne recommence. Nous étions aussi lourds que la terre détrempée, et il pleuvait encore dans nos cœurs, même si la pluie avait cessé de se déverser sur nos toits.

« Nous en avons vu d'autres, fit Élie qui, malgré son âge, avait pris sa part de labeur avec sérénité et montrait une grande fierté à maintenir la tête droite dans l'adversité. Ce n'est pas la première tempête qui secoue le Castanet et ce ne sera pas la dernière ! Et les Monteil sont toujours là ! »

Éliane ne faisait plus de frais de coquetterie. Elle avait remisé sa belle robe et ses parfums ; le maquillage disparut de son joli visage. Elle semblait vouloir s'abrutir dans le morne travail quotidien. Elle restait aux côtés de Marthe, lui parlant peu, ne souriant jamais, s'acharnant à penser à autre chose. Cependant, elle ne pouvait oublier et elle espérait secrètement que Robert, impatient de la revoir, viendrait un jour la chercher au Castanet et l'enlèverait pour toujours. Que ferait-elle alors ? Elle n'osait y songer, mais cette pensée, ce rêve intime la faisaient vivre.

Robert ne vint pas. Noël arriva. Le *calendal** dans la cheminée finissait de se consumer.

Quand vint janvier, elle ne se retint plus et, par un beau matin, avant que l'aube ne fût levée, elle enfourcha sa bicyclette et descendit sans prévenir en direction du Castellas.

Lorsque nous nous aperçûmes de sa disparition, nous comprîmes aussitôt ce qu'elle était allée faire. Ma mère n'eut aucun doute. Sa belle robe n'était plus dans son armoire ; des effluves de parfum embaumaient encore la pièce. Sur son oreiller, une petite enveloppe était posée bien en vue, à l'adresse de mes parents. À l'intérieur, un petit mot griffonné sur la page déchirée d'un carnet à spirales disait, laconique :

Je suis descendue au Castellas. Je ne peux plus vivre sans savoir. Je préfère mourir de chagrin plutôt que de rester ainsi à attendre dans le doute. Quoi qu'il puisse m'arriver, je reviendrai. Je ne puis oublier que vous êtes ceux qui m'ont donné la vie et que je vous dois tout. Mais je vous en supplie, ne me condamnez pas à l'avance. Puisse Dieu me venir en aide et m'accorder le pardon pour toute la peine que je vous procure. Puissiez-vous m'accorder votre miséricorde !

QUATRIÈME PARTIE

Samuel

20

La surprise

Plus d'une année s'écoula. À la fin 1942, les Allemands avaient franchi la ligne de démarcation et l'on s'attendait déjà à un débarquement allié sur le littoral de la Méditerranée. Loin de nous rassurer, cet événement hypothétique créa un grand désarroi dans nos vallées. Jusqu'alors, l'Occupation nous avait été épargnée et nous vivions relativement tranquilles, même si nous souffrions des restrictions de plus en plus difficiles à supporter. Depuis longtemps, la saccharine avait remplacé le sucre ; la chicorée et l'orge grillé, le café ; le saindoux était recherché pour remplacer le beurre et l'huile. La cueillette était redevenue une activité quotidienne, on ramassait tout ce qu'on trouvait : *répountchous**, pissenlits, champignons – et pas seulement les cèpes et les oronges ! Tout ce qui était comestible disparaissait systématiquement. Jamais les châtaigneraies ne furent aussi bien nettoyées et certains propriétaires durent même monter la garde afin que personne ne vienne dérober leur bien devenu si précieux. Les femmes ressortaient des armoires les vieux vêtements, détricotaient et retricotaient, confectionnant des carrés de laine pour les assembler en couverture ; sans cesse elles reprisaient les mêmes habits fatigués. On usait jusqu'à la corde les rares chaussures de cuir, qu'on s'empressait de réparer avec ce qu'on avait sous la main. Heureux alors étaient ceux qui, comme mon grand-père, avaient eu la manie de tout ramasser, même les objets les plus insignifiants ; ils trouvaient toujours à les utiliser pour effectuer une réparation occasionnelle. Tout le monde bricolait et le système D était devenu le passe-temps quotidien de la plupart d'entre nous.

Notre misère atavique nous servait, car nous avions l'habitude de nous priver de tout au Castanet, et c'était presque une richesse de posséder des châtaigniers et d'être sûrs de ne pas manquer de nourriture le lendemain. Pour peu, nous nous serions crus privilégiés avec nos chèvres et nos châtaignes !

Les Allemands passèrent le col de Jalcreste en mars 1943. Jusqu'à cette date, nous n'avions eu de la guerre qu'une vision indirecte et nous ne pouvions comprendre vraiment ce que vivaient les Français des régions occupées. Mais depuis qu'Alès avait sa garnison allemande et que les troupes ennemies s'étaient répandues sur nos routes intérieures, s'immisçant entre serres et valats, nous ressentions avec la même rigueur toutes les brimades de l'Occupation.

Les bruits couraient : « Ils sont là ! Ils sont arrivés ! »

C'est Ferdinand Portal, notre oncle de Saint-Paul, qui nous annonça le premier la nouvelle : « Les boches sont entrés à Saint-Jean ; quelques-uns, pas très nombreux. »

En effet, ils étaient là. Et rien ne serait plus comme avant. Ils s'étaient empressés d'aller rencontrer le maire qui, pour montrer à qui ils avaient affaire, revêtit pour l'occasion son écharpe tricolore. L'officier allemand fut d'une grande courtoisie mais exigea d'avoir aux registres de l'état civil accès sur-le-champ. Édouard Tranier s'exécuta à contrecœur, mettant un point d'honneur à préciser qu'ils étaient régulièrement mis à jour, ajoutant qu'il ignorait si les prisonniers de guerre dont les familles ne recevaient plus de nouvelles étaient vivants ou morts.

Ce n'était pas cela qui intéressait l'officier allemand.

Tout le bourg fut en émoi. Dorénavant, il serait difficile de faire comme si la guerre se passait au loin, chez les autres. À la terrasse des cafés, les soldats en uniforme vert-de-gris ne passaient pas inaperçus. Quand ils arrivaient pour prendre place, malgré la correction dont ils faisaient preuve, les clients s'écartaient et se taisaient. On n'entendait plus alors que leur parler guttural et leurs éclats de rire déplacés. Ils étaient aussi à l'aise chez nous que chez eux et ne semblaient en rien souffrir qu'on les tînt pour des pestiférés.

Ils s'étaient établis à l'entrée du bourg, dans une grande maison bourgeoise près du Gardon, qu'ils avaient réquisitionnée dès le premier jour au grand dam de ses propriétaires, une famille très protestante dont le fils, lieutenant dans l'armée de terre, avait été tué en 1940 lors des premiers affrontements avec la Wehrmacht. Très vite, une garnison s'y installa, armée jusqu'aux dents, dans un grand brouhaha de camions, de motos et de tractions Citroën.

Nous savions que plus haut, dans les montagnes, des maquis s'étaient constitués. Des groupes de « terroristes », comme les appelaient les Dubreuil avant même que les choses ne deviennent sérieuses, composaient des noyaux durs de résistance et avaient repris le flambeau de nos ancêtres camisards. Nous nous doutions que les choses allaient se gâter, car l'intention des Allemands était de les déloger de leurs nids d'aigle afin de faire place nette.

Aussi, dans les magasins où ils venaient s'approvisionner, toujours en payant, ne les servait-on que du bout des doigts et, bien souvent, l'épicier ou le boucher tentaient de leur faire comprendre qu'ils n'avaient pas ce qu'ils leur demandaient.

« Restriction, pénurie ! leur disaient-ils, en précisant d'un mot allemand qu'ils avaient vite appris : *Nichts* ! Rien, je n'ai rien. »

Quand ils les voyaient marcher de leur pas

cadencé, toujours par deux, les gens changeaient de trottoir et, de crainte de devoir leur rendre leur bonjour – car ils étaient d'une parfaite politesse –, les jeunes filles baissaient les yeux et évitaient de croiser leur regard.

À partir de ce jour-là, mon père évita de descendre à Saint-Jean et ne se rendit plus que rarement à Saint-Étienne.

« Je préfère que nous nous privions de tout, plutôt que de croiser cette engeance sur mon chemin ! » affirma-t-il.

Lou raïol retrouvait des accents d'outre-tombe, comme si tous ses ancêtres parlaient par sa bouche et lui insufflaient ses paroles.

« Face aux dragons du roi, il faut reprendre le flambeau des camisards ! »

C'était sa façon à lui de déterrer la hache de guerre.

Et plus que jamais, nos pensées allaient vers celui qui finissait sa troisième année de captivité.

Isaac avait changé de stalag. On l'avait envoyé plus loin en Bavière, dans la région de Munich. Ses lettres, qui nous arrivaient avec beaucoup de retard, étaient souvent ouvertes. Nous comprîmes alors pourquoi elles étaient si rares. Toutes ne nous parvenaient pas. Aussi manquions-nous certaines de ses nouvelles. Il était toujours affecté à des tâches administratives, mais cette fois ses camarades allaient travailler dans les usines allemandes. L'Allemagne, en effet, commençait à manquer de main-d'œuvre et les prisonniers ne suffisaient plus. Or la relève, basée sur le volontariat, s'avérait insuffisante. En février 1943, Pétain avait donc institué le STO, service du travail obligatoire, afin de fournir au Reich tous les travailleurs nécessaires à l'effort de guerre. Déjà, des hommes de chez nous avaient reçu leur ordre de partir. Beaucoup gagnèrent alors le maquis, devenant ainsi des réfractaires recherchés par les gendarmes et la police allemande comme de vulgaires voleurs.

Éliane avait accouché d'une magnifique petite fille en juillet de l'année précédente. Elle l'avait appelée Marie. C'était ma nièce et je n'en revenais pas encore qu'on m'appelle bientôt « tonton ».

Ces derniers mois, bien des événements vinrent s'ajouter à nos soucis quotidiens. Comme si la guerre, les Allemands aux portes mêmes du Castanet, nos souffrances ne suffisaient pas encore ! Ce fut d'abord la naissance de la petite Marie, dans des conditions, sinon dramatiques, pour le moins malheureuses.

Le détachement de Robert Dubreuil vis-à-vis de ma sœur avait en fait une raison profonde qu'Éliane n'avait pas envisagée ou voulu envisager en toute clairvoyance. Ce qui était à craindre arriva : elle tomba enceinte à l'automne 1941 – ce que mes parents n'avaient pas deviné, malgré son manque d'appétit, ses humeurs et son teint blafard. Au bout de quelques semaines, ne doutant plus de son état et se faisant un sang d'encre – comment annoncer ça à mes parents ? –, elle décida de s'en ouvrir à Robert lui-même. La surprise du jeune Dubreuil fut à la mesure de l'événement. Devant Éliane qui avouait la nouvelle du bout des lèvres, presque heureuse à l'idée que cela les rapprocherait, il resta de marbre et considéra sa jeune maîtresse avec dédain.

« Tu ne t'es pas imaginé que j'allais t'épouser ? lui lança-t-il froidement. Un monde nous sépare et nous séparera toujours. »

Éliane reçut l'apostrophe comme un couperet sur la nuque. Elle avait rêvé en effet que l'enfant qu'elle portait serait élevé au Castellas sous le nom de Dubreuil. Naïve Éliane ! Toutes ses folles espérances s'étaient évanouies en quelques mots prononcés avec le plus profond mépris par celui-là même qu'elle aimait.

Dès cet instant, elle n'eut de cesse d'essayer de convaincre Robert qu'il n'avait pas le droit de l'abandonner ainsi, dans le désarroi et dans la honte qui serait la sienne quand, partout à la ronde, on apprendrait la terrible nouvelle. Et d'abord chez elle, au Castanet. Comment avouerait-elle à sa famille qu'elle allait être fille-mère, qu'un petit bâtard allait naître sous le toit des Monteil ? Ceux-ci n'avaient peut-être pas de nobles origines, mais ils avaient leur fierté et leur honneur. Jamais ils n'accepteraient une telle infamie. Surtout son père, Étienne, qui, plus qu'un autre, était attaché à des principes dont il démordait rarement. Non, Robert ne pouvait pas la délaisser comme on délaisse une fille de peu de vertu après avoir passé de bons moments en sa compagnie. Il l'aimait, il le lui avait prouvé et ses propres parents n'ignoraient rien de leurs relations et de leurs sentiments ; elle s'en était bien aperçue quand ils fermaient les yeux sur leurs absences et sur leurs regards complices. Même Lisa s'en était un jour amusée gentiment :

« Mon frère te courtise et tu es amoureuse de lui, n'est-ce pas ? » lui avait-elle un jour déclaré sans détour.

Éliane avait rougi, s'était sentie embarrassée, mais n'avait pas répondu. Alors, non ! Tout cela était impossible ; Robert se reprendrait et reviendrait à de meilleurs sentiments !

C'était à l'époque où mon père m'avait questionné pour m'extorquer une vérité dont j'ignorais toute la profondeur. Quand il interdit à Éliane de retourner travailler au Castellas, celle-ci savait qu'elle n'avait plus rien à espérer. Cependant, son ultime escapade devait être le point d'orgue de sa rupture avec Robert.

Ne pouvant réapparaître devant Edmée Dubreuil, de peur que celle-ci ne la questionne sur les raisons de son retour, elle resta aux aguets aux abords du château. Pauvre Éliane ! Dans quelles eaux troubles se débattait-elle alors, seule, sans pouvoir se confier ni demander de l'aide à quiconque ! Fallait-il qu'elle soit au fond du gouffre pour en arriver à s'avilir ainsi, à s'accrocher désespérément à un mécréant qui avait abusé d'elle et qui maintenant la rejetait sans scrupule ! Elle rôda à l'entrée du parc, épiant le moindre mouvement dans la maison, croyant cent fois voir Robert sortir et s'approcher. Le soir était tombé. Elle faisait toujours les cent pas devant la grille. Elle décida alors de profiter de l'obscurité et s'immisça dans les allées du jardin. Comme une ombre furtive, presque comme une voleuse, elle s'approcha de la grande demeure et s'y introduisit, sans qu'on la vît, par la porte de service. À pas feutrés, elle rejoignit une soupente située près des communs. Elle resta dans le noir jusqu'à une heure avancée de la nuit, attentive au moindre bruit.

Pendant ce temps, au Castanet, mon père ne cessait de fulminer depuis qu'il avait lu le mot de sa fille au petit matin. Mais Marthe l'avait supplié d'attendre, persuadée qu'Éliane reviendrait comme elle l'avait écrit.

Quand tout fut calme dans le manoir, Éliane sortit subrepticement de sa cachette et se dirigea, pieds nus, jusqu'à la porte de la chambre de Robert. Celui-ci travaillait dans son bureau mitoyen, un rai de lumière sous la porte attestait de sa présence. Elle se rechaussa en prenant mille précautions, remit de l'ordre dans sa tenue, hésita quelques secondes, avala sa salive et frappa à la porte du bout des doigts.

Robert répondit oui machinalement et, devant l'absence de réponse, ajouta sans se méfier :

« Entrez ! »

Éliane ouvrit la porte de la chambre sans un bruit,

la referma derrière elle. La maison était plongée dans un profond silence. « Pourvu qu'il n'explose pas de colère en me voyant ! » se dit-elle un peu tardivement. Elle eut alors envie de tourner les talons et de s'enfuir. Mais la voix de Robert retentit de nouveau :

« Qui est-ce ? C'est vous, maman ? »

Elle ne pouvait plus se dérober. Alors, expurgeant sa crainte, elle marcha droit vers le bureau et, sans dire un mot, s'arrêta dans l'embrasure de la porte. Robert était assis à sa table de travail, le nez dans un dossier qu'une grosse lampe de bureau éclairait. Sans relever la tête, tout absorbé dans sa lecture, il poursuivit :

« Pourquoi me dérangez-vous ? Vous voyez bien que j'ai du travail !

— Tu as toujours eu trop de travail ! répondit Éliane, plongeant Robert dans une surprise qui le laissa coi.

— Toi ! C'est toi ! Mais que fais-tu ici ? Je croyais que ton père... »

Éliane ne le laissa pas finir sa phrase.

« Je ne suis pas revenue pour reprendre mon service.

— Alors on n'a rien à se dire ! Mais comment es-tu donc entrée à cette heure-ci ? Je vais te reconduire jusqu'à la grille. Nous n'avons plus besoin de toi ici. Si c'est pour me faire du chantage, je saurai bien te faire réfléchir. N'oublie pas que j'ai des amis haut placés, si tu vois ce que je veux dire. »

Éliane eut beau supplier, menacer, vitupérer, pleurer toutes les larmes de son corps, Robert ne revint pas sur sa décision. Le ton était monté et, dans toute la maison, on entendait les cris de Robert et les pleurs d'Éliane. Alertés, Henri et Edmée Dubreuil vinrent s'inquiéter de ce qui se passait dans le bureau de leur fils. Élisabeth, elle, n'osa bouger de sa chambre, mais elle entendit des bribes de la conversation. Son chagrin était profond et sincère, car elle aimait beaucoup Éliane et s'en était fait une véritable amie. Edmée Dubreuil, revenue de sa surprise, calma son fils et fit preuve d'une grande sollicitude envers ma sœur. Mais comment aurait-elle réagi, si elle avait été au courant de son état ? Car elle l'ignorait. Éliane n'en dit mot ; quant à Robert, il aurait sans doute tout nié plutôt que de reconnaître sa responsabilité.

Ce soir-là, Éliane dormit au Castellas et, au petit matin, elle remonta au Castanet, sans sa bicyclette cette fois.

Le plus difficile restait à faire : avouer à mes parents qu'elle portait en elle le fruit de ses amours malheureuses.

Elle tarda à le faire. Mais entre une mère et une fille, il est des faits qui ne peuvent être dissimulés très longtemps. Marthe s'aperçut rapidement que l'état d'Éliane n'avait rien à voir avec sa profonde déception amoureuse. Ses vomissements de plus en plus fréquents, ses nausées permanentes, son tour de taille qui commençait à s'arrondir ne lui laissèrent aucun doute. Nous les hommes, nous n'avions rien remarqué, et Étienne, qui avait d'autres soucis en tête, était loin de se douter du drame qui se jouait pour sa pauvre fille.

Il n'avait de pensées que pour Isaac dont la santé, au dire de ses dernières lettres, empirait. Au cours de l'hiver en effet, il avait pris froid et il ne parvenait pas à se débarrasser d'une mauvaise bronchite qui finissait par l'exténuer. Dans le camp, il n'y avait pas de pénicilline, en tout cas pas pour les prisonniers, et c'est avec de mauvais ersatz qu'on le soignait.

« Ils vont le laisser crever, ces salopards de chleuhs ! Si je pouvais en attraper un seul... » s'écria-t-il un jour dans un accès de colère.

Il s'arrêta à temps, pour ne pas évoquer son envie de meurtre, mais nous comprîmes combien il était à bout, à l'idée d'imaginer son enfant en train d'agoniser loin de la terre de ses aïeux.

Éliane finit par se confier à ma mère. Celle-ci ne la condamna pas. Au contraire, elle lui fit part de la joie sincère qu'elle éprouvait à l'idée d'être bientôt grand-mère.

« Et papa ! As-tu pensé à papa ? Comment va-t-il réagir ? »

Marthe tranquillisa sa fille. Celle-ci, morte d'angoisse, ne vivait plus et portait en elle toute la misère du monde. Je ne sais comment ma mère s'y prit pour expliquer le drame à mon père. Mais un matin, juste avant notre départ pour les terres d'en bas, où il fallait réparer les dégâts occasionnés par la tempête, il nous réunit autour de la grande table de la cuisine et déclara d'un ton solennel :

« Eh bien ! Écoutez-moi un instant. Ce que j'ai à vous dire est une goutte de bonheur dans notre terne existence, car c'est une étincelle de vie que nous offre l'Éternel dans sa miséricorde. Notre Éliane va bientôt mettre au monde un petit bébé, et si c'est un garçon, nous l'appellerons Pierre, pour qu'il soit plus près de Dieu et qu'il refonde un jour notre vieux Castanet sur un roc solide. »

Nous restâmes stupéfiés, Élie et moi, les seuls qui n'étaient pas encore au courant. C'est ainsi que j'appris la nouvelle : j'allais avoir une petite nièce.

Ce fut en effet une petite fille et Éliane l'appela Marie, pour satisfaire le premier souhait de ma mère.

21

Bonne nouvelle

La naissance de Marie eut pour résultat d'apaiser les griefs de mon père envers sa fille, contrairement à ce que l'on aurait pu imaginer dans ce genre de situation. Étienne, au fond, était ravi d'être grand-père et retrouvait des élans de paternité qui le ramenaient loin en arrière, au temps où Isaac, à peine né, Marthe s'était fait assister par son amie Simone Lafage. Ce temps-là était déjà très loin et, pourtant, il lui semblait que c'était hier.

Toute la maisonnée n'avait d'yeux et d'ouïe que pour ma petite nièce. La nuit, au moindre de ses pleurs, Étienne, toujours en éveil, secouait Marthe pour qu'elle s'assure que la *pitchounette** n'était pas en train de s'étouffer dans son berceau.

« Laisse donc Éliane s'en occuper ! Elle est sa mère », devait sans cesse préciser Marthe qui ne dormait pas plus tranquillement que son mari, mais qui évitait de le montrer.

Tous nos espoirs s'étaient portés sur Marie. Elle

était l'incarnation de la pérennité du Castanet, le symbole du triomphe de la vie sur la mort. Car celle-ci, nous la craignions tous depuis qu'Isaac nous avait quittés.

Peu de temps après l'arrivée des Allemands dans notre vallée, nous apprîmes une nouvelle qui faillit replonger Éliane dans le chagrin. Robert Dubreuil avait épousé Isabelle Deleuze, la fille de l'entrepreneur de travaux publics de Saint-Jean. Les souhaits de sa mère étaient exaucés. Robert avait fait un mariage dans son milieu. L'honneur des Dubreuil était sauf. La société Deleuze avait les reins solides et assurait l'avenir du jeune couple. Ses carnets de commandes étaient remplis pour longtemps, ce qui, en ces temps très troublés, n'était pas un mince atout. Dans l'immédiat, l'entreprise s'affairait à construire les bâtiments d'un poste de communications pour les Allemands, situé à l'entrée du bourg. De toute évidence, cela ne heurtait nullement les convictions de la famille Dubreuil.

Éliane se consola de cette trahison en se plongeant dans l'éducation de sa fille et elle ne montra guère de signe de désespoir, ni même de tristesse. Il nous semblait qu'elle avait rayé définitivement Robert de sa vie, ce qui nous rassura tous. De plus, depuis que Laval avait déclaré après son retour au gouvernement vouloir la victoire de l'Allemagne, elle avait pris entière conscience de la conduite des Dubreuil vis-à-vis de l'occupant et du soutien honteux qu'ils accordaient au régime du maréchal.

L'alliance de Robert avec une famille très impliquée dans la collaboration avait fini de lui ôter ses derniers regrets. Et avec elle, nous considérâmes dès lors la petite Marie comme si elle n'avait pas de père, comme une Monteil à part entière.

Cependant, Élie, le premier, ne cacha pas son sentiment :

« Il ne faudra pas que cette petite reste sans père trop longtemps », avait-il déclaré un jour devant mes parents.

Et de poursuivre aussi vite :

« Il faudrait trouver à Éliane un brave garçon pour mari. »

Ce à quoi mon père avait répondu qu'il avait sa petite idée sur la question, mais que rien ne pressait pour le moment. Ma mère surenchérit :

« Laissons le cœur d'Éliane se remettre de ses derniers tourments. Pour l'instant, il ne bat que pour sa fille. Laissons passer le temps ! »

Le temps passait effectivement. À la mi-avril, nous reçûmes un courrier officiel de la préfecture, que le maire de Saint-Étienne vint nous apporter lui-même en mains propres. Albert Simonet était un ami de mon père. Son propre père avait été maire de notre commune, à l'époque où mon grand-père Élie était conseiller municipal. La communauté d'opinions politiques rapprochait donc les deux hommes et, si mon père avait toujours refusé de se porter candidat aux élections municipales – « Pas le temps ! » objectait-il –, il n'en témoignait pas moins sa sympathie à son ami, un farouche laïc de gauche, mais qui avait l'intelligence de ne pas mettre ses idées en avant quand il s'agissait des intérêts de la commune.

Quand Marthe, la première, le reçut, elle crut d'abord, comme pour la visite des gendarmes trois ans plus tôt, que la terrible nouvelle, qu'elle craignait d'apprendre un jour, était arrivée. Mais le large sourire d'Albert Simonet la rassura aussitôt. Il ne lui laissa pas le temps de le questionner :

« J'ai une bonne nouvelle à t'annoncer, Marthe. Isaac a été libéré.

— Mon Dieu ! Est-ce possible ? s'exclama ma mère en se retournant vers Éliane qui s'occupait de sa fille. Éliane, tu entends ! Ton frère va revenir. Il va rentrer à la maison. Oh mon Dieu ! Oh mon Dieu ! Il faut aller prévenir Étienne, et Élie, et puis ton frère.

— Reste calme ! coupa Albert. Reste calme ! »

Marthe invita l'ami de mon père à s'asseoir et sortit, comme d'habitude en pareille occasion, la bouteille de cartagène et six verres. Puis elle commanda à Éliane d'aller nous chercher sans tarder. En peu de temps, nous fûmes tous les trois rendus au Castanet. Jamais Étienne et moi ne rentrâmes aussi rapidement de la terre de l'Amérique, qui était pourtant la plus éloignée du mas. Encore tout haletant, mon père ne prit même pas le temps de saluer son ami et s'enquit aussitôt :

« Alors ?

— Alors, Isaac a été libéré.

— Quand sera-t-il là ?

— Le communiqué de la préfecture ne le précise pas. Il dit simplement, je cite : “Le soldat Isaac Monteil, deuxième classe, incorporé au troisième bataillon du régiment d'infanterie de Metz en avril 1940, fait prisonnier lors de la bataille de Dunkerque la même année, libéré du camp de Schwi...”, je passe ce nom barbare, “a été transféré à l'hôpital militaire de Lyon pour y être soigné”. »

Le maire se tut.

« Voilà, c'est tout.

— C'est tout ?

— C'est tout ce que nous savons.

— À l'hôpital ! Pourquoi l'ont-ils envoyé dans un hôpital ? Nous pouvons nous occuper de notre fils nous-mêmes ! Il faut le faire rentrer immédiatement, il a besoin de nous. Cela fait trop longtemps qu'il est parti pour prolonger encore son séjour dans un hôpital !

— Je ne peux malheureusement rien faire », avoua Albert Simonet.

À la joie immédiate que nous procura l'annonce de la libération d'Isaac succéda une profonde inquiétude. Dans quel état était-il en effet pour qu'on l'ait envoyé se faire soigner dans un grand hôpital de Lyon ? Était-il seulement vivant à l'heure où on nous annonçait sa libération ? Nous eûmes l'impression qu'on nous cachait quelque chose.

Nous bûmes avec un arrière-goût d'amertume. Aux nombreuses questions d'Étienne, son ami ne pouvait répondre que par un silence navré et pesant. Il conseilla à mes parents de se rendre à Lyon pour voir Isaac et en savoir plus, pour lui apporter toute l'aide nécessaire à son état de santé.

« Soyez heureux, votre fils est vivant ! D'autres n'ont pas cette chance », fit Albert Simonet en se levant.

Il prit congé et rentra dans sa mairie, l'âme plus lourde qu'à son arrivée, tant il se faisait à présent du souci pour le fils de son ami.

« Aller à Lyon ! s'exclama mon père. Comment veut-il que nous allions à Lyon ? Et le travail, pendant ce temps, qui le fera ? »

Nous étions à demi consternés. C'est Éliane qui nous rendit à la raison.

« Ne soyez pas toujours pessimistes. Isaac est vivant, sinon on nous aurait annoncé sa mort. D'autre part, l'un d'entre nous peut très bien se rendre à Lyon sans mettre le Castanet en péril. »

Les interventions, brèves, des uns et des autres étaient entrecoupées de longs silences de plomb. Élie reprit :

« Si j'étais plus jeune, j'irais à Lyon moi-même et je ramènerais mon p'tit gars. »

Étienne semblait hésiter. Finalement, Marthe déclara :

« J'irai à Lyon. Je n'ai jamais pris le train de ma vie. Ce sera l'occasion rêvée. »

Elle remplit de nouveau les verres de cartagène, sauf le mien, et nous invita à boire à la santé et au retour d'Isaac.

Cette décision mit le branle-bas au Castanet. Aucun d'entre nous n'avait jamais entrepris un si long voyage, hormis Étienne pour partir à la guerre et Élie, il y avait bien longtemps, pour effectuer son service militaire. Il fallait s'organiser. Éliane rassura ma mère : elle saurait s'occuper seule des chèvres et des pélardons ; la petite Marie avait maintenant un an et ne nécessitait plus autant de soins. Quant au voyage, on aurait recours à l'oncle Ferdinand qui, d'un coup de camionnette, descendrait ma mère à la gare d'Alès d'où elle prendrait un train pour Nîmes, puis pour Lyon.

Ce qui tourmentait le plus mon père, c'était le séjour de Marthe à Lyon.

« Nous n'avons pas beaucoup d'argent, avoua-t-il. Il te faudra aller à l'hôtel. »

Ma mère le tranquillisa. Elle fit le tour de sa mémoire. Les Cévenols ont toujours quelques lointains parents dispersés aux quatre coins du pays. Elle se souvint qu'un cousin de son grand-père s'était installé dans la capitale des Gaules et qu'une branche de la famille s'y était ainsi enracinée. Or, entre *parpaïots*, on ne coupe jamais les ponts complètement et, quand l'occasion se présente, on sait resserrer les liens familiaux pour offrir l'hospitalité.

« Je descendrai chez les cousins Portal. Je trouverai bien leur adresse. Ne vous inquiétez pas, je me débrouillerai et ramènerai notre Isaac. »

Marthe montrait l'assurance des mères qui se dressent contre l'adversité et décident de se battre pour sauver leurs enfants, même au prix de leur propre existence.

Les préparatifs de son départ durèrent quelques jours, le temps d'aller prévenir son frère à Saint-Paul et de mettre de l'ordre dans la maison afin d'accueillir Isaac dans les meilleures conditions. Éliane, la première, offrit sa chambre, la seule – hormis celle d'Élie – qui était de plain-pied au rez-de-chaussée, car il n'était pas question de laisser Isaac monter l'escalier. De mon côté, je proposai de dormir dans la salle à manger que nous n'occupions presque jamais, et de laisser ma chambre à ma sœur et à ma nièce.

Il faudrait, certes, nous serrer un peu, pousser quelques meubles qui gêneraient à coup sûr les déplacements d'Isaac, sans trop montrer que nous attendions un invalide de guerre pour ne pas froisser son âme déjà fragilisée et meurtrie. Mais c'est avec une joie immense que nous acceptions ces petits dérangements.

Ma mère partit par un matin de juillet 1943. L'aube blanchissait à peine sur les crêtes de l'Aigoual, quand nous entendîmes au loin le ronflement du moteur essoufflé de la camionnette de l'oncle Ferdinand. Le chemin qui menait au Castanet ne permettait pas à un véhicule de parvenir jusqu'au mas. Après le Plan des Masques, il fallait parcourir les deux derniers kilomètres à pied par un chemin muletier que nous entretenions toujours, pour ne laisser ni les pierres, ni les ronces, ni les fougères l'envahir. Mon père prit aussitôt la valise de Marthe et donna l'ordre du départ.

« Ne faisons pas attendre Ferdinand ! » fit-il comme si c'était lui qui devait prendre le train.

Nous accompagnâmes tous ma mère jusqu'au lieu du rendez-vous. Nous voulions lui montrer combien nous étions avec elle dans cette aventure.

Car pour elle, c'était une aventure.

Qui eût dit qu'à cette heure si précoce du jour la guerre était à nos portes ? La Vieille Morte était si radieuse, le petit matin si enivrant, l'air si pur et déjà rempli de tous les parfums de l'été ! La lumière ruisselait sur la cime des arbres et l'azur semblait tant nous conférer l'éternité, que nous avions plutôt envie d'aller nous perdre dans les valats ombragés, sur les crêtes dentelées et léchées par le soleil, nous prendre pour Stevenson et suivre ses chemins au gré de notre fantaisie. Un vent de liberté gonfla nos cœurs, un de ces souffles qui vous donne des ailes et vous invite à vous jeter du haut d'un rocher, en imitant le vol lent et majestueux de l'aigle, afin de mieux embrasser d'un seul regard l'immensité des vastes horizons qui cascadent par moutonnements sombres et réguliers vers l'infinie splendeur.

Pour un peu, nous aurions oublié le souci que ce long voyage nous occasionnait, tant nous avions l'impression de sortir d'une cave obscure et de découvrir subitement la clarté immaculée. Était-ce l'euphorie du départ ou l'espoir de retrouver bientôt Isaac qui nous mettait dans un tel état d'excitation ?

Même Élie semblait avoir retrouvé ses jambes de vingt ans. Il ne cessait de donner des conseils à sa belle-fille, lui qui connaissait bien les chemins de fer, pour les avoir empruntés au temps glorieux de sa conscription – c'est ce qu'il nous laissait croire !

Quand la camionnette de l'oncle Ferdinand se perdit au loin dans de grandes volutes de fumée noire, nous retombâmes sur terre ; un silence oppressant nous enveloppa. Nous restâmes sans réaction, dans l'expectative. Il nous fallut de nombreuses secondes pour nous rendre à la réalité : au bout de ce long voyage, Marthe reviendrait avec son fils, mort ou vivant.

Le jour même, peu avant midi, le facteur nous apporta un autre courrier. Il m'était adressé. C'était la première fois que je recevais du courrier à mon nom. Il tendit l'enveloppe à mon père, par habitude, sans rien dire, d'un air qu'on prend lors des condoléances au cimetière. Étienne, tout ébahi, se demanda ce qu'il allait encore apprendre maintenant que ma mère était partie. Nous étions tous ensemble, assis autour de la table, prêts à prendre notre premier repas sans Marthe. Élie se leva, invita son ami le facteur à prendre un verre avec nous. Le fidèle messager refusa et préféra partir, l'air contrit.

La lettre était à l'en-tête des autorités de l'État français. Mon père me regarda. Je fis oui de la tête. Il l'ouvrit à l'aide de son opinel.

C'était un ordre de mobilisation pour le service du travail obligatoire.

22

Cas de conscience

La consternation s'abattit de nouveau sur nous. Décidément, nous devions tous subir une épreuve dans notre vie : ce fut d'abord la blessure de mon père pendant la Grande Guerre ; puis celle d'Isaac ; ensuite le lourd fardeau d'Éliane ; et maintenant c'était à mon tour de subir la volonté divine.

Certes, cet ordre du STO ne me meurtrissait pas dans ma chair, mais il était pour nous tout aussi terrible. D'abord, parce qu'il allait priver Étienne de son bras droit ; il devrait assumer seul dorénavant les durs travaux qui assuraient la survie du Castanet. Ensuite, parce qu'il nous posait un sérieux cas de conscience : aller travailler en Allemagne, c'était à nos yeux un acte de traîtrise, fût-il un ordre du gouvernement. D'un gouvernement félon dont nous ne reconnaissions pas, d'ailleurs, la légitimité. Comment pourrais-je partir travailler pour un pays qui nous avait déjà fait tant de mal, et qui soumettait notre nation au pillage systématique ? Comment pourrais-je me mettre au service d'un État qui fondait sa force et sa grandeur sur l'extermination de tout un peuple, au mépris des droits de l'homme ?

Je ne pouvais me résoudre à une telle idée. J'étais atterré et ne savais plus ce que j'avais à faire. Une fois de plus, Étienne entra dans une terrible colère, montant le ton à l'excès, brandissant l'ordre de mobilisation comme s'il s'agissait d'un mandat d'huissier signifiant qu'on allait tout lui prendre.

« Ce n'est qu'une bande de voleurs, d'assassins, de criminels qui nous gouverne, doublée d'une clique d'ignobles traîtres et de collabos. Ah, elle est belle la France d'aujourd'hui ! Mon Dieu, oui, elle est belle ! Il est devenu fou ce maréchal, fou à lier, complètement sénile ! Dire que nous avons combattu sous ses ordres sans sourciller ! Nous le portions dans nos cœurs comme un héros et, maintenant, il envoie nos enfants chez ceux-là mêmes qu'il a combattus. Il est fou je vous dis, complètement fou ! »

En tout cas, mon père, lui, était fou de rage et prêt à en découdre avec le premier qui aurait osé venir me chercher.

« Tu n'iras pas en Allemagne ! explosa-t-il. Et si les gendarmes viennent ici, je saurai bien les recevoir à coups de fusil. »

Et sans attendre, il alla décrocher du râtelier son vieux fusil de chasse qui n'avait pas servi depuis longtemps et, le refermant d'un coup sec, il imita le geste qu'il ferait s'il devait en arriver à cette pénible extrémité.

« Il ne sera pas dit qu'un Monteil aura trahi sa patrie, *noun de Diou* !

— Ne t'énerve pas comme ça, fiston, fit Élie qui avait raison gardé. D'abord, partir au STO ne traduit pas la même attitude que partir comme volontaire, comme certains l'ont fait jusqu'à présent dans le cadre de la relève. Ensuite, Samuel n'est pas encore parti.

— Pour sûr qu'il n'est pas encore parti ! »

Je ne disais mot. J'étais encore bien jeune pour savoir où était mon devoir. Mais je ressentais la même honte que mon père à l'idée que je pourrais aider l'Allemagne à vaincre ses ennemis, alors qu'elle était responsable de l'infirmité de mon propre frère et du deuil de nombreuses familles que nous connaissions. Je me réfugiai sur mon lit ; je n'avais même pas lu le mot d'ordre officiel. Dans la pièce voisine, j'entendais mon père et Élie discuter plus calmement. Élie chuchotait presque. Sans doute ne voulait-il pas que j'entende les hypothèses qu'il échafaudait avec son fils. La joie qui avait accompagné le départ de ma mère venait de disparaître, ensevelie sous une lourde chape d'idées noires que je ressassais mille fois dans ma tête. Le soir, je ne parvins pas à m'endormir et les pleurs de Marie me ramenaient à la réalité. Je m'imaginais perdu dans un monde étrange, entouré de travailleurs forcenés, esclaves des temps modernes ployant l'échine sous la férule de soldats casqués, bottés, tout habillés de noir. Les coups pleuvaient comme les injures. Le bruit des machines, les cadences effrénées rendaient l'atmosphère encore plus inhumaine. Je ne voyais pas le visage de mes compagnons d'infortune ; nous étions tous des fantômes dans un enfer dantesque. J'appelais les miens à mon secours, mais personne ne répondait. Je n'avais plus de nouvelles de quiconque, je ne savais plus rien, mes racines avaient été coupées, je n'avais plus d'identité. Je ne savais qu'une chose : qu'il fallait travailler, et tenir pour ne pas mourir.

Ces visions cauchemardesques me tinrent éveillé une bonne partie de la nuit. Puis je sombrai dans un sommeil si lourd que je me sentis happé vers le tréfonds de mon être, comme si je fuyais, aspiré par le dedans, me ratatinant sur moi-même, me réduisant au fur et à mesure que se poursuivait ma descente au creux du néant. Le néant ! Il fallait que je fasse un retour au néant. Disparaître, sans laisser de trace, aspiré comme dans mon rêve.

Lorsque, au petit matin, je me réveillai en sursaut, je fus très surpris de me retrouver sur mon lit dans la salle à manger. Le jour pointait à peine à travers les volets mal jointés de la fenêtre. Un rayon de soleil pénétrait droit dans la pièce jusqu'au mur d'en face et éclairait la croix huguenote qu'Élie, dans un morceau de bois, avait jadis sculptée dans sa jeunesse. Dans le trait de lumière, une myriade de petits grains de poussière virevoltait et créait la vie à ma sortie du néant. Je compris alors que Dieu serait mon guide partout où j'irais ; je n'aurais qu'à suivre Sa lumière et Il me donnerait vie.

Je m'assis sur mon lit. Personne encore n'était levé dans la maison. Dans la chambre d'Éliane, j'entendais s'agiter Marie dont l'estomac commençait à tirailler. Je n'avais encore rien décidé, mais je savais que je n'irais pas en Allemagne.

Quand mon père fut sur pied – je devrais dire : déjà sur le pied de guerre –, il vint aussitôt m'avertir de sa décision.

« Il faut partir d'ici, te cacher, le temps qu'il faudra. Ta convocation est anormale. D'après Élie, seuls les jeunes gens nés en 1920, 1921 et 1922 peuvent être convoqués. Tu es trop jeune pour partir en Allemagne. Je me demande bien qui nous veut du mal ! Ton rendez-vous est fixé à huit heures vendredi matin devant la sous-préfecture d'Alès. Tu n'y seras pas.

— Où serai-je ? demandai-je dans l'ignorance de ce que mon père et Élie avaient manigancé.

— J'ai pris la nuit pour réfléchir. La nuit porte conseil, comme on dit. Avec ton grand-père, j'ai trouvé une solution.

— Je vais fuir dans la montagne », coupai-je, presque heureux à l'idée que j'irais vivre en Robinson, caché dans les creux secrets de notre Vieille Morte, réfugié dans ses sombres replis comme un enfant dans les plis de la robe de sa mère.

D'un seul coup, je ressentis ma totale appartenance à cette montagne, qui avait veillé de tout temps au sort de mes aïeux, et nous avait tous vu naître comme si nous étions ses enfants.

« Non, répondit Étienne à mon grand regret. Ta

vie ne serait pas drôle. Tu es trop jeune pour courir ainsi par monts et par vaux comme jadis nos ancêtres camisards.

— Je suis un camisard, répondis-je fièrement.

— Nous avons mieux à te proposer. »

Étienne me fit sortir du lit et m'ordonna de m'habiller. Puis il attendit qu'Élie soit prêt à son tour et nous nous attablâmes dans la cuisine, un grand bol de café fumant – enfin ce que nous osions encore appeler du café ! – devant nous.

« Parlons entre hommes, commença mon père.

— Nous n'attendons pas Éliane ? fis-je remarquer.

— Moins nombreux nous serons à savoir où tu vas te cacher, plus tu seras en sécurité.

— Tu te méfies d'elle ! dis-je.

— Non, mais je préfère qu'elle ne sache pas, ni elle, ni ta mère quand elle sera rentrée avec ton frère.

— Alors ? »

Mon père m'expliqua. Sans perdre un seul jour, il me conduirait à la gare d'Alès où, ensemble, nous prendrions un billet de train pour La Bastide. Là-haut, en haute Lozère, nous irions chez un cousin – un de plus ! – qui pourrait me faire monter encore plus loin dans l'une des propriétés qu'il détenait au-delà de Langogne. On n'irait pas me chercher si loin !

Tandis que Marthe entamait, pour la première fois de sa vie, un bien étrange voyage, je m'apprêtais donc, de mon côté, à entreprendre un périple dont je n'avais aucune idée de l'issue. Étienne organisa mon départ sur-le-champ.

« Il ne faut pas attendre une minute de plus, expliqua-t-il. Plus loin tu seras le jour du rendez-vous à la sous-préfecture, moins tu courras le risque de te faire prendre. Or rien ne t'empêche de voyager d'ici là. »

Il avait beau faire de son mieux pour me rassurer, je n'avais pas l'esprit tranquille. Je n'avais jamais quitté le Castanet et j'ignorais où j'allais. D'autre part, que trouverais-je en chemin ? Comment vivrais-je une fois caché dans ce pays lointain que je ne connaissais pas ? Devrais-je rester constamment dissimulé, sans avoir le droit de mettre le nez dehors ? Devrais-je donc vivre comme un éternel reclus jusqu'à ce que la guerre fût finie ? Je ne pouvais imaginer un tel destin, vivre ainsi, enterré comme un rat, sans voir le soleil, sans mes vastes horizons pour fidèles compagnons. Mais j'avais aussi conscience que je ne pouvais rester au Castanet de peur que les gendarmes ne débarquent un jour et me mettent la main au collet. Je ne montrai donc pas mon désarroi et dissimulai mes craintes sous des allures viriles qui ne m'étaient pas habituelles.

« Tu tranquilliseras bien maman à son retour, confiai-je à Élie. Surtout, qu'elle ne s'inquiète pas sans raison. Je ne suis plus un enfant. Je saurai me débrouiller.

— La vie est mal faite, vois-tu, mon petit. Ta mère est partie ramener son fils de la guerre et, quand elle rentrera, son autre fils sera parti pour se cacher, et toujours à cause de la guerre. »

Mes yeux se brouillèrent de larmes à l'idée que je ne pourrais embrasser ma mère avant mon départ, ni revoir mon frère Isaac. D'un battement de paupières, j'effaçai ce voile devant mes yeux et partis préparer ma valise.

Pendant ce temps, mon père était allé à pied prévenir l'oncle Ferdinand, en empruntant des raccourcis à travers la montagne. À peine trois heures plus tard, en fin d'après-midi, ils étaient tous les deux de retour. Ils décidèrent que nous partirions dès l'aube le lendemain.

L'oncle Ferdinand dormit au Castanet pour gagner du temps et, au petit matin comme prévu, nous descendîmes à Alès. Auparavant, je fis mes adieux à Élie avec un énorme pincement de cœur, pris ma sœur dans mes bras en la serrant très fort :

« Prends bien soin de Marie, fis-je en me dégageant, et embrasse maman et Isaac pour moi ; dis-leur que je pense à eux. »

Je ne m'éternisai pas afin de ne pas faiblir au dernier moment.

La camionnette de l'oncle Ferdinand emprunta la route du col d'Uglas, puis bifurqua vers Saint-Paul et entama sa longue descente en direction de la capitale cévenole. Par la vitre de la portière arrière, je voyais défiler le paysage, les yeux toujours pleins d'admiration ; je n'étais pas allé souvent dans la grande ville et je trouvais encore merveilleux les trajets en automobile. Les faïsses se succédaient en alignements réguliers, épousant les lignes du relief telles les marches d'un escalier de titan ; la forêt de chênes où j'aurais pu me cacher très longtemps s'étendait jusqu'aux cimes en un tapis émeraude et inextricable ; les ruisseaux amaigris dévalaient du haut des crêtes et se cassaient sur la roche saillante pour disparaître dans les anfractuosités et sourdre de nouveau non loin des maisons isolées. Les hameaux se dissimulaient dans le fond des valats ou s'accrochaient sur leurs éperons rocheux ; ils portaient tous des noms qui m'étaient familiers : Pégairole, le Villaret, la Cessenade, le Cayla, l'Olmède, Brugueirolles. Dans chacun de ces lieux-dits, mon père avait quelque connaissance et il me disait, en regardant tantôt à droite tantôt à gauche :

« Tu vois, là-bas, c'est là qu'habite le Paul, celui qui est marié avec la Jacqueline… Ici c'est le Fernand, celui qui s'est épuisé toute sa vie à chercher l'eau et qui l'a finalement trouvée au pied de sa maison… et là c'est le Fritz. »

Mon père baissa la voix d'un ton.

« C'est qui ce Fritz ? demandai-je.

— Oh, c'est une vieille histoire !

— Raconte.

— C'est un fridolin, un Allemand prisonnier de la dernière guerre. Il a été envoyé là je ne sais plus ni comment, ni pourquoi. Il s'y est plu et il est resté. Il n'est jamais rentré dans son pays.

— Il est marié ?

— Non. Au début, personne ne lui parlait. On ne l'aimait pas. Puis, petit à petit, les gens ont fini par s'habituer à le voir travailler la terre comme un forcené autour de sa maison.

— C'est son nom, Fritz ?

— Non, c'est le nom qu'on lui a donné parce que c'est un boche... enfin un Allemand. Son vrai nom, je crois que personne ne s'en souvient. Tout le monde l'appelle Fritz. »

Pendant que nous discutions, l'oncle Ferdinand restait attentif à sa conduite, car les virages étaient très serrés et la route très étroite. Nous passâmes devant les hameaux de Malataverne, puis de la Baume. À Cendras, la vallée s'élargissait.

« Nous entrons dans le pays des mines », fit remarquer Étienne.

De la Royale, il me désigna le puits Destival de l'autre côté du Gardon. Nous arrivions à Alès.

Sur les quais de la gare, deux soldats allemands patrouillaient en compagnie de leur chien, un gros berger muselé qui tirait sur sa laisse et semblait vouloir mordre tous ceux qui s'approchaient de lui. L'oncle Ferdinand nous accompagna jusqu'à notre wagon, puis attendit le départ du train. À sept heures sonnantes, celui-ci s'ébranla dans un grand fracas de métal et de sifflements stridents. Par la portière encore ouverte, Étienne lui fit ses dernières recommandations et lui précisa :

« Je serai de retour demain soir. N'oublie pas de venir me chercher. »

Mon premier voyage en train commençait. Vers l'inconnu.

Je ne pouvais m'empêcher de penser à ma mère. Avait-elle retrouvé Isaac ? Comment se débrouillerait-elle pour le ramener à la maison ? Et s'il était gravement malade, devrait-elle attendre sa guérison, seule, dans cette grande ville inconnue ? Je ne me faisais ni à l'idée de ne plus la revoir de sitôt, ni à celle de devoir bientôt me cacher, quand la date fatidique de ma mobilisation serait tombée.

Mon père, en chemin, me rassura :

« Là-haut, personne ne te trouvera. Et si l'on te questionne, tu n'auras qu'à expliquer que tu es monté à la montagne pour ton état de santé. Le cousin, j'en suis sûr, saura te conseiller. »

Le paysage défilait lentement sous nos yeux. Le train faisait halte dans toutes les gares. Les pentes étaient parfois si fortes que nous avions l'impression que le convoi allait s'arrêter et repartir en arrière. La montagne était magnifique en cette saison et j'ouvrais grands les yeux, ébahi. Jamais je ne me serais imaginé à quel point les Cévennes étaient si majestueuses. Aux massifs schisteux couverts de châtaigniers, aux pentes argentées et dorées inondées de soleil, qui m'étaient si familiers, succédèrent les masses de granite du mont Lozère, tapissées de genêts et coiffées de sombres forêts de conifères. Quand apparurent les hauts plateaux tout rapiécés de vastes prairies, le ciel et la terre se fondirent dans une même lumière qui donnait à ces tables massives, parsemées parfois d'étranges boules éparses et chaotiques, une apparence de jardin de verdure. Plus loin, les montagnes de la Margeride étaient un autre univers, celui des hauts pays d'élevage, où les fermes sentaient l'opulence et les gens une certaine aisance.

Nous fîmes halte à La Bastide, où mon père se faisait fort de retrouver ce lointain cousin qui élevait des vaches sur le plateau. Il était bientôt midi quand nous débarquâmes chez lui, après avoir longtemps cherché son exploitation. Le cousin Maurice n'avait pas vu mon père depuis leur tendre enfance. C'est à peine s'il le reconnut. C'était un homme sec, au visage austère, qui tranchait avec la rondeur des gens de ces hautes montagnes. Protestant de souche, immigré en plein pays catholique, il avait eu du mal à se faire admettre dans cette région où l'on tenait encore les huguenots pour d'étranges personnes – l'œil au milieu du front bien sûr ! Mais à force d'acharnement, il avait fini par avoir l'une des plus belles fermes du canton et beaucoup l'enviaient. Il avait épousé une fille de Prévenchères dont les parents avaient de la propriété en Margeride. Mon père savait tout cela par ouï-dire, car chaque fois que les protestants se retrouvent pour une occasion familiale, toutes les nouvelles, même des plus lointains cousins, sont immédiatement portées à la connaissance de tous, de sorte qu'il n'y a plus de secret pour personne.

L'accueil du cousin Maurice fut à l'image de son apparence, froid. Il faut dire que nous avions débarqué chez lui sans prévenir et que nous étions si loin de ses pensées qu'il aurait pu nous prendre pour des étrangers. Pour détendre l'atmosphère,

Étienne crut bon de raconter toutes les histoires de famille qu'il connaissait et rappela à sa mémoire les quelques événements dont ils avaient été ensemble les témoins. Petit à petit, les deux hommes finirent par se rapprocher et au bout d'une paire d'heures, on aurait dit qu'ils ne s'étaient jamais perdus de vue. Ah, la famille, quoi de plus sacré !

Étienne expliqua à son cousin les raisons de notre visite. Celui-ci l'écouta attentivement, sans l'interrompre, dodelinant de la tête, comme pour mieux assimiler le problème.

« Si je comprends bien, tu veux que j'enfreigne moi-même la loi ! Car refuser le STO, c'est désobéir au gouvernement.

— Samuel est trop jeune pour le STO, tu le sais aussi bien que moi. De plus, c'est lui qui est hors la loi s'il ne se rend pas à sa convocation, pas toi !

— Si je le cache, j'aide un réfractaire. »

Nous n'avions pas pensé que le cousin Maurice ait pu être maréchaliste. Mon père comprit, mais un peu tard, qu'il avait probablement commis une erreur en s'adressant à lui. Mais nous ne pouvions plus reculer. Il ajouta pour donner le change :

« Si cela t'ennuie, n'y pense plus. Oublie ce que je t'ai dit. Nous nous débrouillerons autrement. »

Et d'ajouter pour ne pas froisser davantage ses éventuelles convictions :

« Et si nous ne trouvons pas d'autres solutions, ma foi, il ira faire son STO, si ce n'est pas une erreur. Ce ne sera pas le premier et ce ne sera pas le dernier ! »

Alors le cousin Maurice s'indigna :

« Aller au STO ! Tu n'y penses pas. Travailler pour les boches est une trahison. Je m'en voudrais de ne pas vous avoir aidés. Tu peux compter sur moi. Je réfléchissais seulement à autre chose. »

Le sourire illumina de nouveau le visage de mon père. Rassuré, celui-ci attendait que Maurice lui fasse part du fruit de sa réflexion.

« Eh bien voilà ! Samuel n'est pas le seul dans ce cas. Dans notre petit village, il y a trois jeunes gars qui, comme lui, ont été convoqués pour l'Allemagne. Je connais bien leurs parents. Ils sont terrifiés à l'idée de voir partir leur enfant. Nous pourrions les envoyer tous les quatre dans la propriété de ma femme, sous prétexte de mettre en valeur pour le propriétaire quelques terres laissées en friche. Les gens de là-haut ne se méfieront pas, je les connais bien. Par ces temps de pénurie, ils trouveront tout à fait normal que je veuille profiter de mes terres. S'ils voient ces p'tits gars travailler, ils ne se poseront pas de questions. Je ferai parvenir une lettre au maire de la commune – c'est un ami – pour qu'il aide les gamins à s'installer et qu'il réponde à leurs besoins. Je lui expliquerai que je ne peux pas m'en occuper moi-même. Ils pourront rester là-haut jusqu'aux prochains labours, le temps de défricher, de retourner la terre, d'ensemencer ; à la fin de l'automne, ils pourront redescendre, ils ne risqueront plus rien ; d'ici là on les aura oubliés. Qu'en penses-tu ? »

Étienne acquiesçait.

« C'est à Samuel qu'il faut poser la question. »

À mon tour, j'approuvai la décision du cousin, trop heureux à l'idée d'avoir des compagnons dans mon infortune et d'aller travailler au grand air sans devoir me terrer.

Il fut donc convenu que je partirais le lendemain avec les trois autres réfractaires. Ce mot, *réfractaire*, me donnait un nouveau statut qui était loin de me déplaire. Comme mes ancêtres camisards, j'étais devenu quelqu'un aux yeux de la société et je représentais quelque chose dont je n'avais pas à rougir. Car être réfractaire au STO, c'était déjà résister un peu à l'occupant. Et c'est avec une certaine fierté que j'endossai mon nouvel habit, à la manière de ces longues chemises que les camisards revêtaient pour se reconnaître.

Le soir même, le cousin Maurice me mit en relation avec mes nouveaux compagnons. C'étaient tous les trois des fils de paysans, un peu plus âgés que moi. L'un d'entre eux semblait être au courant de tout ce qui avait été décidé. C'est à lui que nous devions obéir. Paul Ginestou, c'était son nom, avait déjà l'ascendant d'un chef, et c'est sans sourciller que nous nous en remîmes à lui.

Le lendemain matin, je fis mes adieux à mon père et, tandis que je regardais filer son train vers Alès et mon cher Castanet, je montai dans celui qui prenait la direction opposée.

23

Réfractaire

Nous n'avions pas un long trajet à parcourir pour rejoindre Langogne, mais le train allait si lentement que le voyage me parut interminable. J'étais en fait très inquiet, car coupé pour la première fois de mes racines, entouré d'inconnus et dans l'ignorance de ce qui adviendrait dans le cas où tout ne marcherait pas comme prévu.

Sur les conseils du cousin Maurice, mes trois compagnons et moi-même nous séparâmes dès notre montée dans le train. Nous prîmes place aux quatre coins du wagon afin de ne pas nous faire remarquer ensemble. Avec nous, de nombreux voyageurs embarqués en gare d'Alès semblaient devoir effectuer un long voyage, tant leurs bagages étaient volumineux. Quelques paysans étaient montés à La Bastide, chargés seulement d'un sac ou d'une gibecière ; certains transportaient de la nourriture, cela se voyait et se sentait. Mes yeux amusés allaient de l'un à l'autre. « Ils doivent faire du marché noir, me disais-je, avec les grosses fermes de la région ! » Quelques hommes en imperméable sombre et chapeau de feutre rabattu sur les yeux, des citadins, avaient un air plus distant et regardaient les paysans avec dédain, comme s'ils étaient incommodés par l'odeur qui exhalait de leurs paniers. Pourtant ce n'étaient que des oignons, des ails, des œufs, du beurre et quelques tommes fraîches de fromage. Je reconnaissais bien ces produits de la ferme malgré les morceaux de tissu qui tentaient de les dissimuler. Les paysans, assis face à face, ne se méfiaient pas. L'un d'eux sortit même son laguiole de sa poche et attaqua un morceau de saucisson sans aucune gêne. Prenant appui avec son pouce, il en découpa délicatement une grosse tranche qu'il engloutit goulûment avec un morceau de pain noir. C'est le *jésus**, pensai-je en détournant les yeux.

Chez nous, il y avait bien longtemps que nous n'avions pas tué le cochon et que nous ne mangions plus de viande de porc. Avant la guerre, une fois par an, mon père achetait un cochon, mais jamais à la foire de printemps, car il aurait fallu l'engraisser nous-mêmes jusqu'en hiver, or nos châtaignes étaient beaucoup trop précieuses. Il l'achetait donc à son ami Marcellou. Celui-ci en élevait plusieurs dans sa porcherie et en revendait à ses voisins. C'était le seul luxe que nous nous offrions. Vers décembre, il amenait ce cochon encore vivant jusqu'au Castanet et le tuait sur place afin que nous profitions du sang frais, qu'il fallait vite transformer en boudin. Ce jour-là était un jour de fête. Personne n'aurait voulu manquer cette tradition, non que nous aimions voir sacrifier un animal – ma sœur et moi, nous nous tenions toujours à l'écart au moment où la pauvre bête, dans des cris plus qu'humains, se faisait égorger –, mais comme pour les châtaignes, c'était une occasion de nous retrouver entre amis et voisins et de festoyer, après le gros travail de dépeçage et de préparation pour lequel tout le monde donnait la main. Car il fallait découper, désosser, hacher, cuire les pâtés, nettoyer les boyaux, préparer les saucisses, les saucisses d'herbe, les fricandeaux. Cela prenait bien la journée. Une forte odeur de charcuterie emplissait alors toute la cuisine et se répandait même jusque dans les chambres. Isaac n'avait pas son pareil pour étirer les boyaux, jouant, malgré les remontrances de mon père, à souffler dedans pour les gonfler comme des ballons de baudruche. Mais quel plaisir, le soir, quand, tous attablés, nous mangions le boudin frais et les premières côtelettes ! Les hommes s'abreuvaient de grandes rasades de piquette et les femmes leur pardonnaient ce jour-là d'avoir l'esprit un peu embrumé. Les Lafage au complet participaient à cette joyeuse fête et c'était, pour nous, l'occasion de retrouver leurs enfants, Roger, Paul et Émilie, et de jouer ensemble.

Ce temps de la *carbonnade** me paraissait bien loin. Avec la guerre et les restrictions, Marcellou, ne pouvant plus nourrir plusieurs cochons, ne vendait plus son bien, qu'il gardait précieusement pour les siens, et mon père n'avait plus les moyens de lui acheter un tel trésor. Nous nous contentions de lui prendre quelques bas morceaux. Nos lapins, une vieille poule qui ne voulait plus pondre amélioraient parfois notre ordinaire, mais nous nous privions de viande la plupart du temps.

Mon esprit vagabondait de souvenir en souvenir. Je venais à peine de quitter les miens et déjà j'avais la nostalgie du Castanet. Je compris alors que je ne pourrais jamais m'en détacher totalement, même si je gardais l'intention de ne pas vouloir y travailler toute ma vie comme mes parents.

La faim commençait à me tirailler et finit par me sortir de mes songes. Mes trois camarades regardaient défiler le paysage, l'air distant, sans prêter attention à ce qui se passait à l'intérieur du wagon. Peut-être jouaient-ils les indifférents afin de passer inaperçus, et pour que personne ne les remarque. Ils ne virent pas tout de suite le manège que jouaient devant moi les deux hommes en imperméable et chapeau de feutre. Ceux-ci n'avaient pas bougé de leur siège depuis que nous étions montés dans le train, mais je voyais bien qu'ils épiaient tout le monde. Sans prévenir, ils se levèrent ensemble et allèrent se poster chacun à une extrémité du wagon. Puis ils sortirent de leur poche une carte qu'ils exhibèrent en demandant de préparer nos papiers.

« Police, déclarèrent-ils avec un léger accent. Contrôle des papiers.

— Des Allemands ! » chuchota mon voisin.

Je pris peur. Je regardai furtivement en direction de mes compagnons. Paul Ginestou me fit comprendre de ne pas bouger. De toute façon, nous n'avions rien à craindre, nos papiers étaient en règle et nous avions un billet de transport en bonne et due forme. Les deux policiers allemands regardèrent attentivement les victuailles de quelques paysans, leur jetant au visage :

« Marché noir, interdit ! »

Ils ne s'attardèrent pas. Apparemment, ce n'était pas cela qui les intéressait. Ma crainte augmentait. S'il ne s'intéressait pas au marché noir, que cherchaient-ils donc ? Les jeunes réfractaires ? Alors notre compte était bon. Peut-être avaient-ils la liste de tous ceux qui étaient convoqués à Alès trois jours plus tard. Je serrai les dents et préparai mes papiers. Je fus le premier de nous quatre à être contrôlé. L'homme releva son chapeau au-dessus de son front pour mieux me regarder ; il me dévisagea d'un air glacial ; il se méfiait.

« Quel est le but de votre voyage ? » me demanda-t-il sans détour.

Les mots restèrent coincés au fond de ma gorge. Je sentais que je me vidais de l'intérieur. Mon visage devait trahir ma peur, que je contenais de plus en plus mal. C'était perdu. Tout était déjà perdu !

« Je vous écoute », insista-t-il.

Alors, sur le front de mon inquisiteur, je vis apparaître, en lettres incrustées dans sa chair, le mot « résister », celui-là même que Marie Durand[1], du haut de sa tour de Constance, avait gravé avec force et courage du bout du doigt. Résister, il fallait d'abord que je résiste à ma propre peur et que je me pare de cette force d'âme qui aida les camisards à se lever ensemble contre l'oppresseur.

Toutes ces pensées me traversèrent l'esprit en une fraction de seconde. Alors, me reprenant, je répondis :

« Je vais voir ma famille à Langogne et proposer mes services pour travailler la terre. »

Le policier me toisa encore une fois, puis me tendit mes papiers et mon billet, et passa au suivant. Soulagé, je jetai un coup d'œil en direction de mes trois camarades. L'alerte était passée. S'étant rejoints au milieu de la voiture, les deux policiers en civil demandèrent à un jeune homme de bien vouloir les suivre dans le wagon suivant. Celui-ci fit mine de les écouter, puis, sans crier gare, il tenta de s'échapper en courant. Il heurta un sac et s'affala. Les deux Allemands lui mirent la main au collet et l'emmenèrent sans ménagement dans le wagon de queue.

« Un résistant ! fit mon voisin en sourdine. Le malheureux, il va passer un mauvais quart d'heure. »

---

1. Héroïne populaire de la foi huguenote, célèbre prisonnière de la tour de Constance à Aigues-Mortes, où elle resta enfermée trente-huit ans (1730-1768) et d'où elle sortit libre. Elle y aurait gravé, dans la pierre, avec le doigt, le mot « Register ».

À Langogne, nous descendîmes sans nous regarder, puis à la sortie de la gare, à bonne distance l'un de l'autre, nous prîmes la direction de la ville. Quand tout danger fut écarté, nous nous rejoignîmes, heureux et soulagés.

« Nous l'avons échappé belle », fit Paul Ginestou en nous serrant la main pour nous réconforter.

Mes compagnons avaient été aussi inquiets que moi ; cela me rassura. Nous suivîmes Paul qui semblait connaître la région. Après deux heures de marche à travers champs, nous atteignîmes une petite localité dominée par un joli clocher de tourmente. Il nous fallait nous présenter au maire de la commune, à qui nous devions remettre la lettre de recommandation du cousin Maurice. Paul se fit accompagner par Léon Feygerole, le plus costaud de nous quatre, et m'ordonna de rester caché en contrebas de la route avec Martin Lapierre. Celui-ci, de constitution plus frêle, paraissait beaucoup plus jeune que son âge. La marche que nous venions d'effectuer à vive allure l'avait déjà fatigué et il présentait des signes d'essoufflement inquiétants.

« Ce n'est rien, dit-il pour me rassurer, c'est l'asthme. J'ai l'habitude.

— As-tu des médicaments pour te calmer ?

— J'ai ce qu'il me faut. »

Nous attendîmes une bonne heure, dissimulés derrière un bosquet d'arbres. La campagne était déserte et il semblait qu'au loin le hameau était endormi. Nous discutions de notre enfance respective, sans nous méfier, quand un homme à bicyclette passa devant nous, habillé d'une sorte d'uniforme noir, un fusil en bandoulière en travers du dos. Il s'arrêta à notre niveau et, sans descendre de son vélo, nous demanda :

« Vous cherchez quelqu'un, les gars ? Vous êtes perdus ?

— Non. Nous nous reposons un peu. Le soleil ! Nous restons à l'ombre.

— Je comprends. Vous n'êtes pas d'ici ? D'où venez-vous ? »

Les questions de l'inconnu nous embarrassèrent. Je détournai la conversation.

« Nous venons travailler sur les terres du parent d'un ami. Il est parti le voir. Nous l'attendons. »

L'homme au béret n'insista pas et poursuivit sa route. Un peu plus loin, il rencontra Paul et Léon, mais ne leur adressa pas la parole.

« Mauvaise nouvelle, les gars, fit Paul. Nous n'avons pas pu parler au maire. La municipalité a été remplacée par une délégation spéciale nommée par Vichy.

— Est-ce grave ? demandai-je naïvement.

— Cela veut dire que le secteur est contrôlé par les pétainistes et leur clique de collabos et de miliciens. D'ailleurs, je crois bien que cet homme à bicyclette, que nous venons de croiser, en était un. Il en avait l'allure. »

Je n'avais jamais vu de miliciens. Quant aux collabos, nous en parlions souvent au Castanet, et nous savions malheureusement ce qu'ils étaient prêts à faire.

Paul décida de nous rendre sans tarder au domaine du cousin Maurice. C'était une ferme abandonnée, située à l'écart du village, au bord d'une petite rivière. Un gros chêne blanc au port majestueux en marquait l'entrée. Nous trouvâmes facilement et, sans hésiter, nous ouvrîmes la grille de la cour intérieure. Maurice nous avait confié les clés et donné toutes les consignes. Nous fîmes le tour du propriétaire et nous nous installâmes aussitôt, chacun prenant ses quartiers à sa convenance. La vieille bâtisse était peu confortable, mais en comparaison avec le Castanet, il n'y manquait rien. Il y avait l'eau courante sur l'évier de la cuisine et l'électricité, ce qui, pour moi, était vraiment le comble du luxe. Nous trouvâmes très vite les compteurs et, en un clin d'œil, le logis fut prêt à recevoir ses hôtes. « Dire que chez nous, c'est encore la lampe à pétrole et l'eau à la pompe dans la cour ! » pensais-je sans oser en faire la remarque à mes compagnons, de peur qu'ils ne me prennent pour un arriéré.

« Nous nous mettrons au travail dès demain, dit Paul qui avait pris la situation en main. Il ne faut pas qu'on nous voie désœuvrés. En attendant, nous allons visiter les terres, voir ce qu'il y a à faire. Puis nous irons inspecter le matériel. Important, le matériel ! Il faudra peut-être le réparer. »

Il parlait comme un chef de guerre en campagne.

Cela ne me déplaisait pas de jouer au soldat, même si notre rôle était plus « terre à terre » – l'expression était de Léon, qui s'amusait à chaque occasion à faire de l'humour. Son humeur naturelle et sa jovialité donnaient à notre petit groupe une note de drôlerie qui nous permettait de ne pas nous prendre trop au sérieux. Son embonpoint, qu'il assumait avec le sourire et en se moquant de lui-même pour couper court à nos éventuelles railleries, était son armure, sa manière à lui de se protéger de ses propres faiblesses. Ses camarades l'appelaient sans méchanceté « Gros Léon ». Entre eux, en effet, ils utilisaient des surnoms. Ainsi Léon était Gros Léon ; Paul se faisait appeler Paulo ; Martin, Petit-Pierre – à cause de son patronyme sans doute ! Moi, ils m'appelèrent très vite Sam. « Va pour Sam », me dis-je sans sourciller. Après tout, les camisards empruntaient aussi des noms de guerre pour mieux brouiller les pistes.

Dès le lendemain, nous nous mîmes au travail. En juillet, sur ces hauts plateaux, il ne fait pas aussi chaud que chez nous, où le soleil brûle tout et dessèche terres, hommes et bêtes. Nous n'avions pas de mal à rester des heures entières sous son rayonnement, à arracher les mauvaises herbes, à couper les buissons indésirables, à élaguer les arbres devenus trop envahissants. Quand, au bout de plusieurs semaines, nous eûmes tout nettoyé, nous commençâmes à labourer. Il y avait dans un hangar une charrue légère, sorte d'araire à peine plus perfectionné. Paul décida de l'utiliser.

« Mais nous n'avons pas d'animal de trait ! fit remarquer Gros Léon. Il nous faut retourner la terre à la bêche.

— Cela prendra trop de temps, fit Petit-Pierre qui n'était pas au meilleur de sa forme.

— Qu'en penses-tu, Sam ? me demanda Paul.

— Je ne vois qu'une solution : trois parmi nous pourraient tracter la charrue tandis que le quatrième tiendrait le coutre bien en place.

— Tu as été à bonne école ! »

« Si tu savais, pensais-je, ce que nous sommes parfois obligés de faire sur les terres ingrates de notre Vieille Morte, tu ne croirais pas si bien dire ! »

Nous répartîmes les tâches. Gros Léon, le plus costaud, tirerait en tête ; Paulo et Petit-Pierre côte à côte derrière lui ; quant à moi, je conduirais la charrue.

« Tu as l'air expérimenté, me complimenta Paul. À toi l'honneur.

— Nous nous relaierons, car le plus pénible est de tracter. »

Nous abattîmes un sacré travail à tous les quatre. Il fallait nous voir pliés, sur la glèbe, retournant les mottes de terre bien lourdes, nos pieds enfoncés dans la glaise jusqu'aux chevilles. Un jour, alors qu'il nous restait encore plus de la moitié de la superficie à labourer, un paysan du village vint nous voir.

« Je vous regarde faire depuis quelque temps, nous avoua-t-il. Vous êtes envoyés par Maurice Cazeneuve de La Bastide, n'est-ce pas ? Je le connais bien, c'est un ami. Aussi, si vous le voulez, pour vous aider, je vous prêterai volontiers mon cheval. C'est une vieille carne comme moi, et à la retraite depuis longtemps, mais il est très brave et il peut encore rendre service. »

C'est ainsi que nous finîmes les labours d'automne sur les terres du cousin Maurice. Cela devait être fin septembre. Nous nous apprêtions ensuite à ensemencer, quand deux hommes en noir, de même allure que celui qui nous avait apostrophés à notre arrivée, nous rendirent visite, un soir après notre retour des champs. C'est Paul qui les reçut, d'abord seul. Il répondit à leurs questions usuelles, ne cacha pas ce que nous étions venus faire sur ces terres – ce qui d'ailleurs était la stricte vérité, une lettre de Maurice attestait notre bonne foi –, puis ils demandèrent à nous voir tous les quatre réunis. Ils notèrent notre identité dans un petit carnet, s'enquirent de ce que faisaient nos parents et finirent par s'étonner que nous n'ayons pas été convoqués pour le STO.

Le mot était lâché. Il nous fut difficile de cacher notre émotion. Gros Léon nous sauva la mise par l'une de ses boutades habituelles. Mais le milicien, pris au dépourvu, n'apprécia pas l'humour de notre camarade. Il s'approcha de lui, plaça le canon de son fusil sous son menton et, menaçant, lui jeta au visage :

« Dis donc, mon gros, on fait le malin ! Si tu continues, ce n'est pas au STO qu'on va t'envoyer, mais dans un camp de travail, en faisant un petit détour chez nos copains de la Gestapo. »

Léon se tut, soutenant avec bravoure le regard du milicien. Paul détourna la conversation.

« En effet, nous n'avons pas été convoqués au STO. Mais, suivant les directives de la révolution nationale du maréchal, nous avons décidé de mettre en culture les terres en friche pour contribuer à renforcer les valeurs paysannes de notre patrie. »

Peu enclins à nous écouter, les deux miliciens fouillèrent systématiquement toute la ferme sans se gêner.

« Nous reviendrons, dit l'un d'eux. Nous vous aurons à l'œil, et tâchez d'être là, sinon... »

Il ne termina pas sa phrase.

Cette fois-ci, nous étions faits comme des rats. Les deux miliciens iraient avertir les autorités municipales à la solde de Vichy. Celles-ci se renseigneraient et la Kommandantur d'Alès aurait vite fait de donner l'ordre de venir nous arrêter.

« Il faut fuir pendant qu'il est encore temps, fis-je dès le départ des deux hommes.

— Cela s'impose, renforça Paul. Mais auparavant, nous allons rassembler ce dont nous aurons le plus besoin en route et nous partirons dès ce soir. »

Dans de vieux sacs à dos nous entassâmes vivres, vêtements de rechange, pansements et quelques outils qui pouvaient être utiles, une pince, une tenaille, un grattoir. Nous avions déniché un vieux fusil, un mauser de la guerre de 1914 que le cousin avait dû conserver pour aller à la chasse, comme l'avaient fait de nombreux paysans. Par chance, il restait quelques balles et le canon était en bon état. Nous l'embarquâmes également.

À la faveur de la nuit, nous nous esquivâmes. Il n'y avait pas de lune. Personne ne vit donc nos quatre silhouettes se dissiper dans l'obscurité.

Notre vie de clandestins commençait vraiment car, dès cet instant, nous ne pouvions plus avoir d'existence légale : partout, on nous rechercherait et nulle part nous ne pourrions poser notre sac sans être certains de ne pas être dénoncés. Une vie d'errance s'annonçait, faite d'apparitions fugitives, de vols – il fallait bien manger –, de mensonges et peut-être même… Je n'osais imaginer ce que mon esprit venait d'envisager.

Je venais d'entrer dans un monde de violence, de trahison et de mort, un monde dont je n'avais jamais appréhendé la réalité en me prenant pour un camisard des temps modernes. Il fallut bien me rendre à la raison : même les camisards avaient du sang sur les mains !

Si tel devait être mon destin, je me rendrais à la volonté de Dieu. Je me résolus donc à faire un bout de chemin avec mes trois autres compagnons, puis à regagner le Castanet par mes propres moyens.

Après avoir revu les miens dans l'incognito, seulement après, je prendrais ma décision. Élie saurait me conseiller. J'avais besoin de me désaltérer à sa source de sagesse.

24

Comme un voleur

Notre retour, si épique fût-il, ne nous occasionna aucune difficulté. Nous marchions des heures entières à travers champs, prairies et forêts, renonçant à emprunter routes et chemins afin d'éviter de croiser d'autres miliciens ou des habitants qui auraient pu nous dénoncer. Notre fatigue en fin de journée était à la mesure des longues distances que nous abattions, l'œil toujours aux aguets et les jambes toujours prêtes à détaler à toute vitesse au moindre soupçon. C'est à cette époque que ma méfiance envers les inconnus s'aiguisa et que j'appris à me taire, à dissimuler, à mentir. Car il nous arrivait de rencontrer dans un champ un paysan ou, dans la traversée d'un village – il fallait bien aller au ravitaillement –, tout un groupe de vieillards attablés aux terrasses des cafés à guetter le va-et-vient. Et je voyais bien que tantôt on se méfiait de nous, tantôt on nous encourageait. Nous n'avions pas besoin qu'on nous le dise, nous le devinions au simple regard qu'on portait sur nous à notre arrivée. « Des terroristes ! » devaient penser les uns, ceux qui craignaient le plus les représailles. « Des résistants ! » se disaient sans doute les autres, qui nous auraient aidés si nous avions eu besoin de nous cacher quelque temps.

Mais notre intention était de rentrer au plus tôt dans nos foyers, même si nous étions tous persuadés que nous ne pourrions plus y vivre à découvert, comme si rien ne s'était passé. Mes trois camarades avaient déjà envisagé de gagner le maquis.

« C'est la seule solution, affirma Paul. Sinon, nous devrons nous terrer comme des rats dans nos greniers ou dans nos caves et ne jamais nous montrer. Nos parents seront sans cesse inquiétés par les visites impromptues des gendarmes ou des miliciens. Pour eux non plus, ce ne sera pas une vie. Et nous les mettrons en danger. »

Mes deux autres compagnons acquiesçaient. Moi, je ne disais rien, car j'imaginais très bien pouvoir vivre aux abords du Castanet en toute tranquillité. Le mas était très isolé, on entendait arriver de loin tous les véhicules. Ceux-ci ne pouvant aller au-delà du Plan des Masques, cela me donnerait du temps pour déguerpir et me cacher dans un endroit connu de moi seul. Il me faudrait toutefois être vigilant et éviter d'être au mas pendant la journée, afin que même le facteur ne puisse savoir que j'étais rentré.

Le Castanet était un vrai nid d'aigle perché sur les flancs de sa montagne ; nous aurions pu y tenir un siège s'il l'avait fallu. Beaucoup de mas et de bergeries dans nos Cévennes avaient l'avantage d'un tel site et servirent ainsi de refuges aux maquis qui, de plus en plus nombreux, commençaient à se lever contre l'occupant.

Pour l'instant, je n'envisageais pas de prendre les armes pour défendre ma liberté. Peut-être parce que je ne sentais pas celle-ci suffisamment en danger, ou parce que j'étais encore un peu jeune pour avoir l'idée de me battre les armes à la main. Mes camarades, qui avaient tous passé vingt ans, ne voyaient pas d'autre issue à leur situation et, déjà, ils imaginaient faire le coup de force contre les nazis et devenir des héros. Il fallait les entendre raconter d'avance ce qu'ils feraient quand ils seraient au maquis ! Tout leur paraissait si facile ! Jamais ils n'envisageaient la peur, la souffrance et la mort.

J'étais plus circonspect. Car je ressentais dans mon être ce qu'avait dû endurer Isaac et ce qu'il endurait encore, maintenant que, après la bataille, il n'était plus maître de son corps.

Nous nous séparâmes à La Bastide. Paul, Gros Léon et Petit-Pierre me firent des adieux fraternels qui me tirèrent les larmes des yeux. Nous avions vécu trois mois ensemble, trois mois de franche camaraderie, où nous avions tout partagé, nos joies, nos peines, nos craintes et nos souffrances. Nous étions devenus de véritables amis prêts à prendre tous les risques pour secourir les autres ; nous avions appris ensemble la solidarité et le courage, le dévouement et le don de soi. Cette escapade en Margeride aura été notre école du maquis, où nous apprîmes surtout à nous endurcir et à nous passer de nos proches, pour nous défendre dans un monde rempli d'incertitudes.

Je n'avais pas encore dix-huit ans et j'étais devenu un homme.

De La Bastide, ma route était longue encore et pleine d'embûches possibles. Ne connaissant pas le pays, il m'était difficile de suivre à l'aveuglette les chemins qui, à travers les montagnes du Goulet, du Lozère et du Bougès, me ramèneraient jusqu'à la Vieille Morte. Toutefois, mon bon sens me guida et c'est le dessin des crêtes dentelées dans l'azur du ciel qui me permit de m'orienter. À marcher seul, en pleine nature, je me sentais libre et heureux. Pour un peu, j'en aurais oublié le danger qui me guettait à chaque détour de chemin, à chaque défilé, à chaque col. Car je ne me doutais pas encore que tous ces massifs avaient vu se dresser des nids de résistants toujours sur le qui-vive.

Mes pas me conduisirent vers Chasseradès, Le Bleymard et le col de Finiels. En cette saison, le froid était déjà tombé sur ces hauts pays et le brouillard, parfois, enveloppait la montagne d'une épaisse écharpe laineuse. Je me guidais en suivant les grandes pierres plantées qui jalonnaient les drailles et servaient de points de repère aux troupeaux désorientés. Quand je le pouvais, je longeais les barbelés qui empêchaient les moutons de s'égailler hors de la draille et protégeaient les jeunes arbres fraîchement plantés par les forestiers. Des touffes de laine y étaient encore accrochées et c'est avec émotion que je les décrochais, les triturais du bout des doigts, humant l'odeur de suint qui me rappelait notre bergerie. Maintes fois, je faillis me perdre et ne pas retrouver la bonne direction. Alors, emmitouflé dans tous les vêtements que j'avais emportés, j'attendais que le ciel se dégage et, en me repérant au soleil, je poursuivais mon chemin.

Le soir, je bivouaquais dans des endroits protégés ou dans des ruines abandonnées. Parfois, j'y trouvais les restes d'un feu de bois, des cendres encore chaudes et même un peu de nourriture et de l'eau en réserve. Je comprenais que je me trouvais dans un repaire de résistants et que je ne courais pas grand danger à profiter de la manne qui tombait du ciel. Jamais cependant je ne devais rencontrer âme qui vive dans ces lieux isolés du reste du monde.

Passé le col de Finiels sur le mont Lozère, je me dirigeai vers la ferme fortifiée de Laubaret, à travers les chaos granitiques et les torrents que les pluies d'automne avaient alimentés. Jamais je n'avais été aussi près de ce Lozère mythique que, de la cime de la Vieille Morte, je voyais se profiler au loin. Jamais je n'avais ressenti à ce point la puissance et la force qui émanaient de ses entrailles. J'avais vraiment l'impression de fouler aux pieds un colosse de pierre indestructible, un géant protecteur que rien, pas même les plus terribles tremblements de terre, ne pouvait ébranler. Et j'enviais ces fermes et ces hameaux nichés en son sein, dans leur écrin de prairies sauvages, de genêts et de blocs erratiques, aux noms évocateurs : l'Hôpital, Salarial, Bellecoste, le Bois du Commandeur.

Peu avant le col de Jalcreste, pendant ma descente du Bougès, j'entendis de bruyants vrombissements de moteurs monter de la route de Florac. Dissimulé derrière un arbre, non loin de l'auberge qui marque l'étape du col, je vis passer devant moi tout un convoi d'engins motorisés de la Wehrmacht. Je n'avais jamais approché de si près les soldats allemands. Le déploiement d'une telle force me fit froid dans le dos et je pris conscience que je n'avais eu, jusqu'alors, qu'une vision très vague des réalités de la guerre. Camions, automitrailleuses, side-cars faisaient un bruit d'enfer et semblaient semer la terreur dans tout le secteur. J'étais loin de me douter que les hasards de mon existence me ramèneraient bientôt près de cet endroit, qui s'inscrirait tragiquement dans l'Histoire quelques mois plus tard.

Le danger passé, je ne m'attardai pas davantage en ce lieu que je connaissais bien. Le col de Jalcreste était, en effet, pour Isaac et moi, l'une de nos promenades favorites quand, au cours des longues vacances d'été, Étienne nous laissait libres toute une journée. Nous empruntions alors la draille qui, de la crête de la Vieille Morte, rejoint la route du Pendedis à Prentigarde, puis file sur Jalcreste par la crête de la montagne des Ayres. Nous aimions nous arrêter, à mi-chemin, au hameau des Ayres, où ne vivaient que quelques familles bizarrement partagées entre trois communes. Sur sa place centrale, nous nous reposions à l'ombre des gros châtaigniers séculaires, sous les regards amusés des mamées qui, du pas de leur porte, nous tenaient la conversation en patois. Nous leur répondions avec grand plaisir dans ce même langage que nous avions appris dès notre plus jeune âge, malgré la volonté de mon père de ne parler qu'en français sous son toit avec ses enfants – ce qui ne l'empêchait pas, lui, de converser en occitan avec son père et ma mère.

Sur la draille des Ayres, je me sentis rentré chez moi. Les paysages m'étaient de nouveau familiers. J'étais redevenu un enfant du pays.

Je hâtai le pas, filant droit devant moi. En haut de la Vieille Morte, je m'attardai cependant dans les ruines d'une ancienne chapelle, d'où je pouvais embrasser d'un seul regard toute la contrée. Au loin, je revis le Castellas, tout petit, en contrebas dans la direction de Saint-Étienne. Je pensai soudain à Lisa. Qu'était-elle devenue depuis qu'Éliane avait rompu avec Robert Dubreuil ? Pensait-elle encore à moi ? Plus de deux ans déjà s'étaient écoulés. Elle devait être maintenant une vraie jeune fille, encore plus ravissante. Avait-elle épousé les idées de sa famille ou s'était-elle tenue à l'écart de leurs turpitudes ? Je ne désirais pas la revoir, de crainte de découvrir ce que je n'osais imaginer. Je préférais la garder intacte dans mes souvenirs, afin que ma mémoire ne dût jamais me décevoir.

J'avançai avec prudence en direction du Castanet. La rencontre fortuite avec les miliciens en Margeride, puis avec le convoi militaire allemand à Jalcreste, m'avait rendu méfiant. Je me doutais bien que, depuis ma fuite trois mois auparavant, mon père avait dû recevoir la visite des gendarmes dépêchés par la Kommandantur d'Alès. Quelle raison leur avait-il donnée pour justifier mon absence ? J'avoue que je n'y avais pas encore songé et je pris soudainement conscience que, dans toute cette histoire, il avait pris autant de risques que moi, peut-être même davantage, car lui ne pouvait pas s'échapper, devant rester parmi les siens.

Cette subite inquiétude se dissipa rapidement à l'idée que j'allais bientôt revoir ma mère et mon frère Isaac. Depuis trois mois, j'étais sans nouvelles d'eux et j'ignorais si le voyage de Marthe avait connu une issue heureuse. J'étais anxieux et heureux à la fois, même si je savais qu'il me faudrait vivre en prenant beaucoup de précautions et que ma liberté en serait quelque peu limitée.

J'attendis la tombée de la nuit pour dévaler du Rocher de l'Aigle. À constater les crottes encore fraîches laissées par les chèvres, je devinai qu'Élie avait dû passer la journée à les garder sur les hauteurs. Rien n'avait changé depuis mon départ. Sous le clair de lune, la cheminée dégageait de légères volutes de fumée dont je reconnus sans hésiter l'odeur de châtaignier. Ils étaient donc là, tous réunis dans le *cantou**, à attendre le jour de mon retour.

Comme un voleur, sans faire de bruit, je me faufilai de faïsse en faïsse, passai devant la clède et, parvenu devant le vieux portail de bois qui barricadait l'entrée de la cour, je pris une petite pierre qui traînait sur le chemin et la jetai contre un volet pour prévenir discrètement de mon arrivée. Il ne me fallut pas attendre longtemps. Étienne sortit aussitôt sur le pas de la porte, le fusil de chasse à la main.

« Qui va là ? demanda-t-il. Il y a quelqu'un ? »

Je répondis sans attendre :

« Papa, c'est moi, Samuel.

— Samuel ! Tu es donc rentré ? »

Il ouvrit aussitôt le portail.

« Entre vite. Ne reste pas dehors ! »

Les retrouvailles furent émouvantes et très éprouvantes, tant notre joie et notre peine étaient mêlées. Joie de se revoir et peine de savoir que rien ne serait plus aussi simple qu'avant.

Sitôt entré, je ressentis immédiatement un malaise.

« Tu es seul ? demandai-je.

— Papé est allé se coucher ; il était fatigué. Et Éliane est dans sa chambre avec Marie.

— Et maman ? Et Isaac ? »

Mon père prit son temps pour répondre.

« Il est arrivé quelque chose ? insistai-je.

— Ils vont bien tous les deux. Mais il y a eu un contretemps. Ils sont encore à Lyon. Isaac a été gravement malade. »

Étienne s'assit dans le fauteuil de la mamée

Esther. C'était la première fois que je le voyais utiliser le fauteuil de sa mère, décédée en 1917. Il attisa les flammes dans la cheminée, à l'aide du grand soufflet de cuir qu'il avait un jour rapporté de la foire de Saint-Étienne. Puis il ajouta une bûche sur les braises et laissa échapper un profond soupir, comme pour se soulager d'un lourd fardeau.

« Isaac a failli y passer, poursuivit-il. Mais, à présent, il est hors de danger. »

Mon frère avait fait une surinfection pulmonaire à la suite d'une bronchite mal soignée dans le camp de prisonniers. N'étant plus utile, puisqu'il ne pouvait plus travailler, le commandant du camp avait décidé de le libérer plutôt que de renvoyer en France un autre prisonnier bien portant. Ce n'était pas de la clémence de sa part, mais un froid calcul dont il pouvait tirer profit. C'est ainsi que, infirme et malade, Isaac s'était retrouvé dans un convoi sanitaire de prisonniers rendus à la patrie. Aussitôt pris en main par les autorités de la Croix-Rouge, il fut conduit à Lyon et hospitalisé. Quand Marthe le découvrit, après avoir dû surmonter de nombreux obstacles, il était dans un tel état qu'il n'était pas envisageable de le ramener chez nous par le train. Le médecin-major qui le soignait conseilla à ma mère d'attendre qu'il soit remis sur pied, ce qui prendrait plusieurs mois. Depuis, Marthe était à son chevet de jour comme de nuit, préférant dormir près de son lit dans un fauteuil plutôt que de le laisser seul au milieu d'une foule d'autres blessés et de malades anonymes. Aux dernières nouvelles, Isaac était sorti d'affaire et ne tarderait plus à rentrer à la maison.

« Depuis ton départ et celui de ta mère, vois-tu, je n'ai pas cessé de m'inquiéter. Mais maintenant, tout va rentrer dans l'ordre. Nous serons bientôt tous réunis, ma femme, mes fils, ma fille et ma petite-fille…

— Tu oublies papé !

— Je ne l'oublie pas. C'est mon père. Et même à mon âge, j'apprécie de l'avoir près de moi.

— Tu oublies encore autre chose.

— Quoi donc ?

— Que je ne pourrai plus vivre comme avant.

— Si ce n'est que ça, on s'en accommodera. »

Éliane entendit que nous discutions et vint se jeter dans mes bras. À mon tour, je ne résistai pas à l'envie d'aller embrasser la petite Marie. Seul Élie dormait profondément. Je respectai son sommeil et attendis le lendemain matin pour apparaître devant ses yeux ébahis. Sa joie de me revoir fut à son comble, son émotion encore plus forte que le jour de mon départ. Des trémolos dans sa voix me firent comprendre qu'il supportait de plus en plus difficilement le poids des ans et les affres de la vie.

« Tu as fière allure, mon petit, me dit-il. On dirait même que tu as forci depuis que tu es parti. Te voilà un homme à présent ! Tes épaules se sont encore élargies.

— C'est la charrue, lui répondis-je. Je t'expliquerai plus tard. »

Il fallut mettre une stratégie au point, car nous ne pouvions pas prévoir l'arrivée des gendarmes. Effectivement, dès le lendemain du rendez-vous manqué d'Alès, ceux-ci avaient été dépêchés chez tous les réfractaires avec ordre de les amener immédiatement à la Kommandantur. Étienne lui-même avait reçu leur visite. Accompagnés par deux jeunes miliciens, les gendarmes, un peu gênés, questionnèrent mon père pour savoir où je me trouvais. Il leur répondit que j'étais parti la veille comme prévu à Alès pour me rendre à ma convocation, et qu'il me croyait en route pour l'Allemagne. La discussion devint plus animée quand les miliciens intervinrent, car ils ne se privèrent pas de menacer mon père et toute sa famille de représailles si, par malheur, il s'était rendu complice de mon délit de fuite.

« Nous reviendrons, lui avaient-ils déclaré nerveusement, et gare à vous si nous le trouvons chez vous ! Nous vous arrêterons tous et vous serez tous fusillés. »

Étienne ne prit pas la menace au sérieux. Mais Éliane s'en émut et, depuis ce jour-là, elle vivait dans la peur perpétuelle de voir les gendarmes revenir. Aussi, nous décidâmes d'un commun accord que, pendant la journée, pour m'isoler, j'irais faire pâturer les chèvres sur les crêtes. De là-haut, j'avais une vue plongeante sur le chemin du Plan des Masques, je pouvais même voir arriver les voitures depuis le col de l'Exil, ce qui me permettrait de disparaître sans problème dans mes caches secrètes dissimulées dans les rides de la Vieille Morte. Je ne redescendrais de mon perchoir qu'au bord du soir pour dormir dans mon lit. L'hiver, la nuit tombe vite, je n'aurais donc pas à attendre longtemps. Et avant même la levée du jour, j'aurais déjà disparu pour rejoindre les hauteurs avec mes chèvres. Ainsi pourrais-je aider mon père, sans le mettre en danger.

Dans la maison, Élie proposa de constituer une cache à la manière de celles qu'utilisaient les camisards au temps des dragonnades. Rolland, dans sa maison du mas Soubeyran, se cachait dans le double fond d'une armoire. Cela donna une idée à mon père.

« Nous allons déplacer la grosse armoire de la salle à manger contre le mur mitoyen de la clède. Je vais ouvrir ce mur derrière l'armoire pour que tu puisses t'échapper à l'extérieur, par la clède, et je camouflerai le tout par un double fond qui prendra toute l'épaisseur du mur. Ainsi tu auras le temps d'aviser et de t'éclipser, pendant que je retiendrai mes visiteurs dans la cuisine. Ceci dans le cas où l'envie les prendrait de nous rendre visite après le coucher du soleil. »

Aussitôt dit, aussitôt fait. Étienne défonça le mur le jour même et aménagea une cachette que je ne devais jamais utiliser.

Je relevai ainsi le flambeau des camisards. C'est Isaac qui aurait été heureux d'être à ma place, lui qui ne cessait, à l'école, d'exalter ses camarades et de leur bourrer l'esprit avec les actes héroïques de nos ancêtres révoltés.

C'est en pensant à lui que je regagnai donc le Rocher de l'Aigle, où je partis, seul, prendre le maquis.

25

Une rencontre

Je défiais les autorités, comme Rolland, Cavalier ou Castanet avaient défié les dragons du roi, en me jouant de leurs traquenards et des visites inopinées qu'elles ne cessaient de rendre à mon père. Je les voyais arriver de loin, les gendarmes qui me couraient après, sans abandonner l'espoir de me mettre un jour la main au collet, les Allemands toujours menaçants et injurieux, les Français toujours aussi navrés de devoir se prêter à une telle mascarade.

Cependant, je pris vite l'habitude de cette vie de cache-cache. J'avais l'impression d'accomplir un acte héroïque, en me dissimulant comme le faisaient, avec beaucoup plus de risques, les nombreux résistants qui se terraient non loin de mes cachettes secrètes. Je me disais qu'en refusant le STO, j'aidais à ma façon ma patrie à nuire aux intérêts de l'envahisseur, tout en aidant les miens à survivre dans un monde qui ressemblait de plus en plus à l'enfer.

Mon père se faisait beaucoup de souci et ne

parvenait plus à dissimuler le fond de ses pensées. Il broyait du noir à longueur de journée, s'étant mis dans l'idée que Marthe lui cachait la vérité, tant son retour commençait à se faire attendre.

« Isaac va mal, ne cessait-il de répéter. Elle ne peut le quitter dans son état. »

Il ne voyait plus personne, ne descendait plus en ville de crainte de devoir répondre aux questions qu'on ne manquerait pas de lui poser : « Que devient ta femme ? Et Isaac, va-t-il mieux ? Et Samuel, est-il parti au STO ? »

Qu'aurait-il répondu à cette dernière question, la plus embarrassante ? Nier, c'était avouer que je me cachais ; affirmer, c'était se couvrir de déshonneur.

Seul son ami Marcel Lafage venait le voir de temps en temps. Comme il passait à travers la montagne pour rejoindre le Castanet, il n'avait sans doute pas manqué de remarquer nos chèvres sur la crête. Et même si j'évitais de me montrer, il devait bien deviner qui gardait le troupeau, tandis qu'Élie bricolait autour du mas. Mais il se fit discret et jamais il n'aborda le sujet avec mon père. Pour lui, j'étais parti. Peu lui importait où, quand et avec qui.

Éliane était devenue la seule vraie flamme du foyer. Marthe absente, elle avait pris sa place et, tout en élevant son enfant, elle mettait un point d'honneur à ce que tout parût comme avant, ne cessant de répéter que notre mère allait bientôt rentrer et qu'il fallait lui rendre hommage.

Dans la journée, je restais de longues heures assis

sur un rocher ou au creux d'un vallon, entouré de mes chèvres dont je connaissais tous les noms ; il y avait la Noiraude, appelée ainsi à cause de sa robe sombre, la Bravette, qui avait un jour tenu tête à un chien errant menaçant, la Blanchette aux poils immaculés, la Testarde, la plus récalcitrante, et tant d'autres encore. J'emmenais toujours mon chien avec moi, un brave berger belge que mon père était allé chercher à la foire de Saint-Jean à la mort de Toby, son fidèle briard. Quand une cabrette se faisait un malin plaisir d'aller savourer de jeunes pousses dans des endroits bien trop escarpés, je n'avais pas besoin de le lancer à ses trousses, il comprenait aussitôt qu'il fallait la ramener au bercail.

De loin en loin, je posais des lèques comme me l'avait appris Isaac quand nous revenions de l'école et souvent, le soir venu, je ramassais un oiseau ou deux qui agrémentaient notre repas.

Je connaissais tous les abris et j'appris à laisser derrière moi de fausses traces de mon passage pour tromper ceux qui viendraient à soupçonner ma présence sur ces hauteurs. Dans les endroits les plus cachés, là où j'étais certain que jamais personne ne viendrait me chercher, je laissais un peu d'eau et quelques vivres : des châtaignes, du pain rassis et quelques haricots secs, que je renouvelais de temps en temps. Chaque fois que je passais dans l'un de ces abris, je brouillais les pistes derrière moi afin d'envoyer mes éventuels poursuivants dans la direction opposée. Puis je revenais discrètement près de mes chèvres, toujours sur mes gardes, sans me montrer. Au moindre coup de sifflet, Toby – mon père n'aimait pas changer le nom de ses chiens – me retrouvait et me faisait fête. Il était pour moi le seul être vivant que je rencontrais tout au long de mes journées de solitude, le seul compagnon à qui je parlais et qui semblait m'écouter avec attention. Je lui racontais ce que j'avais vécu en Margeride et comment nous avions dû nous séparer, mes camarades et moi. Je lui ouvrais mon cœur en ne pouvant m'empêcher de penser à Lisa, dont j'avais retrouvé l'image que je croyais à jamais enfouie dans un coin oublié de ma mémoire. Toby restait assis, la tête inclinée sur le côté, les oreilles droites et l'œil vif. Parfois, il laissait échapper de légers gémissements et je comprenais que rien de ce que je lui disais ne lui échappait.

Un matin, alors que le troupeau était parfaitement regroupé, il partit en courant, puis il se retourna et aboya dans ma direction. Je crus d'abord qu'il voulait me signaler une chèvre égarée. Mais toutes étaient bien là, rassemblées sous mes yeux. Je lui ordonnai de revenir ; il insista, faisant mine de repartir sur le versant de Saint-Étienne. Je craignis alors qu'il ait flairé la présence d'un intrus. Je laissai mes chèvres et le suivis prudemment, retenant ma respiration, prêt à déguerpir au moindre danger. Toby filait toujours droit devant lui, se retournant régulièrement pour s'assurer que je le suivais. Il me fit dévaler à travers les chênes verts et les buissons par des sentiers que seuls, jadis, les chasseurs empruntaient. Je n'ignorais pas que, quelques centaines de mètres plus bas, je tomberais sur la route de Saint-Étienne et que je risquerais d'y rencontrer les habitants des rares mas isolés qui la bordaient. Aussi m'arrêtai-je à temps et sifflai-je mon chien pour le faire revenir. Mais celui-ci s'entêta. Je finis par le suivre. Il n'était pas dans ses habitudes, en effet, de s'éloigner ainsi du troupeau et de me faire prendre des risques inutiles. Lorsque je le vis sur la route, je restai dans l'immobilité la plus totale, caché derrière un arbre. Que voulait-il me montrer ? Il glapissait comme pour m'inviter à descendre et me signaler qu'il n'y avait aucun danger. Lentement, je sortis de ma cachette et longeai la route sur quelques centaines de mètres. Toby s'arrêta devant moi et vint à ma rencontre, cherchant une caresse. Je ne comprenais pas ce qu'il tentait de me signifier. Méfiant, je scrutai les deux extrémités de la route. Rien n'attira mon attention. Tout à coup, Toby se mit à détaler, sans prévenir et sans aboyer, pris d'une sorte de folie passagère. Arrivé au détour du chemin, il revint à toute allure, cette fois en aboyant. Vite, je me dissimulai dans le fossé et ordonnai à Toby d'en faire autant. Il ne m'obéit pas, restant à guetter sur la route.

Mon attente ne fut pas longue. Je perçus bientôt un bruit sourd de galop. Un cavalier approchait dans un nuage de poussières. Parvenu au niveau de Toby, qui ne cessait de s'exciter autour de lui, le cheval se cabra et faillit renverser sa monture qui, à moitié désarçonnée, s'agrippa à son encolure. Sur le moment, je me retins d'intervenir par crainte de l'inconnu. Ce dernier mit pied à terre et caressa Toby.

C'est alors seulement que je reconnus Lisa.

Je n'osai bouger. Mais Toby vint me dénicher. J'avais presque honte de me montrer ainsi, dans ma tenue de berger, mal soigné et sentant probablement l'odeur des chèvres. Mon cœur palpitait à se rompre, m'empêchant de prononcer la moindre parole. Lisa parla la première :

« Tu ne me reconnais pas, Samuel ? fit-elle en s'avançant vers moi.

— Bien sûr que si. Mais tu as tellement changé ! Tu es devenue si... »

Je butai sur le mot que je n'osai prononcer en sa présence.

« Si...

— Oui ?

— Tu n'es plus la petite fille que j'ai connue !

— Toi non plus, tu n'es plus le jeune garçon avec qui je jouais. Tu es devenu un homme, Sam ! »

Elle m'appela Sam, elle aussi, pour la première fois. Elle avait l'air heureuse de me revoir et tout aussi embarrassée que moi.

« Que faisais-tu sur ce chemin avec ton chien ?

— Je... Je me promenais. Enfin... J'étais avec mes chèvres, là-haut sur la crête, quand Toby s'est échappé.

— Je crois que ton chien a flairé mon arrivée.

— Il ne te connaît pas !

— Tu oublies le jour où je suis venue à ta rencontre ; il te suivait et tu l'as chassé. C'était à Noël, il y a deux ans.

— Je ne l'ai pas oublié.

— Je crois que nous ferions mieux de ne pas nous montrer ensemble sur cette route. Si les gens nous voient, ils rapporteront à mes parents que je t'ai revu et tu auras des ennuis. On fouillera toute la montagne pour te retrouver. »

Je compris qu'Élisabeth savait que je me cachais. Je ne répondis pas, restant sur mes gardes. Cependant, je ne pouvais résister à l'envie de rester auprès d'elle plus longtemps et mes yeux ne parvenaient pas à se détacher de son visage, auquel ses longs cheveux dorés donnaient encore plus de lumière. La pureté de son regard, la finesse de ses traits, le dessin de ses lèvres me troublaient au point que je ne me serais pas débattu si sa rencontre avait été un traquenard.

« Emmène-moi dans tes cachettes secrètes, me demanda-t-elle en me prenant la main. Nous avons tant de choses à nous raconter que la journée ne nous suffira pas.

— Et ton cheval ? Il ne pourra pas grimper là d'où je suis descendu !

— Je vais l'attacher à l'écart de la route. Je le reprendrai au retour. »

C'est ainsi que je revis Élisabeth Dubreuil qui,

l'espace d'une courte journée, devint le soleil de ma terne existence.

Nous allâmes nous réfugier au pied du Rocher de l'Aigle, dans un petit abri de berger que j'avais aménagé dans l'éventualité de devoir passer la nuit dans la montagne. Le soleil continuait sa lente et paresseuse ascension dans le ciel ; il faisait encore bon en ce mois de novembre et toutes les crêtes ondoyaient à l'horizon, tel un océan à peine agité par la houle. Seul l'Aigoual jaillissait comme une vague déferlante poussée par une lame de fond, tandis que, tout autour, la masse apaisée des autres massifs semblait annoncer la fin de la tempête. Je nageais dans un océan de bonheur, flottant au-dessus d'un monde d'horreur et de désolation. La seule présence de Lisa me faisait chavirer et oublier ma condition, ainsi que les circonstances de ma présence en ce lieu plein de dangers. Elle s'inscrivait dans mon paysage comme par enchantement et le transformait en un endroit magique, celui que je garderais à jamais gravé dans ma mémoire aux moments les plus sombres de mon existence. Elle avait quelque chose d'indéfinissable qui donnait aux pierres la douceur du satin et aux eaux glacées des torrents la chaleur des nuits d'été. Sa voix était velours et ses paroles s'écoulaient de ses lèvres comme le miel de nos montagnes. Auprès d'elle, je perdis soudain toute notion du temps et quand, le soir venu, les étoiles se mirent à scintiller dans le ciel assombri, c'est un véritable embrasement qui s'empara de mon cœur, dont les battements se mirent au diapason de l'univers cosmique.

Nous ne pûmes nous séparer, tant ce qu'elle m'apprit ce jour-là me fit comprendre que mon destin allait m'éloigner d'elle.

Ce que je craignais à mon retour au Castanet quelques semaines auparavant ne s'avéra pas exact. Lisa était en effet en complet désaccord avec sa famille. Les idées de son père et de son frère lui faisaient horreur et elle avait honte, m'avoua-t-elle, de s'appeler Dubreuil. Ce nom était devenu pour elle synonyme de trahison et de collaboration, elle en était parfaitement consciente. Quand elle se promenait dans les rues de Saint-Jean ou de Saint-Étienne, les regards se posaient sur elle comme sur une pestiférée. Elle en souffrait en silence, ne pouvant exprimer son besoin de révolte. On ne se révolte pas contre son propre père ni contre son frère, un chef de cabinet du préfet ! Alors elle subissait sans rien dire la honte, le déshonneur, les regards accusateurs, les paroles assassines prononcées en sourdine sur son passage, mais toujours assez haut pour qu'elles parviennent à ses oreilles. N'était-elle pas une Dubreuil, elle aussi ? Depuis septembre, elle avait interrompu ses études. Le lycée, à Nîmes, lui était devenu insupportable, car ses professeurs n'ignoraient pas qu'elle faisait l'objet de soins attentifs de la part du proviseur, un homme de Vichy lui aussi. Et certains savaient lui faire remarquer à quel bord sa famille appartenait.

Même ses camarades de classe s'étaient éloignées d'elle. Aussi passait-elle tout son temps, depuis plusieurs mois, à galoper dans la campagne, en évitant de se mêler aux autres. Elle n'avait de gratitude qu'envers sa mère, qui ne s'occupait pas des affaires de son mari et ne voyait dans le poste de son fils qu'une brillante réussite de carrière.

À vrai dire, Élisabeth était complètement désemparée.

Son frère n'ignorait pas que je fuyais le Castanet pour éviter de tomber dans les griffes des gendarmes. C'est lui en effet qui m'avait fait convoquer pour le STO, en dépit de mon âge et de la loi du 16 février 1943[1], à seule fin de faire peur à Éliane, dont l'enfant était la preuve vivante de son forfait.

Il ne se privait pas, auprès des siens, de dresser de moi un tableau des plus noirs. Il affirmait intentionnellement devant sa sœur que j'avais bien su profiter de leur générosité et que j'étais devenu un renégat et un lâche, qui avait refusé d'aider son pays à se redresser dans la tourmente. Ses menaces étaient sans appel, et il jetait sur moi tout le fiel que son cœur dépravé aurait voulu déverser sur Éliane, sa victime innocente.

Je compris ainsi pourquoi les gendarmes étaient

1. Après l'échec de la Relève, qui vit trop peu de volontaires partir travailler en Allemagne, Laval fut contraint par les autorités allemandes d'accepter de créer, par la loi du 16 février 1943, le STO pour les jeunes gens nés en 1920, 1921 et 1922.

venus si souvent au Castanet dans l'espoir de m'y trouver par surprise. Robert Dubreuil, de son bureau de la préfecture, devait donner des ordres pour me prendre la main dans le sac. C'était sa façon de se venger d'Éliane, qui avait mis au monde un enfant de lui et dont elle pourrait un jour se servir à son encontre.

C'est en tout cas ce que Lisa avait compris et ce qu'elle m'expliquait sans détour, sans éprouver l'ombre d'un remords à trahir les siens. Elle s'acquittait ainsi d'une dette envers son amie humiliée, en me dévoilant la trahison de son père et les accusations de son frère. Son jeune âge ne lui permettait pas de quitter sans risque sa famille, mais elle s'était juré d'aider tous ceux qui, comme moi, étaient en danger, à cause de mauvais Français qui se vendaient à l'ennemi.

Nous restâmes de longues heures assis côte à côte, à contempler les étoiles. Nos épaules se touchaient, nos mains s'entrelaçaient, nos cœurs battaient à l'unisson. Je buvais ses paroles, accroché à ses lèvres. Tout ce qu'elle pouvait me dire des noirceurs, des calomnies et des menaces que son frère proférait à mon égard me laissait de marbre. Je n'avais d'écoute que pour le son de sa voix, qui me transportait loin des dangers dont elle essayait de me mettre en garde. À mon tour, quand je lui parlais, je tentais de la rassurer, de lui prouver que rien ne pouvait m'arriver.

« La Vieille Morte veille sur ses enfants ! » lui

dis-je, sans qu'elle comprît vraiment ce que, par le passé, cela avait pu signifier.

Ce soir-là, nous étions ses derniers enfants et nous nous donnâmes l'un à l'autre en oubliant l'inconfort, le froid, nos origines et l'improbable avenir qui nous attendait. Mus par le même désir de conjurer un destin qui n'avait pas d'horizon, nous évitâmes sans nous concerter d'envisager le futur, sachant au fond de nous-mêmes que le pire était encore à craindre. Cependant, Lisa avait conscience qu'en ne rentrant pas chez elle avant la nuit, elle allait au-devant de pénibles explications, qu'elle éveillerait sans nul doute les suspicions de son frère et susciterait les réprobations de son père.

De mon côté, je n'ignorais pas que le petit paysan que j'étais n'avait rien à espérer d'une aventure, si sincère fût-elle, avec une jeune fille telle que Lisa. Plus tard, quand les affres de la guerre se seraient estompées, elle pardonnerait aux siens leurs prises de position scandaleuses ; les liens familiaux se renoueraient et elle aurait tôt fait d'oublier que, dans mes bras, elle avait retrouvé son honneur en même temps qu'un peu d'amour.

Sur le moment, nous n'avions qu'une violente envie d'oublier le présent ; oublier qu'elle était une fille de collabos ; oublier que j'étais un réfractaire ; oublier la guerre et la misère ; oublier que nous étions si différents. L'amour qui nous unit soudain cette nuit-là serait à jamais, pour tous deux, le phare de notre destinée dans la tourmente de la vie.

Au petit matin, réveillés par l'humidité et la faible lueur de l'aurore qui commençait à sculpter les crêtes sur le ciel encore tout étoilé, nous ne faisions plus qu'un seul corps, transis de froid, mais réchauffés de l'intérieur par la flamme qui nous avait dévorés toute la nuit. Lisa resta blottie dans mes bras comme une enfant fragile et apeurée. Je sentais battre en elle les sanglots de sa peine. Les yeux fermés, les lèvres effleurant la peau de mon cou, elle respirait à peine, pour ne pas interrompre cet instant précieux que les amants ressentent après une longue nuit d'ivresse, quand, autour d'eux, tout semble s'être arrêté pour que dure l'enchantement.

C'est encore elle qui rompit la première le silence :

« Je ne veux pas rentrer chez moi, déclara-t-elle brutalement. Emmène-moi avec toi !

— Tu n'y songes pas ! Comment vivrons-nous dans ces montagnes ? Ton frère aura vite fait d'alerter les gendarmes et nous nous ferons prendre. »

Je dus user de toute ma force de conviction pour lui faire admettre que son idée n'était pas raisonnable. Car j'étais tenté, moi aussi, de la garder près de moi pour toujours. Mais trop de choses nous séparaient et la vie que je menais n'était pas faite pour une jeune fille de sa condition.

« Alors promets-moi de ne plus rentrer chez toi comme tu le fais, chaque soir à la nuit tombante, ajouta-t-elle. Un jour, les Allemands ou les miliciens te piégeront. »

Sur la Vieille Morte et au Castanet, je me sentais

en sécurité, car j'étais dans mon royaume, un royaume que même l'intendant Basville n'était pas parvenu à nous ravir malgré son plan de dévastation des Cévennes[1]. Mais avec Lisa, plus rien n'était comme avant et je pris conscience que, pour elle, je ne devais courir aucun risque, même si nos destinées allaient s'éloigner très certainement l'une de l'autre.

Je lui fis donc cette promesse, qu'au fond de moi je ne savais comment tenir, et avec déchirement nous nous résolûmes à nous séparer, non sans nous jurer de nous revoir, en cachette comme nous venions de le faire. Nous convînmes d'un endroit secret pour laisser nos messages et nous rencontrer ; elle m'assura que tout se passerait bien à son retour au Castellas ; je lui fis mes adieux en retenant mes larmes ; puis je regagnai mes chèvres et, d'un pas décidé, je descendis en direction du Castanet.

Quand le crépuscule me permit de me dissimuler, je rentrai chez moi, fort d'une décision que je venais de prendre afin de ne plus mettre Lisa, ni les miens en danger. Mon père m'attendait comme chaque soir en compagnie d'Élie et de ma sœur.

« Je pars au maquis dès demain matin », fis-je sans leur donner le temps de me questionner sur mon absence de la veille.

1. Durant la guerre des Camisards, *in Les Mémoires de Basville*, 1734.

26

Maquisard[1]

Depuis le début de l'année 1943, les Allemands s'acharnaient à travers les Cévennes. Ils avaient installé partout leurs antennes, afin de mieux resserrer leur étau sur les nombreux maquis qui s'étaient levés dans tout le pays. Ceux-ci avaient l'immense avantage de bien connaître le terrain, de pouvoir profiter de vieux mas isolés, de bergeries abandonnées et de l'aide des habitants. Les occupants n'ignoraient pas les sentiments des Cévenols envers ceux qu'ils appelaient avec obstination les « terroristes ». Beaucoup d'entre eux étaient protestants comme nous, et certains avaient probablement un lointain ancêtre issu de l'une de nos vallées et émigré vers l'Allemagne au temps des dragonnades. Aussi savaient-ils parfaitement que leur tâche serait

1. Les épisodes de ce chapitre sont inspirés de *...et la Cévenne s'embrasa,* Aimé Vielzeuf, éd. Louis Salle, Nîmes, 1965.

rude, car les protestants cévenols n'étaient pas de la race de ceux qui se laissent tomber en esclavage sans relever la tête.

Déjà, de nombreux groupes de résistants s'étaient organisés, occupant chacun un point stratégique de nos montagnes ou contrôlant le passage névralgique d'une vallée. Très vite, la Wehrmacht avait renforcé ses bataillons par des escadrons de Waffen SS, secondés par des miliciens encore plus acharnés à lutter contre leurs compatriotes que les Allemands eux-mêmes. Alès, Nîmes, Florac, Mende pullulaient de traîtres et de militaires, et il ne faisait pas bon y séjourner trop longtemps.

Dans les villages de basse Lozère, la plupart des habitants encourageaient les résistants ; ils les cachaient, les ravitaillaient, les renseignaient, reprenant ainsi le flambeau de leurs ancêtres quand ceux-ci venaient en aide aux camisards. C'était pour eux la même lutte, le même idéal de combat, celui de la liberté, qu'ils menaient avec courage et ténacité. Il fallait les sentir vibrer, nos vallées, la Vallée Longue, la Vallée Borgne et la Vallée Française, quand un groupe de vaillants combattants avait réussi à déjouer les pièges tendus par les troupes allemandes ! Celles-ci, cependant, ne manquaient ni d'effectifs, ni de matériel, ni de connivences. Mais l'opiniâtreté des résistants cévenols était à l'aune de la rudesse de leurs montagnes.

Depuis que Laval avait décrété le STO, beaucoup de jeunes avaient gagné le maquis, préférant risquer leur vie pour une juste cause plutôt que d'aller servir les intérêts de l'Allemagne. Et ce n'étaient pas les menaces que les policiers et les gendarmes faisaient planer sur les réfractaires et leurs familles qui arrêtaient les jeunes d'aller grossir les rangs de la Résistance.

Au Castanet, où nous vivions plus reclus que jamais, nous n'étions guère au courant de ce qui se jouait dans notre arrière-pays ; mais Étienne s'était bien juré que, s'il le fallait, il cacherait tous ceux qui auraient besoin de son aide. Toutefois, il ne m'encouragea jamais à prendre le maquis, par crainte de ne pas me voir revenir vivant sans doute, et parce que notre situation, depuis la tragédie d'Isaac, n'était pas très enviable. Il aurait préféré que je continue à me cacher la journée dans la montagne et à redescendre le soir venu plutôt que d'aller risquer ma vie à me battre. À ses yeux, être réfractaire c'était déjà beaucoup.

À ce sujet, nous n'avions pas la preuve que, vu mon âge, je pouvais être réellement inquiété. Ce fut seulement en février 1944 que je reçus un autre ordre de mobilisation pour le STO qui, celui-là, reposait sur la nouvelle loi[1].

Mais il était trop tard : j'avais déjà gagné le maquis.

1. La loi du 1er février 1944 stipulait que, selon leur activité, tous les hommes de seize à soixante ans pouvaient être envoyés en Allemagne.

Ma décision ne surprit pas Étienne pour autant et elle donna beaucoup de fierté à mon grand-père, dont l'âme cévenole souffrait de nous voir subir ainsi les événements sans nous rebeller davantage.

« Il faut entretenir le vent de révolte, ne cessait-il de répéter. C'est la meilleure garantie pour sauvegarder notre liberté si durement gagnée ! »

Dans la nuit de ma prise de décision, nous ne dormîmes pas beaucoup, tant nous étions tous excités à l'idée de mon départ. Seule la petite Marie dormait du sommeil du juste.

« C'est pour elle que je vais reprendre le flambeau de nos ancêtres, dis-je avec bravoure, pour ôter la crainte qui taraudait mon père à la pensée que j'allais risquer ma vie.

— As-tu pensé à ta mère et à Isaac ? Tu ne les reverras pas quand ils rentreront.

— J'y ai songé. Mais je ne peux les attendre ici sans vous mettre en danger. Je suis sûr que maman comprendra. »

Je ne désirais pas discuter de ce sujet de peur de faillir. Car l'idée de partir sans avoir revu ma mère et mon frère affaiblissait mon courage. Marthe nous avait fait parvenir une lettre dans laquelle elle nous annonçait pour bientôt son retour ; ce n'était qu'une question de deux ou trois semaines, le temps qu'Isaac passe ses derniers examens médicaux et qu'il retrouve l'habitude de la vie civile en demeurant quelques jours chez nos cousins de Lyon.

En réalité, je préférais partir immédiatement

avant qu'ils n'arrivent, de peur qu'en nous voyant de nouveau tous réunis, je n'aie plus le courage de m'en aller à mon tour.

Marcel Lafage avait raconté à mon père qu'en juillet, alors que j'étais en Margeride à défricher les terres abandonnées, un maquis s'était constitué sur le territoire de Saint-Martin-de-Boubaux. Il avait à sa tête un Parisien et un Alésien, et s'était établi à Figuerolles ; mais à l'époque nous l'ignorions. Je décidai donc de me rendre dans cette petite commune voisine et de tenter d'intégrer son groupe de résistants.

Mon père ne put retenir ses larmes quand, à l'aube, alors que la nuit déchirait déjà son voile, je pris mon sac à dos et me jetai une dernière fois dans ses bras. Élie, l'œil humide, avait enlevé sa casquette, ce qui, de sa part, en disait long sur le sentiment de respect qui l'habitait, et tremblait d'émotion. Éliane pleurait dans son coin en cajolant Marie, qui devait se demander pourquoi nous avions tous tant de peine.

« Prends bien soin de toi, fiston ! me dit Étienne en me serrant tout contre lui. Reviens-nous vivant et entier. Allez, va ! Ne traîne pas, ils t'attendent là-haut dans la montagne. »

Quand l'aurore commença à illuminer les toits argentés du Castanet, j'étais déjà loin, sur l'autre versant de la Vieille Morte.

Je ne fus pas long à trouver le groupe de maquisards qui contrôlait la petite commune proche de chez nous. Comme je vagabondais dans les rues du village, un homme d'une quarantaine d'années m'accosta.

« Tu n'es pas le fils d'Étienne du Castanet ? » me demanda-t-il sans détour.

Méfiant, j'acquiesçai. Il m'invita à le suivre discrètement. Il entra dans l'épicerie de la placette et, sans rien dire, disparut au fond de l'arrière-boutique. L'épicière referma la porte derrière moi et me fit comprendre de passer derrière le comptoir. J'entrai à mon tour dans l'arrière-boutique et retrouvai mon inconnu.

« Je m'appelle Pierre, fit celui-ci. J'ai bien connu ton père dans le temps. À te voir déambuler dans le village, j'ai compris que tu cherchais quelque chose. »

Je restai sur mes gardes et ne répondis toujours pas.

L'homme tenta de me rassurer et finit par m'avouer que je n'avais rien à craindre et que ses amis seraient très heureux de m'accueillir dans leurs rangs. Il parlait à demi-mot, sans jamais prononcer les termes de « résistants » et de « maquisards ». Mais entre nous le courant passa, et je finis par abandonner mes craintes et par lui avouer que je ne pouvais plus rester chez moi. Pierre comprit sans plus d'explications.

L'après-midi, il m'emmena rejoindre ses amis, en prenant beaucoup de précautions, et me présenta aux responsables du groupe auquel il appartenait. Je n'étais plus seulement un réfractaire, j'étais devenu un résistant. À partir de ce jour-là, ma vie tout entière fut consacrée à la cause qui, à travers toute la Lozère et le Gard, embrasa les Cévennes. Pour la première fois, je pris pleinement conscience que, pour défendre notre liberté, il me faudrait peut-être tuer, moi aussi. Le vieux fusil qu'on me remit dès mon intégration dans le groupe me sembla lourd, très lourd. Mon engagement était à ce prix, je ne l'ignorais pas, et j'en devins d'autant plus grave. Non que ce fusil fît de moi un homme, mais parce qu'il faisait de moi un homme engagé et responsable.

C'est à Saint-Martin que je fis donc mes classes de maquisard. On m'entraîna au tir, on m'expliqua les rudiments des attaques surprises, comment disparaître sans laisser de trace, comment survivre dans les bois plusieurs jours sans nourriture – ça, je savais faire ! Bref, tous les ingrédients de ce que serait ma vie au maquis. Je ne connaissais mes camarades que par leur prénom ; les chefs s'appelaient Marcel, Jean et Pierre. Je savais qu'il s'agissait de leur nom de guerre ; je ne devais pas en savoir plus pour le moment. Quant à moi, ce fut Sam, bien sûr !

Je ne restai pas longtemps à Figuerolles. En décembre, le maquis de Saint-Martin-de-Boubaux dut se déplacer à Saint-Frézal-de-Ventalon sous la direction de Jean. Celui-ci préféra me dépêcher dans le groupe du col de Jalcreste, où un nouveau maquis MOI (Main-d'œuvre immigrée), composé surtout d'étrangers antifascistes, s'était implanté un mois auparavant à Ferrus, dirigé par un jeune instituteur. J'y retrouvai de nombreux jeunes étrangers, Espagnols, Italiens et même un Allemand antinazi, qui avaient tous fui leur pays et s'étaient engagés dans nos montagnes pour défendre leur liberté.

Dès ce jour, je vécus de traque en traque. Les groupes mobiles de réserve[1] étaient sans cesse à nos trousses et j'avais davantage l'impression de mener une vie de fuyard que celle d'un combattant. L'hiver ne nous facilitait pas la tâche ; le froid, l'humidité rendaient nos conditions d'existence très pénibles. À la mi-décembre, nous dûmes nous disperser, prévenus à temps d'une attaque des GMR. Quittant Jalcreste, nous nous réfugiâmes en janvier au Plan de Fontmort. Mais quelques semaines plus tard, à la suite de la trahison de l'un des nôtres, nous dûmes définitivement abandonner le col de Jalcreste pour éviter une nouvelle attaque des groupes mobiles menés par l'intendant de police de Montpellier. L'hôtelier-restaurateur du col de Jalcreste fut arrêté pour ses sympathies avec les maquisards. Mais le gros de notre troupe put rejoindre le maquis de la Picharlerie à Moissac.

Jusque-là, je n'avais pas eu vraiment à me battre. Toujours prévenus à temps, nous fuyions pour éviter tout contact inutile avec les forces de répression. Du combat, je n'avais qu'une vision vague, faite d'exercices, de longues veilles et de fuites en avant.

1. Les GMR dépêchés par Vichy.

Nous n'étions pas très nombreux et avions peu de renseignements sur ce qui se passait ailleurs, dans les vallées ou dans le bas pays. Mais on nous disait de nous tenir prêts et sans cesse nos sens étaient en éveil.

La Picharlerie était une vieille ferme abandonnée sur la commune de Moissac. Je devais y retrouver un ami de mon père, Martial Bernard de Saint-Jean-du-Gard, qui y avait créé un maquis-école. Lorsqu'il me vit arriver avec mon groupe, il me prit dans ses bras comme si j'avais été son propre fils.

« Comme tu me fais plaisir, me dit-il, de te joindre à nous ! Il ne sera pas dit ainsi que les Monteil n'auront pas contribué à la libération de nos Cévennes. Car on les aura, tu verras ! »

J'étais heureux de retrouver quelqu'un qui connaissait bien les miens. Martial Bernard me rapprochait de ma famille et je me sentais moins isolé dans ce monde rude et plein d'embûches. Certes, je n'étais pas très loin du Castanet et l'envie d'y faire une petite visite ne cessait de me trotter dans la tête. Je me posais mille questions et me demandais surtout si ma mère était bien rentrée avec Isaac. Cela faisait déjà plus de trois mois que j'étais parti et je n'avais d'eux aucune nouvelle. Je m'en ouvris à Martial Bernard, qui me répondit :

« Tu ne peux quitter ton poste. Ce serait trop dangereux. Tu te mettrais en danger, ainsi que tout notre groupe, si tu te faisais prendre. Mais si tu veux, je vais envoyer quelqu'un aux renseignements. »

Je me résignai. Je savais que je m'étais engagé dans l'armée de l'ombre et qu'il me fallait rester caché le plus possible. Quelques jours plus tard, Martial vint m'annoncer, le sourire aux lèvres, que Marthe et Isaac étaient rentrés au Castanet et que tous pensaient bien à moi. Ma mère m'avait fait parvenir un colis dans lequel elle avait soigneusement emballé une demi-douzaine de savoureux pélardons, un pot de confiture de châtaignes et un saucisson, comble du luxe, d'autant plus qu'il s'agissait du *bout du monde**. Ce fut Noël pour moi, car je n'avais pas mangé de saucisson depuis très longtemps. Je m'empressai de partager tous ces présents avec mes compagnons et, ce soir-là, nous oubliâmes l'inconfort et l'insécurité de notre situation. Nous nous grisâmes de mauvais vins et nous finîmes par retrouver un peu de chaleur, puisée au fin fond de notre mémoire et de nos cœurs.

Nous en avions besoin, car nous étions tous harassés, sans cesse harcelés par les Allemands, qui traquaient avec acharnement les nombreux groupes de maquisards disséminés dans toutes les vieilles bergeries et les mas abandonnés. Mais, malgré la fatigue et grâce à l'énergie de nos chefs, entièrement dévoués à la cause de la liberté, nous étions toujours prêts à repousser l'assaut ennemi.

Ce fut à cette époque que, à Saint-Étienne, eut lieu une embuscade qui faillit tourner au drame et qui précipita mon retour à Jalcreste, où je reçus mon baptême du feu. Le maquis « Bir Hakeim », ayant attaqué à la sortie de la petite commune une voiture de la Feldgendarmerie, provoqua une violente riposte des Allemands qui, au nombre de deux mille, ratissèrent toute la Vallée Française. Notre base de la Picharlerie fut bombardée puis fouillée de fond en comble. Nous eûmes la chance de pouvoir, une fois de plus, nous échapper à temps. Les opérations de nettoyage ne découragèrent pas les groupes de résistants et ceux-ci se reformèrent aussitôt, plus exaltés que jamais.

Après notre départ de Moissac, je rejoignis de nouveau un détachement MOI à Jalcreste. Tous les résistants du secteur étaient en état d'alerte, car ils soupçonnaient les Allemands de préparer un grand coup de filet entre Alès et Florac. Je compris que j'avais été envoyé aux premières loges et que mon baptême du feu approchait. On m'avait affecté à un groupe d'une vingtaine de combattants qui me semblaient tous aguerris à la lutte armée. Mais notre armement me paraissait bien hétéroclite et très insuffisant. Cela n'empêchait pas mes camarades d'avoir le mors aux dents.

Tout se passa autour du petit hameau de la Rivière, non loin du col de Jalcreste, où mes premiers pas de réfractaire m'avaient fait rencontrer, quelques mois auparavant, un lourd convoi de véhicules allemands. Je me souvenais bien de la scène et me disais que, s'il fallait maintenant nous battre contre un tel déploiement de forces avec les quelques fusils dont nous disposions, nous ne tiendrions pas longtemps. Mais j'ignorais que d'autres forces de la Résistance, des FTPF, des milices patriotiques, étaient également mobilisées. Partout, on avait sorti les vieux fusils de chasse, les vieux mausers de la guerre de 1914, et on était prêts à en découdre à tout moment.

Le 5 juin, les chefs de la Résistance locale, avertis de l'arrivée imminente des Allemands, décidèrent de leur tendre une embuscade un peu à l'écart de la Rivière, afin d'épargner le village. Jusqu'au Collet-de-Dèze, la route était truffée de petits groupes prêts à intervenir. Moi, j'étais parmi ceux qui attendaient au lieu-dit les Portettes. Je n'étais pas le seul à ne pas avoir encore essuyé le baptême du feu et nous avions, mes camarades et moi, la gorge serrée et les nerfs à vif à attendre de voir arriver le convoi ennemi.

Vers seize heures, trois véhicules bourrés de soldats se pointèrent au loin. Une fusillade nourrie débuta aussitôt, qui immobilisa le convoi. Les Allemands, malgré leur supériorité en nombre et en matériel, furent pris par surprise et vite submergés. Ils se firent massacrer par nos tireurs embusqués, répartis en plusieurs groupes des deux côtés de la route. Mais très vite, nous manquâmes de munitions. En fin d'après-midi, un second convoi de troupes entra aux Portettes, précédant d'autres renforts. Nos fusils étaient prêts à entrer en action malgré le peu de cartouches qui nous restaient.

Les habitants de la Rivière avaient tous quitté

leurs maisons afin d'éviter l'affrontement devenu inévitable. Ils s'étaient réfugiés chez des amis ou des parents et ne revinrent qu'une fois les hostilités terminées. Aussi le village était-il plongé dans un silence lourd et menaçant. Nous guettions la route, l'œil rivé sur l'asphalte et le doigt crispé sur la gâchette. Le moindre bruit nous faisait sursauter.

Soudain deux véhicules blindés arrivèrent, roulant au pas. Leurs occupants scrutaient les abords de la chaussée, se doutant probablement d'un traquenard. Après un temps d'observation réciproque qui me parut interminable, mes camarades ouvrirent le feu. Les fusils-mitrailleurs jetèrent leurs dernières balles dans la bataille et nos vieux fusils de chasse leurs dernières chevrotines, qui vinrent rebondir sur le blindage des véhicules ennemis dans un étrange crépitement que la montagne renvoyait par ricochets. Une vingtaine d'Allemands tombèrent. Les autres, d'abord affolés, se ressaisirent et tentèrent de nous prendre à revers. Nos munitions étaient presque épuisées. Alors nos chefs donnèrent l'ordre de nous replier selon le plan d'évacuation prévu et nous regagnâmes sans tarder notre camp de base, dissimulé dans les châtaigniers.

Les victimes furent nombreuses dans les rangs adverses, plusieurs dizaines de tués et de blessés. De notre côté, nous n'eûmes à déplorer qu'une seule victime et un seul blessé. C'était un miracle ! Fous de rage, les Allemands revinrent dès le lendemain et s'en prirent au village, heureusement toujours vide de ses habitants. Ils pillèrent et brûlèrent avec acharnement les trois quarts des maisons, ravageant tout sur leur passage. Après leur départ, ce n'était que désolation : murs calcinés, toits effondrés, mobilier réduit en cendre, objets personnels rageusement détruits. Jamais je n'aurais imaginé un tel degré de sauvagerie, une telle hargne à saccager, un tel désir de vengeance perpétrée sur le bien d'autrui. J'envisageai alors avec effroi l'horreur du spectacle si, par mégarde, les pauvres habitants du village s'étaient trouvés présents au moment des représailles.

Ma stupéfaction était telle que je n'éprouvais qu'un mélange de dégoût et de honte envers mes semblables, devant tant de brutalité. Certes, j'avais tiré, moi aussi, toutes les chevrotines de mon fusil – des chevrotines contre des armes automatiques ! – et je ne savais pas si j'avais fait mouche et tué un homme. Mais à ce moment-là, je n'eus plus du tout envie de voir couler le sang. Mon baptême du feu et ce sinistre spectacle ne m'avaient pas donné davantage le cœur à tuer pour venger et punir. Bien au contraire ! Je crois que je n'étais pas fait pour la guerre. Parmi mes camarades, il y en avait par contre qui, moins atterrés que moi, ne parlaient que de vengeance.

« Œil pour œil, dent pour dent », me dit l'un d'eux en me citant la Bible que je ne connaissais que trop.

Je ne le suivais pas sur ce chemin parsemé de

morts et préférais me réfugier dans l'idée qu'un jour la paix régnerait entre nos deux peuples, quand la folie meurtrière des hommes se serait apaisée.

Le jour même, nous apprîmes que les forces alliées avaient commencé un vaste débarquement en Normandie. Mon espoir de paix se concrétisait. Une lueur d'avenir envahit nos cœurs enfiévrés de jeunes combattants. Il restait cependant bien des combats à mener, car l'ennemi s'acharnait encore dans de nombreux endroits, tant dans nos Cévennes que partout ailleurs en France.

Lorsque celui-ci commença à évacuer nos montagnes après le débarquement en Provence, je pus profiter de quelques semaines de répit, que je mis à profit pour aller retrouver les miens, avant d'aller rejoindre les Forces françaises libres et participer à la libération de notre pays. Je n'étais pas rentré au Castanet depuis mon départ, plusieurs mois auparavant.

Ma mère m'attendait sur le seuil de la porte. Elle me sembla vieillie brutalement de plusieurs années.

C'est que je la voyais dès lors avec les yeux d'un homme qui avait souffert et vu la mort de près.

CINQUIÈME PARTIE

Marthe

27

Pour l'amour d'un fils

La guerre fut une période de terribles souffrances dans nos montagnes. Elle permit aux Cévenols de mieux appréhender ce qu'avaient été, trois siècles plus tôt, les vexations, les privations, les exactions dues à l'occupation. Car il en fut avec les Allemands comme avec les dragons du roi qui s'étaient installés chez nous, dans nos propres demeures, à notre charge tout entière, et pourchassaient les camisards résistant aux volontés d'un souverain qui se comportait envers une partie de son peuple comme un tyran aveugle, sans foi ni loi.

Aussi les mémoires rafraîchies par les discours sulfureux des pasteurs étaient-elles avivées et n'étions-nous pas prêts à oublier le martyre une fois de plus répété de notre peuple. L'acharnement du destin à vouloir nous écraser, nous faire disparaître dans le rang du commun des mortels, ne faisait que nous encourager à relever la tête et à affirmer haut et fort que nous étions fiers de notre différence. Jamais nous ne pourrions oublier nos racines, celles qui dispensaient dans nos veines la sève des plus vieux châtaigniers, ceux qui, malgré la tourmente et les maladies, avaient donné suffisamment de rejetons, de *bouscas*, pour maintenir l'espèce envers et contre tout.

Les Allemands partis, il fallut panser les plaies, relever nos maisons, reconstruire nos villages incendiés, retrouver le chemin de nos vignes et de nos châtaigneraies, effacer les traces des sinistres massacres. Comme un seul homme, les Cévenols se remirent à l'ouvrage, remontant les murs, réparant les ponts et les routes, redressant les voies ferrées, pour redonner vie à leurs Cévennes, qu'ils voulaient rendre à leur état premier. La tâche fut lourde car, comme en 1914, les bras manquaient parfois. Certains, déportés, ne revinrent jamais ; d'autres revinrent mutilés dans leur chair et dans leur esprit. Certains, partis se battre, reçurent comme ultime récompense la seule distinction « mort au champ d'honneur », gravée en lettres dorées sur le monument aux morts de leur commune. D'autres, dont je faisais partie, se joignirent aux forces de Libération et restèrent absents de chez eux pendant un an encore, jusqu'à ce que, enfin évacuée de ses occupants, notre patrie pût respirer l'air de la liberté.

Lorsque je revins pour quelques semaines au Castanet, je sentis que rien ne serait plus comme avant. Les miens me firent un accueil que je ne pourrais oublier de ma vie. J'en avais presque honte, car je n'avais fait que mon devoir et j'étais loin d'être un héros. J'avais fait le coup de feu, j'avais risqué ma vie, mais je n'avais pas été de ceux qui en avaient fait le plus. Inexpérimenté, muni d'un simple fusil de chasse, je n'avais fait qu'appuyer le tir nourri et précis de mes autres camarades, tireurs d'élite. Au cours des autres opérations auxquelles je dus participer après l'embuscade des Portettes, je pris certes plus d'assurance, et on m'affecta comme serveur d'une grosse mitrailleuse que nous mettions en batterie aux points stratégiques, lors des attaques contre les convois ennemis. Mais jamais je n'eus l'impression que j'accomplissais un acte héroïque en participant à un sabotage, une embuscade, une pêche aux renseignements ou une filature.

Au Castanet, toutefois, on ne retint que ma participation au fait d'armes de la Rivière, dont toutes les bouches, de Saint-Martin à Saint-Michel jusqu'à Saint-Étienne et à Saint-Jean, se faisaient l'écho. À la Libération, le maire de Saint-Étienne, notre commune, se fit un immense honneur de me remettre lui-même, au nom de la République, l'ultime récompense de la Résistance.

Marthe me choyait plus que jamais, trop heureuse d'avoir retrouvé son enfant, qu'elle ne considérait toujours pas comme un homme aguerri. Étienne, lui, ne tarissait pas de questions pour connaître tous les détails des événements que j'avais vécus et les hommes qui avaient été mes compagnons de lutte. Élie écoutait dans son coin, imperturbable et digne, tandis que ma sœur me taquinait pour savoir si, parmi nous, il n'y avait pas quelques jeunes filles dévouées qui venaient parfois nous faire oublier notre condition de combattants de l'ombre.

Seul Isaac, plus renfermé que jamais, ne disait mot. Assis dans son fauteuil près de la cheminée, comme un ancien, ses béquilles à portée de main, le bras gauche à moitié paralysé, il ne bronchait pas quand, par maladresse, j'oubliais sa présence et m'exaltais en parlant de nos faits d'armes. Je m'en voulais aussitôt de raviver ainsi en sa mémoire les terribles souffrances dont il avait été la victime quatre ans auparavant. Cependant, sa joie fut immense et réelle lorsque, pour la première fois, je fus de retour au Castanet.

J'avais appréhendé cet instant-là et mon bonheur fut mêlé à un étrange sentiment de crainte, au moment où je m'approchai du mas. Le choc fut terrible quand, le seuil de la porte franchi, je découvris son grand corps, de dos, plié en deux dans son fauteuil. Il ne réagit pas immédiatement à mon entrée dans la cuisine. J'eus le temps – quelques secondes – de voir combien ce grand et fort garçon qu'était mon frère avait été cassé, déchiré, tourmenté corps et âme par la folie guerrière, combien il était devenu vulnérable.

Je me repris aussitôt ; il se reprit lui aussi. Faisant mine d'oublier l'enfer d'où nous venions, nous tombâmes dans de grandes effusions. Comme ce fut bon de se toucher à nouveau, de respirer l'odeur coutumière de l'autre, de sentir sa chaleur, de retrouver ces petites choses incommensurables, indéfinissables, qui vous donnent le sentiment réel que vous êtes tous deux de la même chair, du même sang ! Ce courant, qui n'a pas besoin de paroles et qui passe entre vous et vous redonne force et certitude, nulle autre sensation ne saurait le remplacer. Plus que jamais nous nous sentions frères pour l'éternité.

Comme elle dut être pénible et émouvante à la fois, la rencontre de Marthe et de son fils, à l'hôpital de Lyon ! Car une mère ressent dans son corps les souffrances de ses enfants. Tandis que j'étais parti en Margeride – comme cela me paraissait loin déjà ! –, ma mère avait donc entrepris de son côté son long et douloureux périple vers le nord. Parvenue dans la grande cité lyonnaise, perdue dans la foule à la sortie de la gare, les difficultés commencèrent, car elle ne connaissait pas l'adresse de ses cousins. Un chauffeur de taxi bienveillant lui conseilla de s'adresser au commissariat de police. Mais elle craignit d'y faire de mauvaises rencontres. Finalement, c'est à la mairie, au service de l'état civil, qu'on lui donna le renseignement.

Les cousins Portal habitaient le quartier de la Croix-Rousse, sur une colline qui dominait la ville et d'où l'on pouvait voir la Saône et le Rhône se rejoindre pour se fondre en un seul et grand fleuve. Marthe marcha beaucoup pour éviter de dépenser son argent. Le soir de son arrivée, à la nuit tombante, elle parvint à l'adresse qu'on lui avait indiquée, tout haletante. Là, la crainte l'envahit. N'étant pas avertis de sa visite, comment allaient-ils la recevoir, cette parente lointaine qu'ils n'avaient pas revue depuis si longtemps ? Et si on la laissait sur le pas de la porte, comme une étrangère ? Et s'ils avaient déménagé ? Et s'ils… Tout se brouillait dans son esprit.

Marthe hésita. Puis, se reprenant, elle sonna énergiquement. Une jeune femme, habillée de noir, portant un petit tablier blanc, vint lui ouvrir. C'était la bonne. Elle s'enquit de ce que voulait la visiteuse, la fit entrer dans le vestibule et la pria de patienter. Marthe eut le temps de comprendre que les Portal de Lyon étaient devenus des bourgeois aisés de la ville et qu'ils menaient grand train de vie.

Les retrouvailles, toutefois, se passèrent dans la plus grande simplicité et dans la joie sincère de se revoir. Lucien Portal et son épouse Maryse se firent un plaisir d'accueillir leur petite cousine venue des Cévennes et, quand ma mère leur annonça la raison de sa visite, sans hésiter ils lui offrirent l'hospitalité et toute leur aide pour sortir Isaac de l'hôpital. Le sang cévenol des cousins ne s'était pas altéré, ni leur foi protestante, ce qui permit de resserrer aussitôt les liens familiaux.

Le lendemain de son arrivée, accompagnée de son cousin Lucien, Marthe se rendit à l'hôpital où Isaac avait été conduit à son retour de captivité. J'imagine quelles furent son émotion et sa crainte au moment où ses pas franchirent le seuil de son dortoir. L'interne de service qui les reçut s'enquit d'abord des raisons de leur présence, ainsi que de l'exactitude des papiers qu'ils durent montrer pour prouver leurs liens de parenté.

« Heureusement que cousin Lucien était avec moi », devait avouer plus tard Marthe, qui se trouvait perdue dans un monde auquel elle n'avait pas été habituée.

« Ne t'inquiète pas, l'avait rassurée Lucien. Tout se passera bien. Ils ne garderont pas ton fils pour rien et ils seront trop contents que tu sois venue les en débarrasser. Pour eux, ce sera une charge en moins ! »

Une charge ! Il est certain qu'Isaac, dans l'état où les Allemands l'avaient abandonné, était devenu un lourd et encombrant fardeau. Se munissant de courage, Marthe attendit que tous les arcanes administratifs soient levés ; il lui fallut des heures de patience. Sa résignation n'avait d'égale que son immense amour pour son fils, qu'elle savait dans une situation terrible. Le cousin Lucien lui avait longuement parlé, avec toute la sagesse que lui conférait son âge, la mettant en garde afin qu'elle ne défaille pas et ne perde pas son sang-froid quand elle verrait Isaac pour la première fois. Lui-même avait eu son fils blessé en 1917 et gardait des hôpitaux militaires des souvenirs douloureux. Il fallait savoir faire face, sans montrer ni sentiment de pitié, ni froideur excessive.

« Tu devras savoir doser tes émotions, rassurer ton fils quand il se sentira seul, le secouer quand il se laissera aller au désespoir, calmer ses sautes d'humeur quand il en voudra au monde entier, peut-être même à toi et à toute ta famille, à tous ceux que la guerre n'aura pas meurtris dans leur chair. »

Marthe écoutait attentivement les conseils de son cousin.

« Je sais tout ça, pensait-elle sans répondre. Mon Étienne est passé par là, lui aussi, et bien souvent j'ai dû lui venir en aide. »

« Je saurai faire, se contenta-t-elle de répliquer. Une mère, ça comprend à demi-mot les souffrances d'un fils. »

Quand arriva le médecin-major responsable du service où Isaac était soigné, elle sentit cependant son cœur défaillir.

« Madame, lui dit sèchement le docteur, il faut que vous gardiez tout votre sang-froid. Votre fils vous attend. Nous l'avons prévenu de votre visite. Mais, il y a encore un instant, il ne voulait pas vous voir. »

Le sang de Marthe se glaça.

« Il faut se mettre à sa place, continua l'homme en blanc. Ils sont tous comme ça au début. Ils ne veulent pas que leurs proches les voient diminués. Ils ont l'impression de n'être plus qu'une partie d'eux-mêmes et leur seul désir est de se faire oublier.

— Pourtant il nous a écrit !

— Écrire n'engage à rien. C'est en fait leur seule raison d'être, de survivre. Mais quand vient le jour fatidique de la confrontation, ils prennent soudain conscience que leur infirmité fait d'eux des êtres à part et que leur vie a définitivement basculé au-delà d'un point de non-retour.

— Que puis-je faire ? demanda Marthe désemparée.

— Usez de patience et de beaucoup d'amour. C'est tout ce que je puis vous conseiller. Pour le reste, le temps sera votre meilleur allié. »

Marthe était décontenancée. Se pourrait-il que son cher petit Isaac refuse de voir sa mère au moment où il en avait le plus besoin depuis sa naissance ? Se pourrait-il qu'il se claquemure dans le silence alors qu'elle avait fait ce long voyage pour le ramener à la maison, auprès de son père, de sa sœur et de son frère ?

« Ressaisis-toi ! lui dit le cousin Lucien, voyant que ma mère s'était soudain décomposée. Maintenant que tu connais la vérité, à toi d'adopter la meilleure stratégie pour affronter les réactions d'Isaac, quelles qu'elles soient. »

Le médecin-major accompagna Marthe et Lucien jusqu'au dortoir des grands mutilés, puis, prenant ma mère par les épaules d'un geste très fraternel, lui dit :

« Allez ! Courage, madame. Je suis sûr qu'il vous attend avec impatience. »

Jamais ma mère ne nous fit part de ces minutes intimes qui suivirent son premier contact avec mon frère. On peut deviner qu'elle retenait mal ses larmes et que son cœur s'inondait dans un torrent de chagrin et de compassion ; que son être tout entier, tendu vers son fils, tâchait de montrer l'image d'une mère sereine et heureuse malgré le poids du malheur qu'elle était seule à supporter à ce moment précis de leurs retrouvailles. On peut penser que les paroles qui coulèrent de ses lèvres travestissaient mal l'énorme douleur qui enserrait sa poitrine dans un terrible étau, et que rien de ce qu'elle laissait percevoir ne pouvait tromper Isaac quant à l'immense chagrin, mais aussi à l'immense amour qu'elle ressentait devant son fils en détresse.

Marthe eut la force d'un roc, le courage de toute une armée, la vaillance de ces fous de Dieu qui défièrent l'insurmontable. Elle eut simplement l'amour d'une mère voulant à tout prix sortir son enfant de son enfer.

Lorsque, enfin apaisé, apprivoisé, rassuré, rasséréné, Isaac tomba dans ses bras, un torrent les inonda tous deux, mêlant leurs larmes dans une même vallée, dont la direction indiquait qu'au-delà du grand fleuve, niché sur les pentes d'une montagne austère – mais ô combien reconnaissante ! –, un vieux mas séculaire, au toit envahi par la mousse, les attendait avec impatience.

Isaac pourtant n'était pas prêt à rentrer au Castanet. Sa surinfection pulmonaire était, certes, en voie de guérison totale, mais son état moral demeurait très fragile. Le médecin-major, en psychologue avisé, conseilla à Marthe de ne pas brusquer les événements, de peur de plonger son fils dans une situation de refus à retourner à la vie normale.

Il fallait comprendre Isaac, dont la vie avait brutalement basculé car, s'il avait toujours évité de s'en émouvoir devant ses camarades de captivité, c'était pour mieux dissimuler sa détresse que seule égalait son appréhension de devoir un jour affronter l'avenir. Petit à petit, ses longs silences étaient devenus lourds et stressants et l'avaient fait sombrer dans un profond mutisme d'où il ne sortit jamais tout à fait. Ses voisins de chambrée, à l'hôpital, s'en étaient inquiétés, le voyant tomber peu à peu dans une douce folie – la folie de ceux qui finissent par refuser la vie en la laissant filer lentement entre leurs doigts sans tenter de la retenir. Aussi le médecin-major lui avait-il administré toutes sortes de tranquillisants. Puis, à force de longues et patientes conversations, il était parvenu à le faire sourire, à le faire parler, à lui redonner envie d'évoquer son Castanet et les siens. Peu à peu, Isaac était sorti du gouffre dans lequel il s'était lui-même laissé glisser et, comme un enfant naît à la vie, il rouvrit les yeux à la lumière du jour.

C'est à ce moment-là seulement que le médecin-major nous fit parvenir la nouvelle qu'Isaac était dans son hôpital.

« Je ne vous ai pas avertie plus tôt, expliqua-t-il à Marthe, de peur que votre fils refuse catégoriquement de vous voir. Avant votre arrivée, c'était encore le cas. Mais maintenant, j'en suis sûr, il est prêt à vous recevoir et à renouer avec les siens. »

Il restait à ma mère à terminer sa guérison.

« Allez-y avec douceur, lui conseilla le médecin. Ne rentrez pas tout de suite chez vous. Venez lui rendre visite ici ; l'hôpital est devenu sa seconde famille. Il y a ses habitudes, les infirmières sont ses amies. Il y vit sans souci du lendemain et sait que personne ne le regarde comme une bête curieuse. »

Marthe suivit les conseils de cet homme généreux qui avait pris Isaac en compassion. Elle resta plusieurs mois à faire tous les jours le trajet de l'hôpital, abusant de l'hospitalité des cousins Portal.

« Tu peux rester chez nous le temps que tu voudras, lui avait dit Lucien. Tu es ici comme chez toi. Et si Isaac le désire, il peut venir chez nous finir sa convalescence. »

En une période si troublée, cette sollicitude était pour Marthe un immense réconfort. Et elle ne savait comment montrer sa gratitude envers tous ceux qui lui venaient en aide.

« Je ne fais que mon devoir, madame », lui avait dit simplement le médecin-major de l'hôpital.

« C'est bien normal entre cousins d'une même famille », lui avait répondu Lucien dans son élan de générosité.

Elle n'avait pas beaucoup d'argent, et les denrées étaient rationnées. Mais chaque fois qu'elle le pouvait, elle rapportait, sur la route du retour, quelques friandises ou quelques œillets pour sa cousine. Chaque soir à table, afin de ne pas avoir l'air d'abuser, elle n'osait se rassasier malgré la faim qui la tiraillait.

« Mange donc ! lui disait Lucien. Tu ne tiendras pas le coup si tu ne manges rien.

— Je n'ai pas très faim. Et je ne suis pas une grosse mangeuse. »

À midi, ne voulant rien demander à ses cousins, et pour ne pas gaspiller son argent bien trop précieux, elle se privait de repas, préférant apporter un petit surplus à son fils afin d'agrémenter son ordinaire et lui rendre son séjour plus agréable.

« Je suis bien ici, lui avait-il répondu un jour qu'elle lui laissait entrevoir de rentrer avec elle au Castanet.

— Tu ne pourras pas rester dans cet hôpital indéfiniment, Isaac. Bientôt tu seras guéri et tu pourras sortir. Ton père t'attend avec impatience, tu sais ; ainsi que grand-père, ton frère et ta sœur Éliane. À ce propos, tu te souviens que nous t'avons annoncé la naissance de Marie. Tu ne la connais pas encore, Marie, mais je suis sûre que tu lui plairas beaucoup. Elle reconnaît déjà bien son petit monde et nous lui parlons souvent de toi. »

Isaac avait souvent les larmes aux yeux quand Marthe évoquait notre famille. Elle touchait là un point sensible de la carapace qu'il s'était forgée pour mieux se défendre des agressions de la vie. Elle savait ne pas en abuser et changeait aussitôt de conversation, afin de détourner le flot de chagrin qui risquait alors de submerger son cœur et de l'emmener trop loin, vers des rivages d'où il n'aurait plus la force de revenir.

Avec le courage et l'abnégation des mères qui donneraient leur vie pour sauver celle de leur enfant, Marthe revenait chaque matin au chevet de son fils, veillant sur lui sans tomber toutefois dans un excès d'attention qui aurait pu le contrarier. Et quand, tard le soir, elle quittait l'hôpital, elle ne trouvait de repos que lorsque, enfin assoupie, elle s'effondrait dans le sommeil.

J'étais loin de penser alors aux soucis permanents qui minaient son esprit. À cette époque, j'étais en Margeride, face à mes propres problèmes ; je savais mon frère très affecté par ses blessures et sa maladie, mais j'ignorais à quel point, fragilisé par la dure réalité qu'il était seul à supporter, il pouvait mettre sa vie en péril.

Quand, enfin guéri de son infection, il fut autorisé à sortir, Marthe crut qu'elle n'aurait pas le courage d'affronter avec lui le regard des autres. Et d'abord celui de ses cousins. Mis au courant de l'état d'Isaac, ceux-ci cependant avaient rassuré ma mère et avaient fait préparer la chambre la plus ensoleillée de leur maison pour accueillir mon frère. Mais sauraient-ils ne pas poser sur lui, malgré eux, un regard trop compatissant, un simple regard ? Sauraient-ils masquer la sincérité de leur peine, ne pas prononcer un jour la parole fatidique qui lui rappellerait sa triste et douloureuse infirmité ? Car même les gens bien intentionnés finissent par plaindre les malheureux, comme s'ils avaient besoin de faire acte de contrition, pour demander pardon au nom des autres, au nom de ceux qui, eux, montrent trop d'indifférence face aux malheurs du monde.

Le plus difficile fut d'affronter la rue pour la première fois : le grand air qui cingle le visage ; la liberté retrouvée – même par temps d'Occupation, ce fut pour Isaac une étrange sensation ; les gens qui vont et viennent et vous regardent sans vous voir ; le bruit des voitures et des sirènes ; les Allemands en uniforme, qui rappellent que cette liberté n'est toujours pas la paix et que d'autres se battent et tombent encore, morts ou mutilés.

Lucien Portal attendit Marthe et Isaac dans sa voiture, qu'il avait garée dans l'arrière-cour de l'hôpital, là où arrivaient les ambulances. Il ne tarda pas en chemin, voulant précisément éviter ce spectacle à mon frère, afin que le choc ne fût pas trop violent. Celui-ci réagit à peine lors de son transfert. À l'arrière du véhicule, il tenait Marthe par le bras comme un enfant apeuré qui ignore où on le mène.

Très lentement, il s'acclimata à sa nouvelle condition et finit par accepter de revenir à la vie, la vraie.

Lucien lui avait procuré un fauteuil roulant, qu'il accepta volontiers pour éviter de se déplacer constamment avec ses béquilles. Marthe espérait ainsi le faire sortir de la maison en sa compagnie ; mais il refusait à chaque fois qu'elle le lui proposait. Elle n'insista pas. « Le temps viendra », songeait-elle, résignée.

Quand elle nous écrivit qu'elle pensait rentrer au Castanet deux ou trois semaines plus tard, Isaac n'avait toujours pas mis le nez dehors, craignant sans doute d'affronter le regard des autres. Certes, son état d'esprit était devenu plus serein et il ne refusait plus d'évoquer ses souvenirs de guerre et de détention. Mais jamais il ne parlait de sa blessure, ni de sa douloureuse remontée des enfers après son amputation.

Marthe patientait en essayant de lui redonner goût à la vie et de lui faire comprendre que, quel que soit l'état où l'on est, on peut toujours être utile et on tient toujours la même place dans le cœur des siens. Isaac mit longtemps, très longtemps, à accepter cette idée. Mais quand la fibre familiale eut suffisamment vibré en lui, sans cesse réaccordée par Marthe avec beaucoup de délicatesse et en parfaite harmonie avec ses états d'âme successifs, il accepta de rentrer à la maison.

Les derniers examens médicaux attestant tous sa complète guérison, il se décida à quitter Lyon, non sans regret et en exprimant une réelle et sincère gratitude envers nos cousins Portal. Ceux-ci conduisirent Marthe et son fils jusque sur le quai de la gare, les aidèrent à embarquer leurs bagages dans le wagon et firent leurs adieux sans verser une larme – car il ne fallait pas s'attendrir au dernier moment !

« N'oublie pas ton fauteuil dans le train en descendant à Nîmes, fit Lucien en s'adressant à Isaac, un large sourire lui barrant le visage.

— Ne t'inquiète pas, il me sera trop utile ! »

Quand le train s'ébranla sur le ballast, prenant la direction du sud, moi, j'avais déjà gagné le maquis.

28

L'espoir

La libération d'Alès, le 21 août 1944, apporta dans nos Cévennes un vent de liberté qui remit notre peuple debout et lui donna une forte envie d'en finir rapidement avec la tragédie qui durait depuis trop longtemps. Certes, la fuite en avant des Allemands sur les grands axes de circulation provoqua encore des actes de violence et obligea les maquis à des combats sanglants, tant à Euzet qu'à Tornac, puis le long des routes de la vallée du Rhône. Mais très vite la sécurité revint dans nos villages, dans nos hameaux, et la Résistance put commencer son travail de reprise en main de nos communes.

Au Castanet aussi la vie reprit. Mais la guerre en avait modifié le cours. Las de vivre tant de bouleversements, Élie vieillissait dans un silence qui trahissait mal ses secrètes pensées. Ses yeux vagues et lointains ne voyaient plus que la cendre qui s'était déposée sur les lieux de son enfance. Tout lui paraissait gris et uniforme, couvert d'un lourd linceul de deuil. Était-ce la guerre qui l'affectait à ce point ou la destruction du monde par les hommes, en qui il n'avait peut-être plus confiance, ou encore la présence d'Isaac meurtri dans sa chair et en qui il avait fondé tous ses espoirs ? Il ne se livrait pas, mais chacun devinait ce qui le minait.

Il semblait attendre patiemment que Dieu le rappelle à Lui et donnait l'impression que la vie n'avait plus rien à lui apporter. Il se réfugiait de plus en plus dans la lecture de sa Bible. Il restait, parfois des heures entières, assis sous la treille, au soleil, à méditer, les yeux fermés ou fixés sur les cailloux du chemin, comme s'il attendait que la mort l'emporte. Il ne souffrait pourtant d'aucune maladie, et jamais personne ne le vit prendre aucun médicament, excepté un peu d'aspirine avec laquelle il soignait tous ses petits tracas passagers, sans jamais se plaindre à quiconque. Il devait avoir pris conscience que le moment était venu pour lui de se tenir prêt pour le grand jour. En bon protestant qu'il était resté, il s'était fait sans doute à cette idée avec sérénité, sans regret, mais avec résignation et sans aucune crainte, avec une sorte de fatalisme librement consenti. C'était sa seule fierté, celle d'un homme toujours en accord avec Dieu et qui s'en remet à la Providence pour son passage à trépas. Nous éprouvions pour lui une grande admiration, ma mère surtout qui, plus que tout autre, savait percevoir ce que chacun de nous essayait de dissimuler, souvent en vain, pour ne pas inquiéter son entourage. Aussi, quand il fallut prendre soin de mon grand-père, au moment où ses forces ne lui permettaient plus d'accomplir sa part de travail, très naturellement s'occupa-t-elle de lui avec un dévouement sans borne, de la même manière qu'elle aurait soigné ses propres parents.

Marthe fit toujours preuve d'un courage exceptionnel et, si Élie demandait maintenant une attention quasi permanente, Isaac quant à lui exigeait beaucoup plus de bienveillance encore. Or il était plus difficile de veiller sur lui que sur mon grand-père, car il fallait surtout éviter de le considérer comme un être à part qui avait besoin de plus d'égards et de sollicitude. Au dire d'Éliane, qui devait plus tard m'en confier les détails avec précision, les premiers mois après son retour furent les plus heureux de la vie d'infirme qu'il vécut au Castanet. Il semblait oublier la guerre et la profonde souffrance qu'elle lui avait causée. Et, bien qu'il se montrât toujours très avide de renseignements quant à la reculade des Allemands, il ne s'enthousiasmait guère et n'éprouvait aucun sentiment de vengeance ni de satisfaction en apprenant que l'ennemi, dont il était la victime, était en train d'être terrassé. Pour lui, la guerre s'achevait comme s'achevait une saison, parce que c'était le cours normal des choses. Elle ne lui donnait aucune amertume, aucune rancœur particulière. C'est en tout cas ce qu'il laissait percevoir.

Il faut dire qu'Isaac s'était pris de passion pour la petite Marie. Celle-ci lui faisait oublier ses souffrances et était devenue le soleil qui lui avait tant fait défaut au fond de la grisaille de son stalag et de la blancheur des lits de son hôpital. Elle illuminait son existence. Son innocence et sa candeur à découvrir les choses de la vie l'inondaient de bonheur. Lui-même s'extasiait devant ses remarques tantôt naïves, tantôt pertinentes, toujours faites sans détour, avec la fraîcheur d'esprit d'une enfant qui ignore ce que sont la maladresse, la pitié ou la méchanceté. Il ne prenait pas ombrage quand, de sa petite main innocente, elle caressait le moignon de sa jambe arrachée juste au-dessous de la hanche et lui disait d'un petit air curieux :

« Ça te fait mal, tonton, quand je te touche à cet endroit ? »

Ou encore :

« Tu es né comme ça ? Pourquoi mamie t'a-t-elle fait avec une seule jambe ? »

Au lieu de la renvoyer, de la gronder ou de se réfugier dans un silence réprobateur, il lui répondait en riant :

« Crois-tu vraiment que mamie ait oublié de me faire avec deux jambes comme tout le monde ? »

Et devant l'absence de réponse de Marie qui se demandait bien pourquoi son tonton marchait avec une jambe de bois, il poursuivait :

« Un jour, pitchounette, quand tu seras assez

grande pour comprendre, je t'expliquerai ce que les hommes ont fait à ton tonton Isaac. »

Marie n'insistait pas, se contentant de cette question sans réponse en guise d'explication, et repartait jouer dans sa chambre en attendant de venir se faire de nouveau cajoler par son oncle. Celui-ci semblait beaucoup s'amuser à éveiller la curiosité de sa nièce, qu'il considérait peut-être comme l'enfant qu'il n'aurait jamais.

Car, ce que nous ignorions alors et que nous apprîmes bien plus tard, c'est qu'Isaac ne pourrait pas avoir d'enfants, ayant été meurtri dans sa chair plus qu'on ne le supposait.

Dans la maison, mon père avait procédé à quelques petits aménagements afin de faciliter ses déplacements ; certaines portes trop étroites durent être élargies afin de laisser passer son fauteuil roulant ; les marches du seuil de la porte d'entrée furent transformées en plan incliné ; la chambre d'Éliane, qu'on continuait d'appeler « la chambre d'Aline », fut aménagée de telle sorte qu'Isaac pût passer sans l'aide de personne et sans danger de son fauteuil au lit – celui-ci étant trop haut, Étienne en scia les quatre pieds et trouva un matelas moins épais ; enfin, les toilettes qui avaient été, peu avant la guerre, l'objet de grandes discussions, furent repensées en fonction de la sécurité nouvelle qu'il fallut y apporter. Ainsi, de touches successives en touches successives, le Castanet s'adapta-t-il à Isaac, qui n'exigeait rien pourtant et qui ne fit jamais aucune remarque quant aux changements, très perceptibles, qui étaient destinés à l'aider dans sa nouvelle vie.

C'était sa façon à lui de nous signifier que, dans son esprit, rien de nouveau n'était intervenu au cours de son existence, sa façon de nier une vérité qu'il refusait sans doute d'admettre pour ne pas s'apitoyer sur son propre sort. Plus que jamais son caractère le rapprochait de celui d'Élie, avec lequel la ressemblance éclatait de plus en plus au grand jour. Ils avaient tous deux la même fierté, le même détachement apparent face aux affres de la vie, la même résignation face à la fatalité.

Mais chez Isaac, ce n'était qu'une façade, une armure derrière laquelle il se protégeait et qui, petit à petit, se révéla bien fragile.

Lorsque la guerre fut enfin terminée, j'eus hâte de rentrer chez nous et de pouvoir à nouveau fouler les pierres cuivrées de notre Vieille Morte. Celle-ci, une fois de plus, avait veillé sur les siens, même si nous ne sortions pas tout à fait intacts de cette grande misère qui s'était abattue sur le monde entier. Je n'avais pas vingt ans et pourtant j'avais, en quelques mois, pris plusieurs années. J'avais participé à de nombreux combats, vu bien des trahisons ; j'avais vécu des moments de joie exaltante et de grande tristesse ; j'avais éprouvé l'amour, l'amitié, le dégoût et le découragement ; mes mains avaient soigné, caressé, rassuré et tué peut-être ; mes yeux avaient été témoins des spectacles les plus émouvants et des scènes les plus terrifiantes.

Aussi, lorsque je revis pour la première fois la colombe de la paix s'élever dans les cieux au-dessus du Castanet, je ne pus, moi aussi, qu'élever ma prière, afin que plus jamais nous n'assistions à un tel cauchemar.

Les premiers temps qui suivirent mon retour, tout me sembla bizarre dans cet univers pourtant familier. J'avais l'impression que rien n'était à sa place, que l'ordre immuable des choses avait été perturbé par une main invisible. Et ce n'étaient pas les petits changements qu'Étienne avait réalisés pour faciliter la vie d'Isaac qui me donnaient cette étrange sensation. C'était plus subtil, plus insaisissable ; une vision toute personnelle et nouvelle d'une réalité que je percevais à présent avec un autre regard. Tout me semblait figé dans un monde qui n'aurait pas changé, pour lequel le temps aurait cessé de s'écouler, mais où les survivants cependant auraient vieilli. Je ne trouvais plus les repères de ma vie antérieure. J'avais moi-même vieilli trop vite au milieu d'un monde en ébullition et qui prenait partout une apparence nouvelle, fondée sur la nécessité et le désir des hommes de vivre autrement et d'effacer le passé.

Car le Castanet était toujours fidèle à lui-même et s'apprêtait à perpétuer, pour une génération de plus, celle de Marie, ce que les anciens avaient patiemment et péniblement réussi à obtenir à force d'efforts surhumains, de ténacité et d'abnégation.

Marie était trop jeune pour prendre conscience

d'un tel héritage. Mais moi, j'avais moins que jamais envie d'assumer une telle charge, de reprendre à mon compte ce que mon père, Élie et bien d'autres avant eux, auraient voulu sans doute que j'assume, puisque j'étais le dernier des Monteil à pouvoir prendre leur relais pour le transmettre un jour à ma descendance. Je n'eus jamais de discussion à ce sujet avec Isaac ; je savais qu'il se considérait comme hors d'état de réaliser ce dessein qu'il avait jadis appelé de ses vœux. Mon père, quant à lui, m'avait maintes fois affirmé que, après la guerre il me laisserait libre de mon choix. À mon retour, il ne m'en parla plus. Mis devant le fait accompli, il dut se rendre à l'évidence que jamais plus Isaac ne pourrait être utile au Castanet et en assurer la pérennité.

Pendant plusieurs mois, je repris cependant la place qui avait été la mienne au début de la guerre, quand, Isaac parti, j'avais accepté de plein gré de le remplacer afin d'aider mon père. Ma vie de combattant avait fait de moi un jeune homme endurci et les travaux auxquels je m'adonnais de nouveau me parurent moins pénibles que par le passé.

« Tu t'es sacrément endurci, me dit un jour Étienne. Tu abats à présent plus de travail que ton pauvre père ! »

Je souris mais ne répondis pas. Je me rendais bien compte, en effet, que mon père, lui aussi, avait pris de l'âge et que les forces commençaient à lui manquer parfois. Sans le montrer, pour ne pas le froisser, je le remplaçais aux tâches les plus pénibles. Lui, devant mes bonnes intentions, se faisait un réel plaisir de me laisser sa place, en exagérant exprès sa fatigue grandissante.

« Je ne serai bientôt plus bon à rien ! ajoutait-il. Heureusement que tu es là ! Ah, si ce pauvre Isaac avait encore ses deux jambes ! »

Je comprenais alors que mon père comptait sur moi. Comment en eût-il été autrement ?

Cette situation me mettait mal à l'aise, car je ne supportais pas de déguiser ainsi ce que je souhaitais faire, ni de laisser croire que j'avais pu décider de lier mon avenir à celui du Castanet. Je me retrouvais pris dans une nasse inextricable. Or je ne pouvais pas laisser mon père se démener seul avec Élie et Isaac à charge, et exiger de ma mère et de ma sœur qu'elles soient ses seuls recours.

Marthe plus que jamais se dévouait pour tout le monde. Elle tirait du fond d'elle-même une force inépuisable. Sans jamais négliger les tâches qui lui incombaient depuis toujours, elle venait en aide à Éliane pour s'occuper de Marie, donnant à celle-ci les bases de son éducation ménagère ; elle était aux petits soins pour Isaac, tout en restant des plus discrètes à son égard ; elle surveillait de près Élie, comme on surveille un enfant à la santé fragile. Et elle trouvait encore le temps d'avoir avec moi de longues discussions et s'inquiétait de savoir si j'avais toujours les mêmes ambitions.

Marthe, en effet, était la seule à souhaiter ardemment que je sois autre chose qu'un petit paysan attaché à la glèbe et sans avenir.

« Tu étais l'espoir de ton instituteur, me confia-t-elle un jour que nous étions seuls tous les deux. S'il n'y avait pas eu la guerre, tu aurais pu poursuivre tes études après ton certificat.

— C'est de l'histoire ancienne, répondis-je en dissimulant le fond de mes pensées. Cinq années ont passé. Je ne suis plus un enfant et papa a trop besoin de moi pour l'instant.

— Il peut se passer de toi, s'il le veut. Quand tu étais au maquis, nous avons su faire face.

— Papa prend de l'âge. Bientôt ses forces l'abandonneront. Il ne pourra plus travailler comme il le fait, transporter le fumier sur son dos, lucheter toutes les faïsses, remonter les murs et la terre emportés par les pluies. Toi, tu peux compter sur Éliane. Il faut bien que quelqu'un aide papa. C'est comme ça, on n'y peut rien. »

Marthe acceptait mal mon apparente résignation. Voyait-elle que mon discours était contraire à ce que je souhaitais vraiment ? Ressentait-elle le dépit avec lequel je me faisais à cette raison ? Jamais en tout cas elle ne m'encouragea à me sacrifier.

« Le Castanet, me confia-t-elle un peu plus tard, ne vaut pas tant de renoncements. C'est une vieille bâtisse qui, à présent, a fait son temps. Il faut avoir le courage de reconnaître qu'il ne peut plus assurer une vie décente à nos descendants, car nous ne pouvons demander à ceux-ci de vivre comme nous avons vécu, à l'heure où le monde va entrer dans la modernité. Nous sommes sans aucun doute les derniers des Monteil à avoir su assurer la pérennité d'un genre de vie ancestral, qui doit maintenant disparaître pour que vous, nos enfants et nos petits-enfants, viviez plus heureux que nous ne l'avons été ; pour que vous viviez simplement dans votre siècle et non dans celui de vos ancêtres. Cesse donc de te tourmenter pour nous. Nous ne sommes pas encore des vieillards. Et quand le jour viendra où il me faudra abandonner mes chèvres et mes pélardons, quand ton père ne pourra plus travailler ses terres et courir par monts et par vaux avec ses brebis, alors nous trouverons bien une solution pour ne pas mourir de faim. Je fais confiance à cette nouvelle société, née de l'horreur de la guerre, pour qu'elle n'abandonne pas ses vieillards dans l'oubli. Après tout, nous avons toutes les raisons d'espérer : n'avons-nous pas, nous les femmes, obtenu récemment le droit de vote ? Ce général de Gaulle, que personne ne croyait capable d'assurer l'avenir de notre pays il y a cinq ans, est en train de montrer la voie à suivre. De telles gens changeront la société et permettront à chacun de vivre décemment. Crois-moi, Samuel, rien ici ne mérite que tu sacrifies ton avenir. »

Alors, fort de ces paroles, je me résolus à donner à ma vie une autre perspective.

À l'automne de cette année où la paix permit au monde entier de renouer avec l'espoir, je repris mes études dans le but de passer le baccalauréat. J'entrai comme interne au lycée d'Alès, un grand et vieil établissement qui avait déjà formé des générations de bacheliers. Chaque samedi, je rentrais au Castanet grâce à l'oncle Ferdinand qui venait me chercher au lycée et m'y ramenait le dimanche soir, et je partageais mon temps entre l'aide que j'apportais encore à mon père et mon travail scolaire.

Étienne ne revint pas sur ce qu'il m'avait promis un jour. C'était un homme de parole et, quand je lui fis part de ma décision, il m'encouragea au contraire, et me souhaita sincèrement de réussir afin de faire honneur à la famille.

« Tu sais combien j'ai toujours tenu à ce que mes enfants reçoivent une bonne et solide instruction. Je suis fier que tu veuilles t'élever au-dessus de ta condition. Réussis et deviens donc quelqu'un.

— Je ne vous abandonnerai jamais pour autant », repris-je sans savoir combien mes études allaient m'accaparer.

Certes, au lycée, j'étais plus âgé que mes camarades de classe, mais je n'étais pas le seul dans ce cas, la guerre ayant interrompu les études de nombreux jeunes garçons. Dans la cour, nous nous retrouvions à quelques-uns pour évoquer nos souvenirs personnels, notre participation aux luttes armées, notre résistance. Nous avions vingt ans et nos professeurs nous montraient beaucoup de respect, sachant d'où nous venions et ce que nous voulions devenir. Nous apprenions très vite, comme pour rattraper le temps perdu, et nous avions une soif de connaissances qui les étonnait tous. L'Histoire était de toutes les disciplines celle qui nous passionnait le plus, car elle tendait à nous expliquer les événements dont nous avions été les acteurs. La littérature puis plus tard la philosophie nous ouvraient l'esprit aux grands courants d'idées sur lesquels nous avions bâti notre idéal de liberté et de résistance à l'oppression.

Lorsque je revenais au Castanet, j'avais la tête pleine de savoirs nouveaux et j'avais envie de les partager avec Isaac et Éliane, qui montraient beaucoup d'intérêt à ce que je découvrais dans mes livres et auprès de mes professeurs. Très vite, ma vie studieuse prit le pas sur ma vie laborieuse, que je ne négligeais pas cependant, trop conscient que c'était pour moi presque un privilège de pouvoir aller étudier en demandant aux miens de nouveaux sacrifices.

Marthe éprouvait une grande fierté à voir l'un de ses enfants s'extraire ainsi de sa condition. Mais, comme toujours, elle évitait de le montrer afin de ne heurter personne et de respecter la situation de chacun. Pour cette raison, elle n'hésitait pas à confier à Isaac, de connivence avec Éliane, l'éducation de Marie qui, trop jeune pour aller à l'école, ne demandait cependant qu'à apprendre, tant elle montrait de curiosité à découvrir tout ce qui l'entourait. Ainsi Isaac se transformait-il avec joie en maître d'école, enseignait-il les rudiments de l'écriture et essayait-il de lui apprendre à lire et à compter avant l'heure. Il lui inculquait aussi des notions de religion en s'appuyant sur l'histoire de nos vaillants camisards, qu'il connaissait mieux que quiconque.

Élie, qui sortait de moins en moins, assistait à ses leçons d'un air attentif, très intéressé par l'enseignement que donnait son petit-fils à son arrière-petite-fille, lui qui, quelques années auparavant, s'était chargé de la même tâche auprès de nous. C'était la seule chose qui semblait encore l'attacher au monde.

Notre existence était redevenue sereine et heureuse. Certes, chacun de nous portait en son cœur une cicatrice qui avait parfois beaucoup de mal à se refermer. Mais les douleurs passagères, que nous ressentions quand elle venait à se raviver, nous renforçaient dans notre espoir que l'avenir avait changé de visage.

Nous ignorions ce que cet avenir nous réservait, mais nous avions ouvert nos portes, afin que rentre à nouveau le soleil.

29

Une joie nouvelle

Ce qui se passait dans le cœur meurtri d'Isaac, aucun d'entre nous ne le soupçonnait vraiment. Seule ma mère percevait parfois qu'une ombre ternissait son apparente résolution à prendre la vie comme elle était. Il est vrai qu'il ne se plaignait jamais, qu'il était à la maison toujours d'humeur égale, passant tout son temps à réparer ce qui était brisé, à aider Marthe à la confection de ses fromages, à préparer les repas et à s'occuper de Marie. Il utilisait son fauteuil roulant avec une grande dextérité et il faisait le plaisir de celle-ci quand il lui proposait « Un petit tour en voiture ? ». Il l'asseyait alors entre ses cuisses et lui faisait faire le tour de la maison en actionnant les roues de son unique main, aussi rapidement qu'il le pouvait. Marie riait aux éclats et imitait de sa petite bouche arrondie le bruit du train qu'Isaac lui avait appris. Il y avait entre eux une immense complicité et un amour débordant, une compréhension réciproque et une énorme faculté de plonger la maisonnée dans une joie qui nous ravissait tous. Marie était devenue la raison de vivre d'Isaac et personne parmi nous ne pouvait envisager de les voir vivre un jour séparés.

L'existence impose toujours son cours de manière inexorable. On croit souvent pouvoir échapper à son destin ; en réalité, on ne peut que l'infléchir, car certains événements s'imposent à nous et nous ne pouvons que nous adapter aux nouvelles situations. Isaac en était une preuve vivante ; la guerre, sa blessure, son infirmité avaient à jamais anéanti ses rêves, car lui aussi avait rêvé à sa manière de refaire le monde, en faisant surgir de nos vieilles pierres un avenir plus prometteur. Il avait fait avant-guerre plein de projets pour rénover le Castanet et pour le faire entrer dans l'ère de la modernité.

« Dès que la paix sera revenue, avait-il espéré avant son départ pour le front, nous aurons peut-être l'électricité. Et nous pourrons mieux nous équiper. »

Il avait imaginé – malgré les réticences d'Étienne – que les banques nous prêteraient de l'argent et nous aideraient à nous moderniser. Il avait repensé entièrement l'agencement de l'habitation et avait proposé d'ouvrir des fenêtres vers le sud, afin de faire entrer le soleil et de pouvoir contempler le mont Aigoual de la cuisine.

« Les volets entrebâillés nous protégeront de la chaleur excessive en été. Ce qu'il faut, c'est de la clarté dans cette maison ! »

Il avait décidé de reblanchir tous les murs intérieurs avec une bonne peinture à l'huile et non plus à la chaux vive, afin d'effacer toutes les traces de noirceur laissées par les fumées de la cheminée. Il avait même rêvé d'un vrai chauffage et de l'eau courante sur l'évier, et pourquoi pas de l'eau chaude ! Pour les cultures, il avait mis tous ses espoirs dans les nouveaux ceps de vigne, qu'il avait plantés et qui, bientôt, donneraient une récolte plus abondante et de meilleure qualité.

« Le vin ! Je ne vois que cela pour nous apporter l'argent dont nous avons tant besoin. Il faut donc que nous produisions pour vendre et non plus uniquement pour nos seuls besoins. Nous achèterons ce que nous ne produirons pas avec l'argent que nous aurons gagné. »

Étienne l'avait laissé dire. Élie avait approuvé discrètement son petit-fils, grâce à qui il voyait l'avenir du Castanet assuré. Mais la guerre était venue interrompre cette belle espérance et anéantir les rêves d'Isaac.

Que pensait-il alors quand, à la manière de mon grand-père, il restait des heures entières dans son fauteuil à se réchauffer au soleil, en écossant des petits pois ou en équeutant des haricots, maladroitement, de son unique main valide ? Il dissimulait bien ses pensées les plus sombres et ne reparlait plus de ses rêves d'antan, n'osant avoir l'air de me demander de reprendre le flambeau qu'il avait commencé à allumer.

Moi, je faisais de mon mieux pour soulager mon père, ne mesurant pas mes efforts pour lui venir en aide et pour laisser entendre que tous ensemble nous pourrions, malgré tout, réaliser une partie des projets d'Isaac. Certes, l'entretien de la vigne, des oliviers et des fraisiers devaient pouvoir nous procurer davantage d'argent à condition que nous cessions de vouloir tout produire nous-mêmes. Mais pour la maison, Étienne ne se sentait pas d'attaquer seul de gros travaux d'aménagement.

« Nous verrons plus tard », avait-il dit pour toute réponse.

Quand Marie atteignit ses six ans, Éliane décida de l'inscrire à l'école. Une nouvelle génération de Monteil allait ainsi en retrouver les bancs. Ma sœur prit sur son temps de travail pour la conduire chaque matin en classe, retrouvant le chemin que nous faisions tous les trois quelques années auparavant. Notre instituteur n'était plus là. À la Libération, il avait bénéficié d'une promotion pour aller enseigner dans un cours complémentaire à Alès. Il avait été remplacé par une jeune institutrice originaire de Nîmes ; c'était son premier poste et elle découvrait la région en même temps que ses nouveaux élèves.

Isaac perdit ainsi sa petite Marie et devint plus taciturne. Il l'attendait avec impatience toute la journée et, le soir, dès son retour, il s'empressait de lui faire réciter ses leçons et de lui expliquer ses exercices. Et comme on pouvait s'en douter, Marie apprenait très vite.

Éliane se retrouvait seule elle aussi. Marthe se rendait bien compte que la vie de sa fille n'était pas très épanouie, même si Marie la comblait de joie.

« Elle est jeune encore, confia-t-elle un jour à mon père. Il serait temps maintenant qu'elle pense un peu à elle et à se marier. Son aventure avec le fils Dubreuil, c'est de l'histoire ancienne. Et la présence de Marie ne doit pas la contraindre à rester célibataire toute sa vie. »

Étienne acquiesça et émit l'idée qu'il fallait peut-être brusquer les événements, comme son père l'avait fait pour lui. La décision fut prise d'en parler à Marcel et Simone Lafage dont le fils aîné, Roger, était encore célibataire.

« C'est un brave garçon, fit mon père. Et travailleur. De plus, c'est l'aîné. Le Mazel devrait un jour lui revenir.

— Tu oublies que Paul, le cadet, est déjà marié et qu'il y vit avec sa jeune épouse et leurs deux enfants. Marcellou ne pourra pas lui demander de laisser sa place à son frère, maintenant qu'il est déjà installé. Où irait-il avec toute sa famille ? Or ils ne peuvent envisager de vivre tous ensemble sous le même toit ! L'un des deux fils devra partir ailleurs.

— Et si ce n'est Paul, ce sera donc Roger, si je te comprends bien !

— Il n'y a pas d'autre solution, Étienne, fit remarquer ma mère en poursuivant son idée. Qu'ils se marient et qu'ils viennent habiter au Castanet !

— Au Castanet ! Tu n'y penses pas ! Comment ferons-nous ?

— Tu sembles oublier deux faits importants : d'abord, Isaac ne pourra jamais plus t'aider. Ensuite, Samuel se destine à autre chose qu'à travailler la terre. Tu lui as promis toi-même de le laisser libre de son choix. Il aura bientôt son baccalauréat, ensuite, il ira sans doute étudier à Montpellier. Qui donc pourra t'aider et prendre ta relève ? »

Étienne en convenait sans rien dire.

« Où veux-tu en venir ?

— Je veux que notre fille soit heureuse avant tout. Et je pense qu'il te faut un homme vaillant pour te seconder.

— Tu es vraiment une femme de tête ! Que ferais-je sans toi ? »

Marthe pensait davantage au bonheur de sa fille qu'au Castanet. Pour elle, l'avenir de ses enfants passait par-dessus tout. Et si, pour le moment, elle se voyait contrainte d'accepter le sort que l'existence avait réservé à Isaac, elle voulait encore tout mettre en œuvre pour réparer ce que celle-ci avait déjà infligé à sa fille.

Au demeurant, l'idée ne déplut pas à mon père, qui vit là une solution au problème que lui posaient ses fils. Élie, quant à lui, approuvait dans son coin, se contentant de dodeliner de la tête en souriant.

« Il reste un point important à résoudre, osa-t-il ajouter. Il faut qu'Éliane accepte, ainsi que les Lafage.

— Nous nous chargerons de lui faire entrevoir le bon côté de la chose, et je compte sur mon ami Marcellou pour décider son fils. Après tout, les filles ne sont pas légion sur la Vieille Morte. Il ne faut pas faire la fine bouche et laisser passer les occasions. Sinon, Roger restera vieux garçon toute sa vie, comme c'est le cas de beaucoup d'hommes qui s'accrochent à leurs terres et laissent partir les filles à la ville. Notre Éliane, Dieu merci, n'est pas comme ça et en plus elle est bien jolie, ce qui ne gâte rien.

— Elle a un enfant d'un autre ! poursuivit Élie.

— Roger Lafage est un brave garçon. Il comprendra la situation. »

Lorsque Isaac fut mis au courant de la décision de mes parents, il s'assombrit aussitôt. L'idée de voir sa nièce lui échapper et passer sous l'autorité d'un autre ne lui plaisait pas. Depuis ce jour-là, il se montra moins enjoué avec Marie et moins ouvert envers nous tous. Une porte en lui s'était refermée. Même s'il s'efforçait toujours de paraître comme si rien n'avait été envisagé, il ne put, malgré ses efforts, dissimuler ses craintes d'être un jour relégué et tenu à l'écart du devenir du Castanet. Marie, cependant, demeura toujours sa seule source de bonheur et, auprès d'elle, il ne montra jamais le fond de sa pensée. Il la choyait encore plus et tentait, je crois, de tisser entre elle et lui, avant qu'elle ne lui échappe, des liens indestructibles et irremplaçables.

Marthe s'aperçut rapidement du brutal revirement de son fils. Elle eut beau lui faire comprendre, avec beaucoup de tact, que rien ne pourrait jamais détruire l'affection de sa nièce, elle ne parvint pas à lui rendre la joie de vivre qu'il semblait avoir retrouvée à son retour, malgré ce qu'il avait subi.

Étienne mettait sa langueur sur le compte de l'ennui, prétextant qu'Isaac ne se faisait toujours pas à l'idée de ne plus pouvoir travailler comme jadis. Il n'avait pas tout à fait tort, mais il ne percevait pas ce qui le minait insidieusement au fond de lui-même.

Éliane et Roger Lafage se connaissaient depuis leur tendre enfance. Du même âge tous les deux, ils avaient fréquenté l'école ensemble et avaient eu de nombreuses occasions de se rencontrer sur les chemins de la Vieille Morte. Conscients que le temps ne leur ferait pas de cadeau, ils se rangèrent sans trop hésiter aux suggestions de leurs parents. Les Lafage, trop heureux de trouver une bonne épouse à leur aîné, acceptèrent aussitôt d'arranger les fiançailles et, moins de six mois plus tard, Éliane épousait Roger au temple de Saint-Étienne.

Vu la situation de ma sœur, le mariage se fit dans la plus stricte intimité. Et dès le lendemain des noces, Roger vint s'installer au Castanet pour la plus grande joie de sa famille, qui fut ainsi soulagée de ne plus devoir lui assurer son avenir.

Personne chez nous ne pensait que Roger Lafage venait remplacer Isaac. Mais ce dernier accepta mal, sur le moment, ce qu'il considérait à tort comme une intrusion. Pour lui, le bien des Monteil allait être remis entre les mains d'un étranger, même si, pour le moment, Étienne s'estimait toujours maître des lieux.

Dans le ciel grivelé, de longues écharpes d'azur redonnaient éclat et jeunesse à notre chère Vieille Morte qui semblait, une fois de plus, renaître de ses cendres, après une longue descente aux enfers. Éliane qui, quelques années auparavant, avait porté en elle toutes les souffrances de la trahison, allait pouvoir donner de nouveau la vie dans l'honneur. À sa manière, elle nous prouvait que tout malheur n'est que passager et qu'il est toujours permis d'espérer.

Les parfums sucrés des lilas, des jacinthes, du mimosa s'épanchaient de nouveau le long des sentiers et au pied des murettes. Les ruches exhalaient une douce odeur de miel et le bourdonnement des essaims nous parvenait comme des mélodies que nos cœurs reprenaient en sourdine. Le vent lui-même nous susurrait une joie nouvelle que nous avions oubliée depuis longtemps, chaque fois qu'il chassait les nuages qui tentaient de plomber la voûte céleste, redevenue la source de notre espérance.

En ce milieu de siècle, le Castanet prenait un nouveau départ, pour une existence qui, certes, ne serait plus faite des mêmes valeurs, mais qui portait en elle les germes de la jeunesse retrouvée.

Éliane tomba enceinte quelques mois après son

mariage. Pour elle, comme pour nous tous, cette future naissance allait effacer l'affront que la vie lui avait infligé. Mes parents étaient ravis. Élie ne révélait pas le fond de sa pensée, mais ses yeux étaient redevenus pétillants et exprimaient à leur manière la joie réelle qui ranimait son cœur fatigué. Quant à Isaac, il affectait toujours de ne rien savoir et accaparait encore plus Marie.

Roger s'occupait bien du Castanet. C'était un paysan robuste et courageux. Il connaissait le travail de la terre aussi bien que nous tous. Il se rangea immédiatement aux décisions de mon père, n'osant aller à l'encontre de ses volontés. Il demandait même l'avis d'Isaac qui, pour faire bonne figure et ne pas montrer ses craintes, approuvait chacune de ses initiatives sans jamais lui signifier ce qu'il aurait fait à sa place. Or, je m'apercevais bien que, dans de nombreux domaines, il n'aurait pas agi comme son beau-frère. Son regard en disait long quand, pour s'aérer l'esprit, ayant regagné ses vignes en claudiquant, il restait l'air dubitatif et l'œil vague rivé sur les alignements de ceps qui, sur plusieurs faïsses, cascadaient jusqu'au pied de la montagne.

« Vois-tu, dit-il un jour à Roger, la vigne, il faut la soigner comme tu soignerais un être cher. Il faut apporter de l'engrais à chaque pied, enlever la moindre mauvaise herbe, couper les sarments inutiles pour laisser se développer les plus prolifiques. La vigne, il faut la façonner à la main, la caresser, la redresser, la choyer. »

Isaac n'avait pas de mots trop tendres, trop affectueux pour parler de sa vigne. Il avait mis tant d'espoir en elle qu'il la considérait comme l'œuvre de sa vie. Roger écoutait, plein d'admiration et de compassion pour son beau-frère, qu'il comprenait sans oser le plaindre de peur de le froisser.

« Tu en parles comme s'il s'agissait d'une femme, lui avoua-t-il un jour, ou de ton enfant.

— C'est ce que je faisais avant et elle a bien poussé. Si tu ne prends pas soin d'elle comme je l'ai fait, maintenant que tu vas remplacer le père, elle ne te donnera que du mauvais vin.

— La vigne, ce n'est pas une passion pour moi. Moi, je préfère les moutons. Au Mazel, nous avons un joli troupeau. Mais je te promets de prendre soin d'elle comme si c'était moi qui l'avais plantée. »

Cette promesse rasséréna le cœur affligé d'Isaac et une lueur de bonheur redonna à ses yeux leur éclat de lavande. Dès lors, sans oser se montrer, mon frère suivit souvent Roger quand celui-ci partait de bon matin pour soigner sa vigne. Et, cahin-caha, après de gros efforts, il s'asseyait sur le bord d'une faïsse et le regardait travailler de loin, heureux comme à l'époque où, de ses propres mains, il avait minutieusement planté tous ses jeunes ceps avec un amour et une attention démesurés.

Marthe aussi semblait avoir retrouvé sa joie de vivre. Son bonheur se lisait sur son visage et semblait déteindre sur Étienne. Celui-ci ne l'avait pas vue vieillir et retrouvait avec elle des gestes et des paroles qui révélaient avec discrétion l'amour qu'il lui avait toujours porté.

La naissance de l'enfant d'Éliane et de Roger apporta beaucoup d'espoir au Castanet. Ma sœur accoucha d'un beau garçon de huit livres qu'elle appela Marceau pour faire plaisir à son beau-père. Et, comme pour Marie, ce fut Simone Lafage qui vint la délivrer. Celle-ci en fut d'autant plus émue qu'il s'agissait de son propre petit-fils. Marthe l'aida avec beaucoup d'attention, lava elle-même le bébé à l'eau tiède, l'emmaillota dans un grand linge de coton blanc et, comme c'était la coutume à l'époque, lui serra fortement les deux jambes afin de les maintenir bien droites.

Une fois de plus, nos deux familles se réunirent pour fêter l'heureux événement. Le baptême, quelques mois plus tard, fut l'occasion de renouer avec les oncles, les tantes et les cousins les plus éloignés, venus de toute la région pour admirer le nouveau-né.

Il y avait bien longtemps que nous n'avions pas fait un vrai festin. La guerre nous avait contraints à de grosses restrictions et nous avions épargné tout ce qui avait pu être mis de côté. À table, on servit du gigot d'agneau et des cocos, ces gros haricots blancs bien dodus, fondants dans la bouche et d'un goût inimitable. La bête avait été tuée par Marcellou, qui s'était fait un honneur de l'engraisser spécialement pour ce jour-là. Mon père avait fourni les charcuteries. Et après les pélardons que Marthe avait choisis avec soin, l'île flottante de Simone ravit tous les invités. Isaac se fit un plaisir d'offrir son meilleur vin, Étienne sa meilleure cartagène, une bouteille qui datait d'avant-guerre et dont les reflets dorés étaient encore inaltérés. À la fin du repas, pour arroser le café, les hommes attaquèrent une bouteille d'eau-de-vie qu'Élie sortit « de derrière les fagots », comme l'on disait des meilleures bouteilles qu'on gardait pour les grandes occasions.

Les esprits commençaient à s'échauffer et les discussions allaient bon train ; les hommes parlaient de chasse et de pêche, tandis que les femmes étaient plongées dans la layette, les biberons et l'avenir des enfants.

« Dommage que le petit ne porte pas le nom des Monteil, fit remarquer un cousin venu de Sainte-Croix. Il faudrait que Samuel s'y mette vite à son tour ! »

La maladresse était énorme. Isaac, qui avait entendu la parole malheureuse et compris le sous-entendu, se leva de table sans prévenir et s'éclipsa. Personne ne s'aperçut de sa disparition et le repas continua sans lui. Mais au moment du dessert, Marthe remarqua son absence et s'en inquiéta.

Quand la fête fut terminée, Isaac n'était toujours pas revenu. La nuit tombait et les invités étaient tous partis.

« Que lui a-t-il pris ? demanda mon père, inquiet à son tour.

— Une remarque maladroite du cousin de

Sainte-Croix, répondis-je. Encore une fois, Isaac s'est vu signifier son infirmité. Il serait temps que les gens comprennent combien il souffre de son état. S'il n'a pas besoin de notre pitié, il n'a pas besoin non plus qu'on lui rappelle sans cesse qu'il ne pourra plus assurer la succession des Monteil au Castanet. »

Je partis aussitôt à sa recherche. Moi seul me doutais de l'endroit où il s'était réfugié. Dans l'obscurité de la nuit, je me rendis à la grotte de Lazare. J'étais persuadé d'y retrouver mon frère. C'était l'endroit où nous aimions nous réfugier quand nous étions enfants, où nous nous imaginions en héros de Jules Verne dans les entrailles de la terre. Isaac savait que j'irais l'y rejoindre.

« Je t'attendais, petit frère, me dit-il, avant que mes yeux ne le découvrent dans le halo d'une bougie qu'il avait allumée.

— Je savais que tu étais là. Je voulais te dire que tu es et que tu resteras toujours pour moi celui qui m'a tout appris dans la vie. Nous sommes devenus très différents tous les deux. Mais nos cœurs battent à l'unisson et dans nos veines coulera toujours le même sang. »

J'expliquai à Isaac que les gens étaient parfois maladroits, mais qu'il ne fallait pas leur en vouloir ni voir en eux de la méchanceté. Seule l'ignorance des malheurs des autres les rend souvent insensibles à leurs souffrances.

Nous étions conscients que la vie nous avait déjà

séparés et allait nous éloigner encore. Cependant, nous avions besoin de nous rassurer l'un l'autre, afin de consolider le ciment qui nous unissait depuis toujours. Je rendis Isaac à la raison. Il m'entendit. Le soir même, nous rentrâmes au Castanet.

La maison était redevenue calme. Seule Marthe ne dormait pas. Elle nous attendait devant la cheminée où des braises finissaient de se consumer. Elle nous prit tous les deux par la main et nous attira vers elle. Elle ne prononça pas une seule parole. Mais nous la comprenions.

Sur sa joue coulait une larme, petite perle argentée échappée de ses yeux tout inondés de peine. Elle serra nos mains. Je sentis battre son cœur. Il était plein d'amour et de chagrin.

30

Retrouvailles

Deux années passèrent. La douceur des printemps faisait oublier la rigueur des hivers, le miel l'amertume des jours de cendre. Marie et Marceau grandissaient côte à côte, comme deux rivières issues de la même source. Ils représentaient aux yeux de tous l'avenir et la jeunesse, la preuve tangible que, sur la Vieille Morte, l'eau pouvait toujours sourdre entre les pierres.

Ainsi la vie avait-elle repris au Castanet, un jour poussant l'autre. Toutefois, Isaac était très attristé de se voir incapable de travailler comme avant et de se sentir inutile, malgré l'aide qu'il apportait à sa manière. C'est à peine s'il avait encore le goût de poser quelques lèques en se promenant dans ses vignes. Il enviait Roger, à le voir abattre le travail à sa place ; mais il contenait son chagrin, conscient que, sans lui, certains d'entre nous auraient dû partir vivre dans les villes de la plaine.

À cette époque, en effet, beaucoup de jeunes s'en

étaient allés pour s'embaucher dans les mines et les usines métallurgiques de La Grand-Combe et d'Alès. Leur flot ne cessait de gonfler et finissait de vider nos montagnes de leurs éléments les plus vigoureux. Les garçons qui s'obstinaient à s'accrocher à leur terre de misère ne trouvaient plus de femmes à épouser. Et il n'était pas rare d'en voir certains parcourir les chemins, de hameau en hameau, de mas en mas, à la recherche d'une brave fille capable de tenir leur maison et de donner un coup de main aux travaux agricoles. Mais rares étaient les familles où il y avait encore la perle rare !

« Si j'avais une fille à marier, ça se saurait, leur disait-on. Et il y a belle lurette qu'un garçon me l'aurait enlevée ! »

Soit les filles étaient déjà casées, soit elles aussi étaient parties en ville pour travailler dans les usines textiles ou de chaussures.

Car la reconstruction du pays nécessitait beaucoup de main-d'œuvre. Étrange paradoxe que celui des campagnes qui se meurent en donnant leur sang aux villes qui renaissent de leurs cendres ! Le phénomène n'était pas nouveau et se poursuivait depuis plus d'un demi-siècle.

L'année de mon bac, j'eus grande envie de revoir Élisabeth Dubreuil. L'approche de Noël, sans doute, avait fait remonter en moi des souvenirs heureux datant de l'époque où Éliane m'emmenait au Castellas. Je n'avais pas revu Lisa depuis le jour où, revenu de Margeride, je l'avais rencontrée au pied de la Vieille Morte. Jusqu'alors, je n'avais pas vraiment souhaité la revoir, sachant que notre idylle naissante et notre aventure d'une nuit ne pouvaient avoir aucune suite. Mais je ne sais ce qui me prit ce soir-là, j'éprouvai un violent désir de savoir ce qu'elle était devenue depuis toutes ces années.

Je venais d'achever mon trimestre ; les vacances de Noël commençaient. Dans la voiture de l'oncle Ferdinand qui me ramenait au Castanet, j'observais le soleil décliner sur les crêtes. Les couleurs cendrées du jour enlisaient le paysage dans une douce immobilité. Le temps semblait s'arrêter, les bruits s'atténuer, les oiseaux se figer dans le ciel. Nous étions seuls à nous mouvoir dans cette étrange carte postale. D'habitude très bavard, je ne disais mot à mon oncle qui, tout à sa route, ne s'apercevait pas de mes états d'âme. Je sentis alors monter en moi un appel venu de très loin et l'image d'Élisabeth m'apparut. Elle s'était réveillée à ma mémoire et, dès cet instant, je n'eus de cesse de la revoir.

Je ne mis pas longtemps à savoir ce qui était advenu d'elle. La guerre, certes, laissait encore dans les esprits des souvenirs douloureux et les haines ne s'étaient pas entièrement dissipées. Les partisans, chez nous comme partout ailleurs, avaient pratiqué une véritable chasse aux sorcières et traqué systématiquement tous les traîtres notoires, miliciens ou simples collabos. J'usai donc de prudence pour savoir si la famille Dubreuil avait été inquiétée pendant l'épuration. À Saint-Jean et à Saint-Étienne, personne ne m'avoua avoir revu le notaire et sa femme, mais on était persuadé que le Castellas était toujours occupé. À la poste, on m'affirma que du courrier y était parfois envoyé. Je finis par trouver un commerçant sur le marché de Saint-Jean qui m'affirma avoir vu la bonne du Castellas faire régulièrement ses achats pour les Dubreuil. Le mardi suivant, je me rendis au marché et l'accostai sans détour. Un peu surprise, celle-ci finit par m'avouer qu'Henri et Edmée Dubreuil vivaient seuls au château, que Robert habitait Nîmes avec son épouse et travaillait toujours à la préfecture ; quant à Élisabeth, elle habitait à Paris où elle avait fait ses études.

Je n'étais pas déçu, seulement un peu triste à l'idée qu'il me faudrait compter sur un sacré hasard pour revoir un jour celle pour qui mon cœur s'était soudain réveillé. Je me dis alors que si tel devait être le cas, nous pourrions peut-être reconsidérer le monde ensemble ainsi que nos destinées. Et je bâtissais déjà des châteaux en Espagne.

Je ne croyais pas si bien penser. Mon bac en poche, je partis à Montpellier entreprendre des études de droit. La carrière d'avocat me tentait. À cette époque, il n'y avait pas encore beaucoup d'étudiants et, à force de rôder en ville le soir après nos cours, nous finissions par tous nous reconnaître. Nous avions nos lieux de rendez-vous, nos bars préférés où nous discutions parfois très tard le soir. Certains étaient fréquentés par les étudiants en médecine, les carabins, que nous évitions ; mais la proximité des deux facultés près de la cathédrale Saint-Pierre rendait inévitables nos altercations. D'autres bistros étaient le lieu de rendez-vous des étudiants en lettres, dont l'allure plus décontractée et volontairement « rive gauche » s'opposait à l'apparence très stricte qu'arboraient les étudiants en droit. Moi, je n'étais pas très à l'aise dans ce monde plutôt bourgeois et, plus que jamais, je ressentais dans mes veines se réveiller mes origines paysannes.

Je passai mes examens sans difficulté et, sur ce point, j'éprouvai beaucoup de fierté à montrer que, nous aussi, les petits Cévenols, étions capables de nous ériger sur d'autres cimes que celles de nos montagnes.

J'étais en troisième année et comptais beaucoup obtenir ma licence pour que s'ouvrent devant moi d'autres horizons. J'avais abandonné l'idée de devenir avocat et m'étais spécialisé dans le droit commercial. Le mois d'avril était déjà bien avancé et, dans les allées ombragées des parcs de la ville, l'atmosphère était remplie du parfum sucré des fleurs printanières. Les filles se promenaient aux bras des garçons, leurs toilettes légères s'étaient raccourcies et leurs rires traduisaient la joie de vivre retrouvée d'une jeunesse insouciante. Le bonheur se lisait sur les visages et semblait effacer les miasmes de l'après-guerre.

J'étais plongé dans la lecture rébarbative d'un manuel de droit, assis au soleil dans le jardin du

Peyrou, quand une voix derrière moi m'appela. C'était Élisabeth. Ma surprise fut telle que je restai médusé quelques secondes.

« Eh bien, tu ne me reconnais pas, pour la seconde fois ! me fit-elle en se jetant dans mes bras.

— Si j'avais pensé te rencontrer ici ! Je te croyais à Paris, fis-je remarquer, surpris, sans prendre le temps de répondre à sa question.

— Je suis redescendue dans le Midi. Le soleil me manquait. »

Notre rencontre fortuite me remplit de joie. J'étais toujours aussi timide et maladroit, elle toujours aussi resplendissante. Je l'entraînai aussitôt dans le dédale des ruelles de la ville, afin de prolonger le plus possible le temps de ces premières retrouvailles. Place Saint-Roch, elle éprouva subitement l'envie d'entrer dans l'église. Je la suivis malgré ma réticence à pénétrer dans un édifice catholique.

« Nous serons mieux pour discuter dans l'obscurité et le calme. J'aime les églises, me dit-elle en me prenant la main. Pas toi ?

— Je ne les fréquente jamais, lui répondis-je. Mais le lieu ne me dérange pas. »

Nous nous assîmes au dernier rang. À l'autre extrémité, près du chœur, deux femmes habillées de noir faisaient leurs dévotions, tandis qu'un sacristain allait et venait pour allumer des cierges au pied des autels latéraux. Sans ôter sa main de la mienne, Lisa me raconta sa vie depuis l'année de notre dernière rencontre : ses études d'architecture à Paris pour se tenir loin des siens, avec qui elle s'était fâchée à cause de l'attitude de son père et de son frère pendant l'Occupation ; ses débuts dans la carrière d'architecte pour un cabinet d'études de la capitale ; sa liaison avec son patron qu'elle crut sincère et qui s'avéra malheureuse ; puis des mois d'errance à traîner son spleen sur les rives de la Seine, désenchantée et désemparée.

« Finalement, poursuivit-elle, j'ai renoncé à la vie parisienne et suis venue à Montpellier où j'ai trouvé un travail chez un grand architecte de la ville. »

À mon tour, je lui racontai mon parcours tumultueux et encore inachevé, et lui expliquai à quel point j'étais déchiré entre mes ambitions et mes racines qui me rappelaient sans cesse d'où je venais.

Depuis ce jour, nous nous revîmes souvent et l'amour, qui nous avait unis l'espace d'une nuit au temps des délations, se ranima vite entre nous pour notre plus grand bonheur. Ce fut l'époque où, vivant sous les toits d'une petite mansarde en face de la cathédrale Saint-Pierre, nous fîmes ensemble l'apprentissage de notre liberté retrouvée.

Si Élisabeth ne revoyait plus ses parents, hormis sa mère qui venait de temps en temps lui rendre visite à Montpellier, moi par contre, je rentrais régulièrement au Castanet, au moins une fois par mois. Mais de ma liaison avec elle, je ne dis mot à ma famille, de peur de raviver d'anciens souvenirs douloureux, surtout chez Éliane, et de susciter la désapprobation de mon père qui avait toujours considéré les Dubreuil comme des gens peu fréquentables.

Ma joie de rentrer chez moi était ainsi entachée de cette sorte de mensonge que je m'infligeais, et dans lequel je semblais m'enfoncer, quand j'avouais que rien de nouveau ne se passait d'un mois sur l'autre dans ma vie d'étudiant.

Jamais Marthe ne me questionnait sur mes relations montpelliéraines, mais je voyais bien que ce n'était pas l'envie qui lui manquait. Elle attendait sans doute que je lui parle le premier, mais je n'osais aborder le sujet et je cultivais à regret mon jardin secret.

Je la revois encore à cette époque, toujours aussi dévouée envers nous tous, et si peu encline à penser à elle. À chacun de mes retours, elle se faisait un immense plaisir de me préparer les petits plats que je préférais, craignant sans doute que je ne mange pas à ma faim tous les jours. Et si mes parents vivaient encore essentiellement de soupe, ces repas du dimanche avaient pris peu à peu des allures de fête en mon honneur. Le bajanat qu'affectionnait toujours Élie, plus par habitude que par goût, ma mère ne me l'imposait plus. Elle me nourrissait de bons potages, faits de pommes de terre qu'elle écrasait dans le fond de la marmite et auxquelles elle ajoutait des poireaux, des carottes, une branche de céleri ou une feuille de blette et toujours un morceau de lard, un manoul, ce rouleau de couenne assaisonnée dont je me délectais avec gourmandise et qui donnait un fumet que je n'ai jamais pu oublier. Ce dimanche-là, c'était aussi le jour du lapin aux olives, un beau et gros lapin que mon père avait élevé lui-même, nourri à la luzerne et aux épluchures, car rien ne se perdait. Les lapins étaient réservés depuis toujours aux occasions exceptionnelles, car nous n'avions pas de quoi en nourrir beaucoup. Dans le clapier, Étienne gardait un gros mâle et une mère pour la reproduction, mais il ne nourrissait jamais plus de trois ou quatre petits à la fois. Toutefois, à la fin de la guerre, Roger avait ensemencé de nouvelles terres en luzerne et le clapier s'était passablement repeuplé, pour la grande joie de tous.

À Pâques, quand un voisin bien intentionné avait offert à Étienne un morceau de sanglier parce qu'il avait abattu l'animal sur ses terres, la daube bien grasse et parfumée aux herbes sauvages remplaçait le traditionnel lapin. Marthe préparait aussi pour le dessert de merveilleuses îles flottantes et nous finissions toujours le repas par des *oreillettes** qu'elle faisait frire dans une grande poêle, dont elle récupérait ensuite l'huile pour ne pas la gaspiller. Alors nous ne pouvions plus nous lever de table, mais nous avions tant de plaisir à nous sentir repus que nous oubliions que, le lendemain, les châtaignes, l'*aïgo boulido* et le pain rassis allaient redevenir l'ordinaire.

Lisa, qui assurait avec discrétion ma subsistance en attendant que je termine au plus vite mes études, désirait rencontrer mes parents qu'elle connaissait à peine. J'eus beau lui expliquer que sa venue au Castanet pourrait la décevoir et la mettre mal à l'aise, elle insista pour m'accompagner à ma prochaine visite. Au préalable, je décidai d'en parler à Marthe, car elle seule pouvait comprendre la situation.

En fait, elle ne fut nullement surprise de ma liaison avec Élisabeth et ne montra aucun signe d'hostilité à son égard.

« J'ai compris il y a longtemps que tu étais tombé amoureux de la petite Dubreuil. Cela remonte à loin, n'est-ce pas ? Au début de la guerre !

— Nous n'avions que quinze ans !

— Il y a des signes qui ne trompent pas. Surtout pas une maman.

— Pourquoi ne m'as-tu jamais rien dit ?

— Ton père a agi avec Éliane de telle sorte que pour toi tout était réglé. D'autre part, je n'aurais pas pu t'interdire de voir cette jeune fille sans te faire souffrir. Tu étais à un âge où tu te cherchais ; un garçon de quinze ans est très fragile, il faut lui laisser le temps de découvrir la vie.

— Et maintenant ?

— Comment, maintenant ? Je n'ai toujours rien à t'interdire, ni même à te conseiller. Tu es un homme à présent, Samuel. Ta vie t'appartient et je suis sûre que tu ne feras jamais rien en contradiction avec tes convictions. Si tu aimes Élisabeth, c'est que tu estimes que vous êtes faits l'un pour l'autre.

— Et papa ?

— Ton père sera certes plus difficile à convaincre, mais à l'impossible nul n'est tenu. Écoute ta conscience et ton cœur, Samuel, comme tu l'as toujours fait. Eux seuls sont les voix de ta raison. »

Ma mère savait, mieux que personne d'autre, trouver les mots justes et nous montrer, même dans l'obscurité des ténèbres, où était notre chemin. Combien de fois nous avait-elle rapprochés les uns des autres, quand l'adversité ou les difficultés de notre existence avaient eu tendance à nous séparer ? Combien de fois, elle aussi, aurait-elle pu abdiquer et tout abandonner pour ne plus se priver chaque jour davantage et se sacrifier pour nous tous ? Sa générosité n'avait d'égale que sa grandeur d'âme et sa bonté l'immense amour qu'elle éprouvait pour tous ceux qui, autour d'elle, constituaient son unique raison d'être. Jamais une plainte, jamais aucun ressentiment ; ni un regret, ni un doute, ni même l'ombre d'une hésitation quand il fallait qu'elle donne une partie d'elle-même pour le réconfort de l'un d'entre nous. Marthe était l'une de ces femmes qui vivent d'abord pour les autres et tirent leur bonheur de celui qu'elles contribuent à répandre autour d'elles. Étions-nous vraiment conscients à cette époque que, sans elle, sans sa seule présence, nous n'aurions pu être et demeurer une vraie famille, unie et aux liens solides ?

Je décidai donc de présenter Élisabeth à mes parents lors de ma prochaine visite. Auparavant, je pris soin de questionner mon père sur ce qu'il pensait, après toutes ces années, de ceux qui avaient été pendant la guerre du côté du maréchal – et il en connaissait personnellement. Il s'étonna que je lui reparle d'un passé qu'il considérait déjà comme révolu.

« Pourquoi fouiller à nouveau ce qui fait mal dans la mémoire des gens ? se contenta-t-il de répondre. Ton frère Isaac est le tableau vivant et permanent de ce que les nazis ont fait à nos enfants. Et j'en rends responsables aussi tous ceux qui, de près ou de loin, ont contribué à la déchéance de notre pays pendant l'Occupation. Car ces gens-là ont préparé le lit de nos vainqueurs et se sont vautrés eux-mêmes dans la fange du déshonneur. »

Ses paroles étaient dures mais justes. Il poursuivit :

« Toi-même, ne viens pas me dire, avec ce que tu as enduré, que tu es prêt à pardonner ! »

Je ne savais que répondre. Invoquer la Bible et les paroles du Christ sur le pardon à ses ennemis n'aurait pas convaincu mon père, malgré ses convictions religieuses. Lui parler des Dubreuil ne me semblait décidément pas aisé, car, j'en étais persuadé, il n'aurait pas fait la différence entre Élisabeth et le reste de sa famille. Je renonçai donc pour le moment. Lisa attendrait encore un peu.

C'est Marthe, une fois de plus, qui éclaira le chemin ténébreux sur lequel mon père avançait en ce domaine. J'ignore par quels mots, par quelles paroles de conciliation elle parvint à lui faire entendre raison, et avec quel talent elle sut le convaincre que tout amalgame faisait toujours des victimes innocentes et créait d'autres injustices. Mais un beau matin, je reçus une lettre de mon père – fait rarissime – qui me disait succinctement qu'il se ferait un grand plaisir de rencontrer sa future belle-fille.

« Oh ! fit Lisa en arborant un large sourire. Ton père va vite en besogne.

— Tu sais, chez nous, quand une fille passe le seuil d'une maison, c'est sérieux, répondis-je. À toi de savoir.

— Demain, décida-t-elle sans hésiter, je t'accompagne au Castanet. »

À l'ouest, du côté où apparaissent les premiers contreforts des Cévennes, le crépuscule s'était empourpré. L'azur s'estompait pour se fondre en une mosaïque violine, toute chamarrée de longues estafilades de nuages opaques. Dans le ciel, les oiseaux migrateurs avaient suspendu leur vol et piaillaient bruyamment dans le feuillage des parcs, en attendant d'entreprendre, quand l'aube aurait blanchi, une nouvelle étape vers leur destination finale.

31

Le grand départ

Les volets du vieux mas n'avaient plus de couleur et se fondaient dans le gris des murs de schiste. Dès le petit matin, par leurs interstices, la lumière du jour filtrait à l'intérieur des pièces. La bâtisse elle-même souffrait de rides profondes, témoins du temps qui passe. Par endroits, de larges fissures délimitaient les ajouts successifs que, de génération en génération, les ancêtres avaient dressés de leurs mains. Le lierre recouvrait presque tout un pan de mur exposé au levant et s'agrippait avec acharnement aux vieilles pierres, les étouffant impitoyablement de leurs longues racines qui se reproduisaient à l'infini en se marcottant dans les joints de chaux qu'ils finissaient par arracher. Les fenêtres, par temps violent venu du nord, laissaient passer la bise et il fallait alors se calfeutrer pour conserver la chaleur. Les lauzes argentées et moussues des toits réfléchissaient de plus en plus mal les reflets du soleil et avaient, elles aussi, l'apparence de la vieillesse. Le poids des ans devenait lourd sur le dos du Castanet et, malgré le travail tenace d'Étienne et de Roger, l'avenir de celui-ci était loin d'être assuré.

Dans les plaines du bas Languedoc, l'agriculture moderne se développait avec une rapidité surprenante. Partout, les terres irriguées produisaient à grand rendement quantité de fruits et de légumes ; les vignes, à l'infini, donnaient à profusion des vins de table vendus à travers toute la France. Les machines les plus performantes remplaçaient le travail des hommes, les tracteurs se substituaient aux chevaux et aux bœufs, les charrues sophistiquées aux antiques araires de nos aïeux. Les engrais chimiques permettaient de produire plus et plus vite, les pesticides et autres fongicides faisaient reculer les maladies des plantes, que nos vieux paysans, quant à eux, découvraient et ne parvenaient pas à combattre.

Un monde nouveau était en marche, stimulé par les nécessités du redressement et les avancées de la technologie. La science était en train de vaincre les grands fléaux du siècle et offrait aux hommes les perspectives d'une vie meilleure. Mais, paradoxalement, elle était aussi en train d'anéantir ce qui, dans nos régions reculées, restait de la tradition, des genres de vie ancestraux qui en faisaient la richesse. Elle allait faire disparaître tout un peuple attaché à son outil de travail, à ses terres, à ses maisons, à son passé. Nos bourgs et nos villages, faute de savoir ou de pouvoir s'ouvrir à ce monde moderne, étaient destinés à poursuivre leur long déclin et à devenir le refuge des derniers vieillards témoins d'une époque révolue.

Ce fut sans doute pour cette raison qu'Élie décida de nous quitter, de quitter son Castanet, ses faïsses, ses murs de pierre, ses sources qui chantaient au printemps, ses fougères et ses bruyères, ses genêts et ses genévriers, qui changeaient les couleurs du temps et marquaient si bien la succession des saisons. Il préféra partir avant qu'il ne soit trop tard, avant de voir la lèpre du modernisme contaminer son bien le plus précieux et de se retrouver perdu, désenchanté, totalement désarmé, n'ayant que sa vieillesse et sa sagesse à opposer au rouleau compresseur des temps nouveaux, nés de la guerre. À son âge, il n'avait plus ni la force ni le goût d'apprendre à vivre autrement qu'à la manière qui avait toujours été la sienne, celle de ses parents et de ses grands-parents. Cette fois-ci, l'adaptation était trop difficile, trop brutale et trop lourde à supporter pour ses frêles épaules, et pourtant, combien en avait-il traversé, des périodes douloureuses !

Depuis quelque temps, il sentait ses forces l'abandonner. Chacun d'entre nous avait remarqué qu'il vivait en retrait. Il participait de moins en moins aux conversations, ne donnait plus son opinion sur les affaires dont nous débattions ensemble. Il ne s'éloignait plus du mas et se contentait de rester assis au soleil, sous la treille ou sur les premières marches de l'escalier de la remise, à la manière qu'il avait jadis de surveiller l'arrivée du facteur. Il pouvait rester ainsi à contempler le chemin des heures entières, sans rien faire d'autre que méditer ou sommeiller. Marthe, en fine psychologue, le secouait fréquemment pour le sortir de sa léthargie et demandait à Isaac de s'occuper de son grand-père, en lui faisant croire qu'il avait besoin d'aide. Alors, tous les deux sortaient leur opinel de leur poche et épluchaient les légumes pour la soupe, décortiquaient les châtaignes ou préparaient les bocaux pour les conserves. Isaac s'efforçait de le faire parler, entretenant avec lui de longues conversations en patois, entrecoupées de mots en français, dans un mélange amusant des deux langues.

Alors Élie ressortait de sa mémoire des souvenirs de jeunesse, ce qui était rare de sa part, et laissait comprendre qu'il avait cessé de vivre le moment présent.

Marthe s'inquiétait de son état et craignait qu'il ne soit atteint d'une de ces maladies qui touchent les vieillards à la tête et les laissent plongés dans un monde où le présent n'est plus pour eux une réalité. Étienne, lui, affirmait que son père vieillissait normalement et ne s'inquiétait pas outre mesure. Mais lorsque, un beau matin, Élie refusa de se lever du lit, il prit soudain conscience de la gravité de son état, et depuis, il ne passa plus jamais une journée entière dans ses terres sans revenir le voir au mas pour le repas de midi.

Une fois de plus, Marthe se dévoua, sans que

personne ne lui demande rien, et prit sur son temps de travail pour surveiller et soigner son beau-père. Au début, son état n'avait rien de très inquiétant. Certes, sa faiblesse s'accentuait, mais à quatre-vingt-deux ans, nul médecin n'aurait trouvé cela anormal. Marthe avait beau lui préparer tous les jours son bajanat pour lui donner quelques forces, il ne finissait jamais son assiette et refusait même de manger autre chose. Parfois, pour faire plaisir à Isaac qui était le seul à lui faire entendre raison, il acceptait une tranche de saucisson et un petit morceau de pélardon. À la fin de son maigre repas, ils trinquaient ensemble comme deux vieux complices. Élie trempait ses lèvres dans le vin, tandis qu'Isaac lui expliquait que les vignes étaient toujours plus belles et qu'ils iraient bientôt s'y promener tous les deux, comme avant. Mon frère mentait pour lui faire croire que rien n'avait changé et pour lui donner un peu de cette joie de vivre qu'il n'avait plus.

Mais rien n'y faisait, ni personne. Élie s'enfonçait peu à peu dans ce tunnel qui joint les deux mondes et n'avait nullement envie de rebrousser chemin. Même le soleil lui faisait mal aux yeux : il demandait sans cesse à ma mère de tirer les volets pour le laisser dans la pénombre. Un jour, Marie, qui venait souvent au chevet de son arrière-grand-père, resta longuement assise près de lui. Élie lui prit la main et lui parla à voix basse. Marthe, qui le surveillait par la porte entrebâillée de la cuisine, de crainte qu'il ne s'éteigne sans avoir eu le temps d'appeler, ne parvint pas à savoir ce qu'il pouvait bien lui confier de si important. Marie, penchée au-dessus de son visage, acquiesçait en laissant parfois échapper des petits rires juvéniles et lui répondait par phrases brèves en français, tandis qu'Élie lui parlait en patois. Ce qu'ils se dirent ce jour-là et qui transforma peu à peu l'attitude de Marie, personne ne le sut. Marie garda son secret très longtemps. Jusqu'au jour où, elle aussi, devenue femme, devint à sa manière une seconde Marthe et me confia la teneur des paroles d'Élie. C'était bien plus tard, et en d'autres circonstances.

Devant le lent déclin de son état, ma mère convainquit Étienne d'appeler le médecin. Mon père d'abord s'y était opposé, non pas parce qu'il ne voulait pas faire soigner son propre père, mais au contraire pour respecter ses volontés. Élie en effet, n'ayant jamais vu un médecin de sa vie, n'en aurait pas voulu à son chevet. Il s'était toujours soigné lui-même avec des infusions de plantes dont il tenait le secret de sa mère, et il estimait que c'était grâce à ces remèdes naturels qu'il était parvenu à son âge bon pied bon œil. Et il faut avouer que nous ne l'avons jamais connu très malade.

Marthe cependant finit par rendre Étienne à la raison. Le docteur Salavert vint un matin de Saint-Jean, appelé par l'oncle Ferdinand à qui mon père avait transmis la commission en se rendant à Saint-Paul. Élie était tellement affaibli qu'il n'eut pas la force de protester contre la présence de l'homme qui venait le soigner. Il se laissa ausculter sans broncher.

Seuls mes parents étaient présents à ses côtés pendant l'auscultation. Ils ne disaient mot, craignant le pire. Sur le visage de ma mère, on pouvait lire une très grande fatigue et une énorme tristesse mal contenue. Elle portait en elle, une nouvelle fois, la douleur d'autrui et courbait le dos pour être plus forte à braver la tempête. Étienne était impatient d'entendre le diagnostic et commençait à s'énerver.

Le médecin trouva seulement mon grand-père très anémié et très fatigué. Il nous fit comprendre qu'être parvenu à son âge était déjà un énorme cadeau de la vie. Il lui prescrivit toute une série de remontants à base d'infusions et de décoctions, car il n'ignorait pas que mes parents n'auraient pas les moyens d'acheter les médicaments trop coûteux que la médecine moderne préconisait.

Mais Élie avait décidé de partir depuis un bon moment, nous en étions tous convaincus. Marthe souffrait beaucoup de se sentir soudain devenue inutile devant l'inéluctable. Car, en dépit de son dévouement, la mort cette fois semblait la plus forte et viendrait frapper inexorablement. C'était la première fois qu'elle se trouvait confrontée à l'inéluctable dessein de l'existence.

32

La mort et la vie

Le Castanet prit les couleurs du deuil. Les horloges furent arrêtées et les volets fermés. Les miroirs furent recouverts d'un tissu sombre, les chaudrons retournés, les sonnailles des chèvres bloquées avec de la paille. Par respect pour le défunt, on évitait de parler, de se mouvoir trop bruyamment. On fit comprendre à Marie qu'il fallait cesser de jouer, afin d'accompagner Élie par la pensée dans son voyage à travers le ciel.

Marcel et Simone Lafage firent la toilette du défunt et le vêtirent de l'unique costume qu'il eût jamais possédé. L'oncle Ferdinand se proposa d'aller prévenir la parenté. Il fallait faire vite car l'inhumation était prévue pour le surlendemain. Le corps d'Élie fut exposé sur son lit, visage recouvert d'un voile de soie, étant donné son âge. Pour l'occasion, la salle à manger fut transformée en chambre mortuaire, et l'on attendit dans l'affliction la visite de la famille et des amis.

Ceux-ci ne tardèrent pas à arriver, pas très nombreux, car le chemin était long. À la sortie de la salle à manger, mes parents les accueillirent dans la cuisine pour leur serrer la main et leur offrir un verre de cartagène. Ils parlaient peu et se contentaient des paroles banales qu'on dit en de pareilles occasions.

Le jour de l'enterrement, nous nous rassemblâmes tous dans la maison afin de recevoir les condoléances d'usage. Le pasteur de Saint-Étienne s'occupa de la cérémonie. Quatre hommes se proposèrent pour sortir le cercueil dans la petite cour. Tout le monde s'était massé devant l'entrée, le portail étant grand ouvert, et attendait dans un silence des plus pesants. Le pasteur alors commença son homélie et rappela que, en quittant sa maison, Élie avait rejoint celle de Dieu pour son plus grand bonheur. Il eut beau affirmer que la mort ne devait pas nous anéantir, il ne convainquit personne. Une profonde tristesse se lisait sur tous les visages, et nul n'avait envie de reprendre après lui les psaumes qu'il fut le seul à entonner. Puis il invita la famille et les amis à accompagner Élie jusqu'à sa dernière demeure.

Le petit cimetière familial était un endroit où, tout enfants, nous passions sans crainte ni réticence. Il ne s'en dégageait pas cette impression d'infinie tristesse qui règne souvent dans les cimetières collectifs des villes et des villages. Nous avions l'habitude de vivre avec ce lieu de souvenirs constamment sous les yeux. Son aspect de petit jardin le distinguait à peine dans le paysage, et l'absence de ces grands monuments froids et trop suggestifs nous le rendait plutôt familier. Très souvent, nous nous y rendions pour déposer quelques fleurs fraîches et veillions à ce que les mauvaises herbes ne gagnent pas sur les tombes. Adossé à un mur de faïsse et clôturé sur les trois autres côtés, il était repérable par la présence de deux grands cyprès que de lointains aïeux avaient plantés pour consacrer le lieu. Il s'étendait juste au-dessus du mas, sur une terre où poussaient des châtaigniers, de sorte que les défunts puissent « voir briller les toits du Castanet et fumer sa cheminée », comme Étienne aimait le rappeler. « La tête à l'ombre et les pieds au sud ! » De là-haut, on avait une vue magnifique sur la Vallée Française, dominée au loin par le mont Aigoual. C'était l'ultime récompense accordée à tous ceux de mes ancêtres qui avaient tant peiné pour mettre en valeur les terres qui s'étendaient désormais à leurs pieds.

Il y avait côte à côte cinq tombes encore visibles : celle des parents d'Élie, celle d'Esther, sa femme, et deux petites tombes beaucoup plus courtes que les précédentes, un frère et une sœur de mon arrière-grand-père morts dans l'enfance de l'âge. Les dernières générations côtoyaient ainsi les anciennes, et les monticules de pierres qui indiquaient l'emplacement des corps rappelaient combien, dans la mort, nous sommes tous égaux.

Le pasteur nous fit rassembler autour de la fosse creusée par Roger et son frère. Il poursuivit son homélie en nous invitant à prier ensemble pour l'âme du défunt. Nous reprîmes avec lui le *Notre Père*, la gorge nouée et les yeux tout inondés de larmes.

Il faisait un soleil resplendissant ce jour-là. Les jeunes frondaisons annonçaient un printemps de rêve ; les oiseaux dans le ciel reprenaient de la vigueur au sortir d'un hiver qui n'avait que trop duré. Lisa se tenait près de moi, me serrant le bras pour mieux me faire comprendre qu'elle partageait ma peine. Mon cœur était partagé entre une infinie tristesse et un immense amour, et j'avais presque honte de ne pas être totalement terrassé par le malheur qui nous accablait.

La mort met en lumière la vie et redonne au monde les couleurs vives de l'espoir. Elle nous renvoie à notre propre image et nous invite à profiter pleinement du moindre instant de joie. La présence de Lisa à mes côtés n'avait pas d'autre signification. Élie s'en était allé sur la pointe des pieds, mais dans nos cœurs il ne fallait pas laisser s'installer le vide. Sans jamais fermer les portes du souvenir, nous avions à faire face et à ouvrir en nous toutes les voies du bonheur. Si la mort a un sens, si elle n'est pas une fin en soi, c'est à cette seule condition que nous pouvons sortir du terrible accablement dans lequel nous plonge la disparition de nos êtres les plus chers.

L'homélie terminée, les quatre hommes descendirent le cercueil dans la fosse. Lentement, ils firent coulisser la corde entre les poignées, ultime lien qui unissait encore Élie au monde des vivants. Un long moment de recueillement plongea le petit cimetière dans un profond silence, que seul le bruit des abeilles dans les ruches voisines venait troubler. Puis, après avoir attendu patiemment que celui qui le précédait ait eu le temps d'adresser un dernier adieu à son ami, chacun jeta à son tour un petit caillou dans la fosse et regagna le mas, où un repas frugal devait finir de rassembler les proches amis et la famille. Quand ce fut mon tour de faire mes adieux à Élie, je priai Isaac et Éliane d'attendre que la fosse soit refermée pour quitter le cimetière. Les premières pelletées de terre résonnèrent d'un bruit sourd sur le couvercle du cercueil. J'imaginai Élie, là-dessous, entendant la terre se refermer sur lui, impuissant, plongé dans le silence et le noir pesants du royaume de la mort. La fosse fut vite refermée. Pour lui, tout était fini ici-bas.

Au moment même où j'entrevoyais de commencer une vie nouvelle avec Élisabeth, la mort venait me rappeler le sens de l'existence. Certes, la guerre et l'engagement que j'y avais pris, dès que j'eus l'âge de me battre, m'avaient ouvert l'esprit sur le prix à payer pour être digne de réussir ma vie, dans un monde en perpétuel changement et soumis aux caprices des hommes. Je n'étais pas, à l'instar de mon grand-père et de mon père, aussi attaché au passé et à la tradition. Et je ne me sentais pas capable de perpétuer sans broncher l'héritage de mes aïeux. Tout héritage me semblait être un carcan qui paralyse celui qui désire s'en défaire. Il en est de la tradition comme de la terre. Il ne fallait en garder à mes yeux que ce qui permettait de mieux nous adapter au monde présent. C'est faute d'avoir su imaginer une telle adaptation que nombre de vieux paysans finissent par mourir dans une effroyable indifférence et dans le plus cruel aveu d'impuissance, celui de l'entêtement et de l'incompréhension réciproque. Qu'y a-t-il de plus pitoyable, en effet, que de les voir s'acharner à défendre bec et ongles ce qui fut la cause de leur misère et de leurs terribles souffrances ? Il est vrai qu'on finit toujours par aimer ce qu'on a eu tant de peine à obtenir.

Je comprenais très bien que mon père, devenu le dernier survivant valide des Monteil sur la terre de la Vieille Morte, ait pu jurer de son vivant, peu après les funérailles d'Élie, que rien, jamais, ne le ferait partir de son Castanet, dût-il y laisser la dernière goutte de son sang, pour tirer de cette terre ingrate, mais bénie par Dieu, tout ce qu'elle pourrait encore donner.

Pourquoi ce coup de sang subit de sa part ? Pourquoi une telle colère qui semblait s'adresser à Dieu Lui-même, comme si Lui seul était responsable de nos difficultés ? Le chagrin d'Étienne n'était pas l'unique cause de son ressentiment. À vrai dire, la mort de son père le renvoyait à sa propre mort, à la disparition quasi inéluctable de ce qui avait été toute sa vie. Son acharnement serait le dernier sursaut d'un homme en proie à un monde qui finirait par le dévorer. Et de cela, il était parfaitement conscient, mais il n'avait pas le pouvoir de changer le cours des choses. L'aurait-il voulu s'il en avait eu les moyens ? Étienne n'était pas homme à se remettre en cause, ni à remettre en question ce que la vie lui avait donné de bon et de mauvais. C'est ce qui lui permettait de traverser son existence sans états d'âme.

Élie disparu, il devenait à mes yeux l'image même du dernier rameau par lequel survivrait au long des siècles la lignée des Monteil. Mais, conscient que j'avais quelque peu brisé cette lignée, je me sentais soudain coupable d'abandonner les miens au cimetière des souvenirs. Je n'éprouvais que plus de gratitude envers mon père qui, lui, dans l'honneur et sans montrer de vain désespoir, continuait à s'accrocher à son maigre héritage.

À soixante ans, Étienne n'était pas encore un homme fini. Certes, il bougonnait et se mettait parfois en colère, mais ce n'était jamais contre l'un de nous. Il en voulait surtout à la dureté de l'existence, ce qui était sa façon à lui de s'adresser directement à Dieu pour Lui signifier son incompréhension ou son désaccord face à Ses desseins impénétrables.

Roger, cependant, l'aidait de son mieux, sans jamais s'opposer à ses directives. Quand il lui arrivait d'avoir une opinion différente sur la conduite des travaux agricoles, il avait toujours le tact de demander au préalable ce qu'il pensait, plutôt que d'affirmer son propre point de vue. Et, de fait, les deux hommes s'entendaient à merveille, ce qui allégeait la souffrance intérieure d'Isaac qui finit par s'assimiler à son beau-frère. On les voyait de plus en plus souvent discuter ensemble calmement, le regard rivé sur les terres cultivées. Isaac tendait parfois le bras vers sa vigne d'un geste prophétique, tandis que Roger dodelinait de la tête en signe d'acquiescement. Celui-ci était devenu le bras manquant d'Isaac et la jambe qu'il avait laissée sur d'autres champs de bataille.

Quant à Éliane, elle semblait partager ce bonheur de voir « ses deux hommes » – comme elle aimait les appeler tous les deux – réunis pour affronter un même destin. Certes, le drame qu'elle avait vécu la marquait encore et expliquait sans doute les quelques moments de tristesse qui entachaient encore son âme fragilisée. Mais le travail, son mari, ses deux enfants, ses parents étaient ses nouvelles raisons d'être et faisaient d'elle, finalement, une femme heureuse.

Elle tomba enceinte une troisième fois dans l'année qui suivit le décès d'Élie. Roger était ravi, elle, un peu moins, car elle n'ignorait pas qu'un troisième enfant était une bouche de plus à nourrir, et qu'il faudrait se serrer encore un peu plus désormais sous le toit du Castanet.

Simon naquit pour la Saint-Jean. Marie allait sur ses douze ans.

Marthe ne faisait pas de différence entre ses trois petits-enfants et elle se donna une nouvelle fois pour Simon comme jadis pour Marie et pour Marceau.

« La maison devient étroite, déclara-t-elle un jour en plaisantant. Il serait temps qu'à notre tour nous ajoutions un membre neuf.

— Un membre neuf ! s'étonna Étienne.

— L'idée me paraît bonne, renchérit Isaac, ravi d'entrevoir une rénovation du vieux mas.

— Et qui m'aidera à faire les travaux ?

— Moi ! répondit Roger. Nous pourrions transformer l'ancienne porcherie qui ne sert plus à rien et y aménager deux pièces.

— La porcherie ! Tu n'y penses pas ! objecta Étienne. Il n'est pas question que je loge mes petits-enfants dans une porcherie ! »

Roger réfléchit :

« La remise extérieure alors ! Je ne vois que la remise qui se trouve au-dessus des dépendances. On pourrait y aménager deux pièces. Avec l'escalier qui donne sur l'extérieur, nous pourrions avoir notre indépendance, sans être tout le temps dans vos jambes. »

L'idée parut excellente à tous. La discussion fut close. On entreprit les travaux début juillet et, en septembre, Éliane, Roger et leurs trois enfants emménagèrent dans ce qu'Étienne appela désormais « l'appartement des jeunes ».

Je pris moi-même ma part de travail pour soulager mon père et Roger qui avaient fort à faire par ailleurs dans les terres. J'étais en vacances pour plusieurs mois, ayant obtenu ma licence, et je pensais aller plus loin dans mes études dès la rentrée. Lisa n'osa imposer sa présence à ma famille et resta à Montpellier le temps des travaux.

Ceux-ci achevés, nous décidâmes de parler sans détour de notre avenir à mes parents qui s'étonnaient de nous entendre dire que nous n'avions toujours pas l'intention de nous marier. Nous évitions d'avouer ouvertement que nous vivions ensemble, de crainte de froisser les principes selon lesquels mes parents m'avaient éduqué. Vivre sous le même toit, dormir dans le même lit, alors que nous n'étions pas mariés, était encore inconcevable à l'époque. Je dus faire preuve de beaucoup de tact et de talent pour expliquer à mon père, le plus récalcitrant des deux en la matière, que nous étions très heureux de cette sorte, et que je préférais attendre d'avoir un bon travail pour envisager le mariage. Ma mère, qui se doutait bien de nos réelles relations, eut la pudeur et la délicatesse de ne pas nous mettre, par ses questions, dans une position délicate, et fit tout son possible pour nous rassurer. Mais Étienne, qui n'avait pas la même approche des réalités, nous fit part, sans prendre de chemin détourné, de sa vision personnelle des faits.

« Si vous voulez vivre ensemble, moi, je n'ai qu'un conseil à vous donner : mariez-vous au plus tôt. Vous avez ma bénédiction. »

Nous préférâmes nous en tenir à nos explications.

À l'automne, je ne repris finalement pas le chemin de la faculté. J'eus l'opportunité d'entrer comme conseiller commercial dans une entreprise qui travaillait avec les États-Unis et dont le siège était à Paris. Sans hésiter, j'acceptai la place et me trouvai subitement propulsé dans le monde du travail à un poste de responsabilité plein d'avenir.

Marthe ne pouvait cacher sa fierté chaque fois qu'avec Lisa je rendais visite au Castanet. Son bonheur fut à son comble – et mon père fut rassuré – quand j'annonçai ipso facto que nous envisagions de nous marier au printemps suivant.

Toutefois, cet immense bonheur, qui semblait devoir ravir toute la famille, fut terni par la décision que prit Isaac par un matin d'avril, peu avant Pâques.

« Après le mariage de Samuel et d'Élisabeth, déclara-t-il, je quitterai le Castanet pour aller m'installer à Saint-Jean. J'ai beaucoup réfléchi avant de me décider. Je préfère partir plutôt que de vivre ici à vos crochets sans être vraiment utile. »

Une longue discussion s'ensuivit, entre mon frère et mes parents, qui tentèrent de le faire revenir sur sa décision. Mais celle-ci semblait irrévocable. Isaac était persuadé qu'il serait plus utile en dehors du Castanet ; rien ne put le faire changer d'avis. Ce n'est que bien plus tard encore que j'appris ce qui s'était réellement passé en son for intérieur, ma sœur étant une fois de plus ma confidente.

Le bonheur d'Éliane, la plénitude retrouvée dans notre vie familiale avaient laissé Isaac plein d'amertume et n'étaient pas parvenus à redorer les murs gris de son nouvel univers. Celui-ci lui pesait comme un fardeau de plus en plus difficile à supporter. De trop lourds souvenirs s'étaient accumulés en lui. Le fait d'évoluer au milieu des siens, au centre de ce qui avait toujours été l'objet de ses espérances, l'étouffait et l'empêchait de vivre pleinement sa vie qu'il jugeait trop « végétative » – c'était son propre terme. Lui, qui avait toujours été un jeune homme entreprenant, plein d'entrain et d'imagination, ne se faisait pas à l'idée de vivre le restant de son existence dans la dépendance des siens. S'il savait gré à Roger de tout faire pour réaliser avec Étienne ce que lui-même avait entrepris avant la guerre, en réalité, il supportait de plus en plus mal son incapacité à pouvoir être debout chaque matin, pour maintenir en état les terres et les vieilles pierres de son cher Castanet.

Marie fut inconsolable, quand elle apprit qu'Isaac allait s'en aller vivre ailleurs. À treize ans, elle était tout à fait capable de comprendre le sacrifice de son oncle, qu'elle considérait comme son véritable père.

Marthe et Étienne ne purent qu'accepter, la mort dans l'âme, la décision de leur fils. Celui-ci annonça qu'il habiterait dans une petite maison qu'une cousine avait accepté de lui louer au cœur de la cité. Ainsi vivrait-il au milieu du monde et pourrait-il mieux oublier son infirmité et se donner aux autres.

Sa petite pension d'invalidité et d'ancien combattant lui suffirait pour subsister sans trop se priver. À trente-cinq ans, il ne se sentait pas vieux et éprouvait encore le désir de se rendre utile.

Nos cœurs étaient lourds de chagrin. Isaac était le seul par qui le Castanet aurait pu un jour résister aux violences du temps. Il avait toujours porté en lui cet espoir d'avenir qui ne m'avait jamais habité et qui aurait rendu Étienne tellement heureux sur ses vieux jours. Ma mère, elle, semblait moins affectée ; son degré de résignation en avait fait une femme endurcie et, si elle perdit aussi, ce jour-là, l'espoir de voir les pierres de notre vieux mas rester dans les mains de l'un de ses fils, elle ne montra pas sa déception.

Elle reporta aussitôt son espérance sur Éliane et sur son gendre. Elle s'apprêta à livrer un autre combat, celui qu'elle devrait mener dorénavant pendant les années qui lui restaient à vivre aux côtés d'Étienne, pour que les lauzes argentées du Castanet brillent encore quelques années sous le soleil bleu des prochains printemps.

Car elle savait qu'elle venait d'entamer le chemin qui, de l'autre côté de la crête, mène lentement vers la plaine, là d'où l'on ne fait que descendre tranquillement vers les vastes horizons de l'éternité.

Épilogue

Quelques années après notre mariage, Élisabeth et moi partîmes nous installer aux États-Unis, où ma firme m'envoya me perfectionner dans ce qu'on appelait déjà le « management ». Nous devions y rester un an ou deux ; nous y restâmes vingt ans.

Je revins souvent en France pour revoir les miens pendant les vacances d'été. Car je ne pouvais oublier tout ce qui avait fait de moi ce que j'étais devenu. Je m'en revenais toujours le cœur très affligé, car je découvrais à chacun de mes retours que mes parents vieillissaient sans que je sois là pour m'occuper d'eux.

Le fait d'avoir des petits-enfants « américains » rendait mon père encore plus fier de lui. Il rappelait à qui voulait l'entendre que son fils Samuel était parti sur les traces de son aïeul, celui qui avait donné son nom à la terre de l'Amérique, qui portait maintenant une belle vigne plantée jadis par Isaac et qu'il travaillait pour lui avec beaucoup d'amour.

À quinze ans, Marie était une belle jeune fille qui faisait le plus grand bonheur de Marthe. Elle restait la grande raison de vivre de son oncle Isaac, à qui elle rendait de nombreuses visites à Saint-Jean, depuis qu'elle aussi y fréquentait le collège dans l'espoir de devenir institutrice.

Isaac revenait de temps en temps au Castanet, ne pouvant pas l'effacer définitivement de sa mémoire. Avec Roger, il refaisait le monde et traçait le devenir de ce qui était toujours à ses yeux son plus cher trésor.

Avec le décès d'Élie, le départ subit de mon frère et mon éloignement, nous avions tous conscience que nous étions les derniers enfants de la Vieille Morte.

Mais, en chacun d'entre nous, restait ce que même les plus fortes tempêtes ne pourront jamais détruire : nos racines, indestructibles, qui sont le seul lien par lequel nous saurons toujours qui nous sommes et où nous allons.

Glossaire

AFFACHÉES : châtaignes fraîches grillées.

BAJANAT : soupe de châtaignes sèches dans laquelle on met un peu de lait.

BANCEL : terrasse aménagée, ou encore : *faïsse.*

BERTOUL : panier utilisé lors du ramassage des châtaignes.

BIGARRAT : mariage mixte catholique-protestant.

BIGOT : houe à deux dents.

BLANCHETTES, ou BAJANAS : châtaignes séchées et décortiquées.

BOLETTIÈRE : lieu où poussent les cèpes ou bolets.

BOUDIOU : bon Dieu ! (dans le sens exclamatif de : *mon Dieu !*).

BOUSCAS : châtaignier non greffé.

BOUT DU MONDE : énorme saucisson que l'on fait avec l'extrémité du boyau.

BRASUCADE : rôtie de châtaignes, ou *affachées.*

BRISET : brisures de châtaignes restant après le décorticage et servant de nourriture pour le bétail.

BUGADE : lessive.

CABUSSAU : sac de toile formant capuchon sur la tête, utilisé pour se protéger le dos lors de l'utilisation d'un *panièraus* ; sans paille, pour ramasser les châtaignes.

CALENDAL : bûche de bois de chêne vert qu'on mettait dans la cheminée le matin de Noël et qui devait durer jusqu'au Nouvel An.

CAMISARD : du patois occitan *camiso*. Pendant la guerre des Camisards, les révoltés protestants cévenols portaient dans leurs opérations nocturnes une chemise blanche sur leur vêtement pour se reconnaître entre eux.

CANTOU : le coin ; le petit coin sous le manteau de la cheminée.

CARBONNADE : fête du cochon.

CARTAGÈNE : vin doux fait avec du moût et de l'eau-de-vie.

CASTANET : châtaigneraie.

CHÂTAIGNON : châtaigne sèche.

CLÈDE : petite construction destinée au séchage des châtaignes.

DESQUE : grande corbeille d'éclisses de châtaignier.

DOUFFINENQUE : variété de châtaignes.

DRAILLE : chemin ancestral emprunté par les troupeaux transhumants.

ENLEVAMENT : enlèvement ; coutume qui se pratiquait quand les parents des fiancés s'opposaient au mariage mixte ; le fiancé enlevait sa future épouse, avant de se faire reconnaître officiellement.

FAÏSSE : terrasse aménagée et cultivée ; ou encore *bancel.*

GROTILLON : mélange de viande maigre et de graisse de porc cuit très longtemps.

JÉSUS : saucisson confectionné avec l'une des plus grosses extrémités du boyau.

LAUZE : pierre plate de schiste utilisée pour les toitures, murets…

LUCHET : bêche à deux dents.

LUCHETER : bêcher à l'aide d'un *luchet.*

MANOUL : morceau de couenne de lard assaisonnée.

MEMBRE NEUF : dernier ajout d'une maison ancienne.

NOVIS : jeunes mariés, ou fiancés.

OREILLETTES : sorte de beignets très plats.

PANIÈRAUS : corbeille servant au transport du fumier à dos d'homme.

PARPAÏOT : nom donné aux protestants.

PASTAGA : pastis.

PÉLARDON : petit fromage de chèvre.

PELLEGRINE : variété de châtaignes.

PELOUS : bogue de châtaigne.

PIQUETTE : vin de seconde fermentation, obtenu en ajoutant de l'eau et du sucre sur le marc.

PITCHOUNET(TE) : petit(e).

RAÏOL OU RAÏOU : sobriquet désignant un Cévenol, signifiant, selon les linguistes, montagnard.

RAQUE : marc restant dans la cuve après soutirage du moût.

RÉPOUNTCHOU : petite salade sauvage dont on mange les feuilles et la racine ; raiponce.
SAQUETTE : petit sac de toile porté à la taille pour ramasser les châtaignes.
SOUC : billot de bois.
TÈTES : châtaignes bouillies.

Table

TROISIÈME PARTIE *Éliane*

QUATRIÈME PARTIE *Samuel*

CINQUIÈME PARTIE *Marthe*

Vous souhaitez en savoir plus sur les livres
et les auteurs de la collection Terres de France ?

Retrouvez toutes les informations sur le site
www.collection-terresdefrance.fr
et abonnez-vous à notre lettre d'information.

Suivez-nous également sur notre page Facebook,
notre compte X et Instagram.

Composition et mise en pages
Nord Compo à Villeneuve- d'Ascq

#lisez engagé !
www.lisez.com
Pour plus d'information :
Imprimé sur du papier issu de forêts gérées durablement.

CET OUVRAGE
A ÉTÉ ACHEVÉ D'IMPRIMER
SUR ROTO-PAGE
PAR L'IMPRIMERIE FLOCH
À MAYENNE EN JANVIER 2025

N° d'impression : 106337
Imprimé en France